Jürgen Mette
Gnadenzeit

Über den Autor

Jürgen Mette ist Theologe und war bis 2013 geschäftsführender Vorsitzender der Stiftung Marburger Medien. Aufgrund seiner Parkinsonerkrankung gab er diese Position ab. Er hatte einen Lehrauftrag an der Evangelischen Hochschule Tabor und engagiert sich in den Führungsgremien der Studien- und Lebensgemeinschaft Tabor, des Bibellesebunds und bei Willow Creek Deutschland; außerdem gehört er zum Hauptvorstand der Deutschen Evangelischen Allianz.

Jürgen Mette ist verheiratet und Vater von drei erwachsenen Söhnen.

JÜRGEN METTE

GNADENZEIT

Kriminalroman

Inhalt

1 Oberstdorf, Oberallgäu 7

2 Lugenalpe, Oytal, Oberstdorf 19

3 Gerichtsmedizin München, Obermaiselstein, Kempten 25

4 Jahre zuvor, Highland Park, Illinois (USA) 37

5 Hotel Himmelsblick, Oberstdorf 66

6 Feldberg-Klinik, Taunus 74

7 Haßloch, Pfalz 79

8 Hunspach, Elsass, Frankreich 103

9 Feldberg-Klinik, Taunus 107

10 Kempten, Allgäu 112

11 Neustadt an der Weinstraße 115

12 Hunspach, Elsass 118

13 Neustadt und Elsass 125

14 Feldberg-Klinik, Taunus 132

15 Hunspach, Elsass 139

16 Neustadt 142

17 Kempten 149

18 Calvi, Korsika 155

19 Hotel Himmelsblick, Oberstdorf 161

20 Kempten 164

21 Livorno, Italien 167

22 Luzern, Schweiz 171

23 Kempten 180

24 Pfalz 185

25 JVA, Kempten 192

26 Monate später, Haßloch 197

27 Vier Wochen später, JVA Frankenthal 203

28 Haßloch 208

29 Altenheim, Ludwigshafen 213

30 Oberstdorf 217

    Epilog 221

    Dank 222

1

OBERSTDORF, OBERALLGÄU

Bachhuber hatte schon viele Tote gesehen, aber dieses Mal würgte ihm der Brechreiz die halb verdauten fetten Bratkartoffeln des Abendessens die Kehle hoch, als müsse er gleich Bröckchen husten. 30 Jahre machte er diesen Job schon, aber dieses grauenhafte Bild fraß sich in seinem abgebrühten Hirn fest und es würde ihn nie wieder verlassen.

Kurz nach den heute-Nachrichten im Zweiten war der Anruf von der Kripo Kempten bei ihm eingegangen. Gerade als er durch die Programme zappen wollte, reichte ihm Hilde das Mobiltelefon, das leise vibrierend quer über den Esszimmertisch krabbelte. Sie hatte sich auf einen gemütlichen Abend mit Alois gefreut, ein Bayrisch-Hell von seiner Lieblingsbrauerei Zötler aus Rettenberg eingeschüttet und ein paar Käsewürfel von der Sennerei Schlappold-Alpe auf das Tischchen zwischen den beiden Fernsehsesseln gestellt. Aber daraus sollte nichts werden.

Nichts Neues für Hilde, schließlich war sie 30 Jahre mit einem Polizeibeamten verheiratet, Oberkommissar Alois Bachhuber von der Kripo Kempten, wohnhaft in Oberstdorf. Ein Bär von einem Mann und trotzdem eine Seele von Mensch. Gut, er kämpfte seit der Hochzeit mit seinem Gewicht, aber solch ein Mannsbild musste ja auch standfest sein.

Die Allgäuer Küche war nun mal weniger vegan, eher hochkalorisch und ganz schön fleischlich. Krautkrapfen und Schupfnudeln, Kässpatzen und Nonnafürzle. Alois pflegte öfters zu sagen, er habe eben ein erweitertes „Speck-drum". Hilde konnte über diesen Spruch nicht mehr lachen, sorgte sie sich doch so sehr um Leib und Leben ihres geliebten „Liese", wie sie ihn im Oberstdorfer Dialekt zärtlich nannte.

Beim letzten Arztbesuch hatte man erhöhte Zuckerwerte festgestellt und ihm zur Ernährungsumstellung geraten. Aber das war schwer – bei solch einem aufregenden Lebensstil. Seit er das seinem Nachbarn erzählt hatte, einem drahtigen Veganer, zog der ihn immer mit dem Spruch „Diabetes ist kein Zuckerschlecken" auf. Er konnte es schon nicht mehr hören.

Und er war stolz auf sein „Oberschtdorf". Die Bachhubers gehörten zum Oberstdorfer Urgestein, seit Generation dort zu Hause, wo andere Urlaub machen. Wann immer er über Kempten hinaus Richtung Lindau, Ulm oder München musste, fühlte er sich wie amputiert. Am schönsten war dann immer die Rückreise vom Norden kommend in den südlichsten Zipfel Deutschlands – dann schwelgte er in heimatlichen Gefühlen. Wenn er hinter Sonthofen den letzten Hügel vor dem imposanten Talkessel überwunden hatte, wo links das Rubihorn und das Nebelhorn mächtig aufragen und wo rechts der Weg in die südlichste und schönste Sackgasse Deutschlands – das Kleinwalsertal – führt und geradeaus der Himmelschrofen das Trettachtal und das Stillachtal trennt, dann wurde ihm immer warm ums Herz.

Dabei waren es gar nicht die Berge, die wilden Schluchten und das immer schäumende Illerdelta, die ihm Heimatgefühle bescherten, auch nicht das scheppernde Kuhglockeninferno beim Alpabtrieb und der sich daraus ergebende spinatartige Kuhfladenparcours. Das war ja alles vertraut und alltäglich. Es waren vor allem die Menschen, mit denen er in Oberstdorf aufgewachsen war: der wettergegerbte, knorrige, maximal gesichtsbehaarte und schier unverständlich kommunizierende Älpler – wenn er denn überhaupt mit anderen redet –, der Oberallgäuer schlechthin. Menschen, auf die man sich immer verlassen konnte.

Das Nebelhorn liegt oft im Nebelbett, wen wunderts? Oberstdorf ist ein Feuchtgebiet, 1650 Millimeter Jahresniederschlagsmenge. Zieht man den Niederschlag ab, der als feinster Pulverschnee die Skisaison aufs Lieblichste verzuckert, dann hat Oberstdorf schon wieder einen Hauch von Toskana.

Bachhuber hatte im Oberallgäu noch nie „schlechtes" Wetter erlebt, weil er immer mit der richtigen Kleidung unterwegs war. Es gab hier kein schlechtes Wetter, sondern bestenfalls nörgelnde Urlauber, die doch besser zum Massentoast auf die Kanaren geflogen wären. Und weil diese schroffe Bergwelt von einem zuweilen schroffen Wetter saftig gesegnet wird, braucht der Gast und der

Einheimische zwei Dinge, um glücklich zu sein: stets eine wasser-
dichte Außenhaut auf dem Leib und ein wasserdichtes Zuhause.
Nirgends war es schöner als bei Hilde. Sie verstand es immer wieder, ihm und den Kindern ein heimeliges Zuhause zu bereiten.

„Tote Frau im Oytal gefunden!" Das war es dann mit dem ge-
mütlichen Abend. Die Oberstdorfer Bergwacht war von einem
Hüttenwirt informiert worden und die alarmierte die Oberstdor-
fer Polizeiinspektion. Nach der Begutachtung des Tatortes und der
Leiche wiederum schalteten die Beamten das K1 von der Kripo
Kempten ein.

Wenige Minuten später saß Bachhuber im X3 aus der bayeri-
schen Autoschmiede, die Bergstiefel noch nicht fertig geschnürt,
den grünen Lodenjanker flüchtig übergeworfen, die Dienstwaffe
in das Schulterhalfter geschoben, die Taschenlampe griffbereit auf
dem Beifahrersitz. Sein Assistent, der Brutscher Sepp, hätte eigentlich Bereitschaft gehabt, aber der war mal wieder nicht zu erreichen. Bachhuber fluchte still vor sich hin, weil auf den Sepp kein
Verlass war. Wahrscheinlich hockte der wieder im Faltenbachstüb-
le und hört sein Handy nicht. Er funkte die Kollegen in Kempten
an und lotste sie ins Oytal. Der Notruf war vom Wirt der Unteren
Gutenalpe gekommen, einer nur im Sommer bewirtschafteten
Hütte im Hochtal auf 1100 Meter.

Als Bachhuber die Steigung an der Schattenberg-Sprungschanze
mit heulendem Motor hochjagte, fiel sein Blick rechts auf das be-
leuchtete Oberstdorf. Im Hintergrund das Söllereck und dahinter
der Hohe Ifen mit seinem markanten schräg liegenden Grat. In der
nebligen Dämmerung des Septemberabends überholte er auf der
Höhe des Wasserhochbehälters ein paar Fußgänger, die zügigen
Schrittes an dem durch Rundhölzer gesicherten Abhang hochlie-
fen. Jeder hatte ein Buch unter dem Arm. Zwei trugen Gitarren
auf dem Buckel. *Wo wollen die denn noch hin*, fragte sich Bachhuber. *Zur Märchenstunde?* Aber er hatte die Kemptener Kollegen
am Telefon, die gerade zwischen Fischen und Langenwang waren,
darum dachte er nicht weiter über die kleine Wandergruppe nach.

„Schicked uib!", keuchte er ins Telefon, was so viel wie „Beeilt euch!" hieß.

Dieser Streckenabschnitt war für den öffentlichen Verkehr gesperrt. Gäste des Hotels „Himmelsblick" brauchten zur Anreise eine Sondergenehmigung. Dort waren gerade noch ein paar Autos mit heimischen Kennzeichen vorgefahren, obwohl der Gästeparkplatz schon ziemlich voll war. Von der Geiger Maria, einer Freundin seiner Frau, die im „Himmelsblick" putzte, wusste er, dass dort abends öfters fromme Veranstaltungen abgehalten wurden. Keine Messe wie in der Kirche – „Bibelstunden" nannten sie das. Vielleicht war die kleine Wandergruppe am Kühberg auf dem Weg zu solch einer Bibelstunde. Er hatte keine Ahnung, was es mit den Bibelstunden auf sich hatte. Bachhuber war katholisch, wie fast jeder Oberstdorfer. Die evangelischen Zugereisten waren ihm egal; das waren für ihn fast schon Sektierer. Sein System Kirche funktionierte seit Menschengedenken verblüffend simpel: Leben und leben lassen, beichten und beten lassen, und dann das Ganze von vorn.

Alois war mal in der bigBOX in Kempten in einer Vorstellung des rheinischen Kabarettisten Jürgen Becker gewesen. Der hatte ein Lied drauf, das ihm richtig gut gefiel:

„Ich bin so froh, dass ich nicht evangelisch bin
Die haben doch nix anderes als Arbeiten im Sinn
Als Katholik, da kannste pfuschen, dat eine ist gewiss
Am Samstag gehste beichten und fott ist der janze Driss."

Das war seine Religion.

Und im Übrigen war er der Meinung, dass der Pfarrer für die Bibel zuständig ist. Er hatte ein Prachtexemplar von Bibel zu Hause, mit Goldschnitt und geprägtem weinroten Ledereinband. Er schonte diese Kostbarkeit, die in der Vitrine neben den Bildbänden und den Kochbüchern vom Schuhbeck ihren Stammplatz hatte. Er hatte sie seit seiner Kommunion nicht mehr in der Hand gehabt. Die Geschichten da drin sagten ihm nichts. Ja, von Adam und Eva hatte er natürlich gehört und von der Arche Noah und dem Turmbau zu Babel, aber dann wurde es schon dünner mit der Bibelkenntnis. Sein Gottesdienst war nämlich die Jagd, der Hochwald, die Pirsch draußen in Spielmannsau. Da spürte er die Nähe des Schöpfers.

Als seine Mutter vor ein paar Monaten hochbetagt gestorben war, hatte er sich unter Hildes Drängen am Sonntag nach der Beerdigung wieder in die Kirch begeben. Die Messe, die feierliche Musik und die Eucharistie, das gefiel ihm schon, aber die Predigt sagte ihm nichts, gar nichts. Sein Onkel, Bruder seiner Mutter, war Priester und Missionar in Indien, aber zu dem hatte er keinen Kontakt mehr. Den hätte er gern mal gefragt, warum die Kirche so reich war und warum sich der Bischof von Limburg solch ein Luxusbad leisten durfte. Alois hatte eine sehr klare Vorstellung von Kirche. Die sollten den Menschen Gutes tun und sich sonst raushalten aus Politik und Gesellschaft.

Hilde war da schon zugänglicher. Sie schaute regelmäßig die frommen Sender K-TV und Bibel-TV. Diesen betagten Fernsehpriester auf K-TV verstand man schlecht, aber der war wenigstens katholisch. Aber diese Joyce Meyer, die seine Frau so gerne guckte, die war ihm nicht ganz geheuer. Katholisch ist die nicht, da war er sich ganz sicher. Diese amerikanische „Du-darfst-du-selbst-sein-Betschwester" ging ihm derart auf den Senkel, dass er neulich mal ein erzürntes „Diese fromme Emanze macht dich noch ganz verrückt!" raushaute. Aber Hilde sagte dann immer milde: „Liese, des verschtohscht du id! Dia Mäsittsch büt mi üf!¹" „Was? Was fir a Mäsittsch?" Das war dann für Alois das Signal, im Keller in seiner Werkstatt zu verschwinden oder auf dem Küchensofa schon mal ein wenig vorzuschlafen. Nach den frommen Sendungen war mit Hilde nicht mehr viel los – im Bett. Sie hatte danach immer Gesprächsbedarf, Alois nicht. Er war für Hildes tausend Fragen ein denkbar ungeeigneter Gesprächspartner. Bei den Themen

---

1 Diese Botschaft baut mich auf.

Religion, Gott, Glaube, Kirche, Jesus und Maria fühlte sich Alois wie Zahnpasta in der Tube: Er wusste nicht richtig, wie er sich ausdrücken sollte.

Es war ein trockener und noch recht warmer Septemberabend. Tagsüber war diese Strecke von den „Gäschten" hoch frequentiert, aber sobald es dunkel wurde, legte sich die Stille wie ein Tuch über alles, was sich bewegte. Die Dunkelheit des Oytals umfing ihn. Rechts leuchteten noch ein paar Fenster der letzten Häuser, dann ging es die schmale asphaltierte und von den Hufbeschlägen der Kutschpferde gestanzte Straße weiter. Links die Abhänge des Schattenberges, rechts tief unten der schäumende Oybach, der vom Überlauf des 500 Meter höher gelegenen Seealpsees und vom Stuibenfall am Ende des Oytals gespeist wurde und beim Jagerstand in die Trettach mündete. Alois kannte das Oytal von seiner Kindheit an. Sein Vater hatte ihn immer wieder auf das Bachbett hingewiesen, das mal unter wildem Wasser stand, dann wieder trocken lag, weil das Wasser in unterirdischen natürlichen Kavernen weiterfloss, um dann plötzlich wieder schäumend im Bachbett aufzutauchen. Als Kind war das alles geheimnisumwittert; heute achteten die Einheimischen gar nicht mehr darauf.

Die Viehgatter waren alle geöffnet, sodass Bachhuber zehn Minuten später am Gasthof Oytal vorbeifuhr. Der Gastwirt und seine Frau standen an der Straße vor den Pferdeställen und schauten Bachhuber im Geländewagen besorgt nach. Vor ihm rumpelte der Rettungswagen der Bergwacht mit Blaulicht über die jetzt nur noch grob geschotterte Piste. Das Martinshorn hatten sie schon am Hotel Himmelsblick abgestellt. Bachhuber liebte es unauffällig. Wenn es beim ARD-Krimi „Tatort" überzogen turbulent wurde – mit wilden Verfolgungsjagden und anderen Kino-Effekten, dann pflegte er das mit einem vernichtenden „So a Schmarre" zu kommentieren.

In der Gaststube der Gutenalpe saß ein Jagdhelfer mit aschfahlem Gesicht, den speckigen verschwitzten Hut in den Nacken geschoben, in der Hand eine Schnapsflasche, aus der er – zitternd am ganzen Leibe – immer wieder einen Schluck nahm. Er verströmte eine typische Hüttenduftnote aus Kuhmist an den Füßen, frisch gemähtem Grünfutter im frühen Reifestadium zur Silage und Schnaps sowie Tabak. Er war so mager und dürre, dass der Hüttenwirt ihn immer hochnahm. „Der muss wahrscheinlich beim Duschen von Strahl zu Strahl hüpfen, um überhaupt nass zu werden." Falls er überhaupt zu duschen pflegte. Insofern waren seine Körperausdünstungen einigermaßen erklärlich.

Dem Hüttenwirt stand blankes Entsetzen ins unrasierte Gesicht geschrieben. Er stammelte immer wieder ein verzweifeltes „Herrgottsakradi" vor sich hin, gar nicht im Sinne eines Gebets, sondern als Ausdruck des Schreckens. Er war mit dem Radl zurück bis zum Gasthaus Oytal gefahren und hatte von dort über das Festnetz die Bergwacht informiert, weil hinten im Tal keine stabile Funkfrequenz fürs Handy zu finden war. Die Bergwacht, weil er glaubte, es handele sich um das Opfer eines Bergsturzes. Der Gleitweg von der Nebelhorn-Mittelstation über den Seealpsee hinunter ins Oytal war nur für erfahrene Bergsteiger freigegeben, aber es passierte immer wieder, dass so verrückte Flipflop-Alpinisten von der Bergwacht aus dieser Wand geholt werden mussten, besonders wenn die Wasserfälle viel Wasser führten.

Bachhuber wurde von zwei Beamten der Oberstdorfer Polizeiinspektion hinausbegleitet. Sie fuhren zweihundert Meter talwärts und stiegen aus. Im Strahl der Taschenlampe hasteten sie dann rechts dreißig Meter leicht bergauf, wo der Jagdhelfer beim Reparieren einer Futterkrippe auf den grausigen Fund gestoßen war. Die Oberstdorfer Kollegen, die zuerst vor Ort waren, hatten den Fundort mit Akkuleuchten markiert. Bachhuber würgte wieder. Ein morbid-süßlich-stechender Geruch kroch in seine Nase. Was immer er gleich zu Gesicht bekommen würde, es musste grässlich sein. Die Leiche musste schon ein paar Tage dort gelegen haben. In der prallen Herbstsonne. Hinter ihm und den Bergwachtleuten tauchte der geländegängige VW-Bus der „Spusi" aus Kempten auf, die die Koffer zur Spurensicherung dabeihatten. Inzwischen hatte leichter Nieselregen eingesetzt. Schlecht für die Suche nach Schuhabdrücken, dachte Alois Bachhuber und schnauzte den Hüttenwirt an, er solle nicht alles platttrampeln.

Unter den rhabarberähnlichen Blättern des dichten Hangbewuchses schauten zwei bleiche Beine hervor, die in leichten Balerinas steckten. Kleine Füße, blanke Beine, offensichtlich eine jüngere Frau, die auf dem Bauch in der feuchten Erde lag. Die nackten Beine waren vom Steinadler oder Habicht angefressen. Einer der abgebrühten Typen von der Spusi meinte, dass sicher ein Fuchs zugepackt habe. Etwas pietätlos fügte er grinsend hinzu: „Der Fuchs hat doch für abgelaufene Fleischgerichte immer noch die beste Nase!" Allerhand Ungeziefer und Gewürm war heftig unterwegs. Der mittlere Teil des schlanken Körpers war von den Knien bis zur Brust unter den Blättern verborgen, nur die Schulter und der Hinterkopf lagen frei. Die dunklen Haare der Frau waren zu einem Knoten zusammengebunden, in dem es jetzt von Ameisen nur so wimmelte. Die Schultern waren frei, die Träger der Unterwäsche schnitten in den von der Sonne verbrannten Rücken. Bachhuber hatte schon ein paar Bilder geschossen, bevor die Spurenspezialisten die Leiche und die Umgebung professionell dokumentierten.

Einer der Spurensucher drehte nach ausführlicher Fotosession die Leiche vorsichtig um. Es war so, als hätte sich der Körper am Boden festgesaugt. Das Ungeziefer lief auseinander. Die Frau musste um die Mitte bis Ende 20 gewesen sein. Das nun verdreckte leichte Sommerkleid war dunkelgrün, schulterfrei, kein Schmuck, nur eine billige Uhr. Auf keinen Fall ein Wander-Outfit, eher was zum Bummeln in der Ladenpassage des beliebten Urlaubsortes. Die Frau war vermutlich nicht zum Wandern im Oytal, sie musste hierhergetrieben worden sein. Das Kleid war im Brustbereich in Richtung Gürtel aufgerissen und bis über die Knie hochgerutscht, so als hätte sich der Körper ein wenig talwärts bewegt, nachdem er dort zum Liegen gekommen war.

Bachhuber sinnierte vor sich hin. Hatte man die Leiche der Frau dort abgelegt, sodass es wie ein Absturz von der Gleitwand aussehen sollte? Dann würde der Körper dort nicht so geordnet am Hang liegen. Wurde sie irgendwo umgebracht und tot dorthin geschleift? Er zwang sich, das Gesicht der Leiche auszublenden, es erst gar nicht in seinem Hirn zu speichern, aber der Anblick schockierte ihn dennoch. Er hatte mal zwei Wasserleichen aus dem Freibergsee hoch über der Stillach gesehen, ganz in der Nähe der Skiflugschanze, das war grausig. Aber dieses Gesicht war von den Maden, vielleicht auch vom Fuchs oder von anderen kleinen Raubtieren so verunstaltet worden, dass sich alle Beteiligten abwenden mussten. Einer der Kemptener Spezialisten murmelte was von „drei bis vier Tage in der Sonne gelegen" in den Bart. Bachhuber konnte oberflächlich keine Spur von äußerer Gewalteinwirkung erkennen. Ein kleiner Wanderrucksack lag neben der Leiche. Die Spurensicherung beförderte das Ding vorsichtig in einen Kunststoffbeutel.

Kurz bevor Bachhuber den Befund in seine Stenorette diktierte, sah er aus der netzartigen Seitentasche des Rucksacks ein Kärtchen rausschauen, ein bedrucktes Stück weißen Karton im Format einer Visitenkarte oder etwas größer. Er wollte die Sicherung dieser Karte der Gerichtsmedizin in München überlassen, darum gab er der Spurensicherung den Hinweis auf dieses Detail, das womöglich Aufschluss über die Identität der Frauenleiche geben könnte.

Bachhuber gab noch ein paar Anweisungen zur Bergung der Leiche, als ihm plötzlich schwindlig wurde und er vornübergebeugt dem Brechreiz nachgab. Das halb verdaute Abendessen schoss ihm bitter aus dem Rachen, er konnte gerade noch den stinkenden Schwall ins Abseits hinter eine knorrige Fichte lenken. Einer der Oberstdorfer Kollegen lästerte rum und amüsierte sich über Bachhubers Missgeschick, aber der schaute ihn nur verächtlich an, ohne auf die Provokation einzugehen. Er stieg hinab zur Hütte und suchte den besoffenen Jagdhelfer, der inzwischen unter dem Tisch lag. Der Hüttenwirt meinte, dass aus dem Mann heute nichts Zweckdienliches mehr rauszuholen sei.

Inzwischen war tatsächlich der Brutscher Sepp mit seinem Quad angekommen. Bachhuber hasste diese dröhnenden Vehikel.

Die gehörten verboten. In seiner Nachbarschaft wohnte so ein junger Bursche, der die Angewohnheit hatte, das knatternde Gefährt kurz vor der Garage noch einmal richtig hochzureißen. Dann brüllte die Maschine immer auf, aber der Fahrer schien das Vibrieren dieses Bocks und das Ohren-Inferno zu genießen. Er ließ sich nicht kritisieren, im Gegenteil: Er bestand auf seinem Recht der freien Bestimmung über die Handhabung seines Vehikels. Der Motor sei eben nun mal so laut ausgelegt.

Mit schuldbewusstem Blick trat Polizeiobermeister Brutscher seinem Chef unter die Augen, aber der begrüßte ihn nur kurz und bündig, bevor er sich wieder dem Hüttenwirt zuwendete. Der sollte ihm haarklein erzählen, wie der Jagdhelfer die Leiche gefunden hatte. Aber das war schnell berichtet. Der Jagdhelfer sollte am nächsten Tag mit nüchternem Kopf verhört werden. Brutscher übernahm die Aufsicht der Bergung der Leiche.

Als alles aufgenommen war, machte sich Bachhuber auf den Heimweg. Er war müde und ausgelaugt. Als Oberstdorf in Sichtweite kam, zeigte sein Handy das Netz an, sodass er seinem Vorgesetzten von der Polizeiinspektion Kempten Bericht erstatten konnte. Ein junger Polizeimeister rief 30 Hotels und Pensionen an, um festzustellen, ob irgendwer vermisst wurde. Aber bald war klar, dass nirgends eine Vermisstenmeldung eingegangen war. Bachhuber erschien um 22 Uhr zur eilig einberufenen Pressekonferenz in Oberstdorf und beschrieb die Leiche, freilich ohne ein Bild zu zeigen. Es waren nur ein Lokalreporter aus Sonthofen und ein freier Schreiberling aus Immenstadt da. Morgen sollte ein Phantombild im Allgäuer Anzeigenblatt, der Allgäuer Zeitung und Memminger Zeitung veröffentlicht werden.

Um Mitternacht fiel Bachhuber nach einem flüchtigen Duschbad ins gemachte Bett. Wenn Hilde wach gewesen wäre, hätte sie ihm ein gründliches Wannenbad verordnet, zumal er ziemlich durchgefroren war. Seine Gemahlin murmelte schlaftrunken vor sich hin und schnarchte weiter. Er kroch unter ihre Decke, um sich zu wärmen. „Meine Wärmflasche mit zwei Ohren", nannte er sie scherzhaft. Nie und nimmer würde er wegen ihrer Schnarchphasen in ein anderes Zimmer ziehen. Es sei denn, sie bekäme eines Tages eine Atemmaske verordnet. Ihm war seine Schwiegermutter vor Jahren nachts auf dem Flur mit solch einer Maske begegnet, an der der Verbindungsschlauch zum Kompressor wie ein Elefantenrüssel hing. Der Schrecken war groß, als wäre es die Begegnung mit einem Außerirdischen gewesen. Aber immerhin hatte dieses Gerät der Oma 15 weitere Lebensjahre beschert. Zwölf hätten auch gereicht, frotzelte er manchmal, aber Hilde wusste mit der sarkastischen Neigung ihres Gemahls umzugehen. Als die Oma pflegebedürftig wurde, war es Alois, der dafür sorgte, dass die Omi nach Oberstdorf geholt wurde. Manchmal beschlich ihn ein peinigender Gedanke: Wer würde sich um ihn und Hilde kümmern, wenn die Demenz sich still und heimlich ins Leben schlich und sich die Brille morgens im Kühlschrank und die Wurstsemmel im Kleiderschrank finden sollte …

Nach kurzer schlafloser Phase rollte sich Bachhuber wieder aus den Kissen und schlich nach unten an den immer noch warmen Kachelofen, den Hilde in Erwartung des gemütlichen Abends angefeuert hatte. Es wurde doch abends schon etwas kühler. Er rief in München an und meldete seinen Besuch in der Gerichtsmedizin. Um zehn wollte er schon dort sein. Kurz bevor er sich wieder hinlegen wollte, fiel ihm wieder die kleine Wandergruppe ein, die wohl unterwegs zum Hotel Himmelsblick gewesen war. Sein Tablet-PC war griffbereit. Nach kurzer Internetrecherche fand er die Webseite des Hauses. Tolle Präsentation, Veranstaltungen, Themen, Referenten, Musik. Das würde er sich mal anschauen. Vielleicht. Aber nur wenn Hilde mitgehen würde. Religiöse Themen machten ihn furchtbar unsicher und religiöse Leute brachten ihn ziemlich in Verlegenheit.

Es war bereits nach eins, als der Oberkommissar in einen kurzen unruhigen Schlaf abglitt. Das Bild des angefressenen aufgedunsenen Gesichts der Leiche brannte sich wie ein Standbild auf die Festplatte in seinem Gehirn ein. Wer war diese Frau?

2

LUGENALPE, OYTAL, OBERSTDORF

Die Feuchtigkeit des kühlen Waldbodens war ihm durch die Hose und das Hemd gedrungen und hatte für ein frühzeitiges Ende des Schlafs gesorgt. Es musste so gegen drei Uhr in der Frühe sein, als er zitternd zu sich kam. Auf halber Höhe des Aufstieges zum Hahnenköpfle war er völlig erschöpft zusammengesackt und auf der Stelle eingeschlafen. Fahles Mondlicht drang durch die dichten Wipfel der Bergfichten. Mit steifen Gliedern und klebenden Klamotten auf dem verspannten Leib, der von Ameisen übersät war, krabbelte er zur Viehtränke an der Lugenalpe oberhalb des Oytalhauses. Mit bleiernen Gliedern warf er sich ein paar Hände voll eiskalten Wassers ins Gesicht, das ihm durch die Ärmel rann und den verschwitzten und zugleich doch unterkühlten Leib ein wenig erfrischte. Er tastete nach dem Rucksack und fand einen Kanten Brot und einen Schluck kalten Kaffee in der Feldflasche. Drei Tage ohne Toilette bedeutet, sich immer wieder ins hohe Gras zu hocken. Er hasste dieses primitive Provisorium. Zwischendurch hatte er in der eiskalten Viehtränke ein kurzes Bad genommen. Der Heustadel war nicht abgeschlossen, sodass er dort einigermaßen geschützt ruhen konnte.

Wie war er hierhergekommen? Wie betäubt musste er seine Gedanken sortieren, die sich langsam zu einem Horrorfilm formierten.

Er hatte alles mit dem Fernglas beobachtet. Wie der Jagdgehilfe am Wildfütterungsstand rumhämmerte und plötzlich einen gellenden Schrei ausgestoßen hatte und in Richtung Gutenalpe getorkelt war. Diesen Abschnitt konnte er allerdings nicht mehr einsehen. Dann hatte er den Hüttenwirt gesehen, wie er mit dem Rad – wie von Hunden verfolgt – zum Oytalhaus tief unter ihm gefahren war. Es hatte keine 20 Minuten gedauert, als zuerst die Bergwacht und dann ein ziviler X3 mit Blaulicht Richtung Gutenalpe gerast war. Dann die Beamten in weißen Schutzanzügen, die Beleuchtung, das gedämpfte Stimmengewirr und zuletzt das Quad, das mit lautem Knattergeräusch durch den Talkessel gebrettert war.

Zwei Stunden später war alles vorbei gewesen. Die Nacht hatte die schrecklichen Bilder aufgesaugt und ihm ein paar Stunden Schlaf geschenkt.

Er hatte drei Tage und drei Nächte hier oben zugebracht. Totenwache auf Distanz. Der Viehstall auf der Lugenalpe war schon winterfertig, sodass es höchst unwahrscheinlich gewesen wäre, wenn der Bauer noch einmal hier hoch gekommen wäre. Hier war er sicher. Die Wanderroute zum Hahnenköpfle verlief 300 Meter talwärts.

In seinem Inneren tobte es heftig. Er war Zeuge eines furchtbaren Ereignisses geworden, das tonnenschwer auf seinem Gemüt lastete. Er hatte in Rufweite die Eskalation miterlebt. Er hatte Schreie und Stimmen gehört, aber die direkte Auseinandersetzung konnte er nicht beobachten. Und er war nicht dazwischengegangen. Er war schlicht und einfach abgehauen, war eine Stunde zur Lugenalpe aufgestiegen, um sich dort einen Platz zu suchen, von wo aus er das weitere Geschehen beobachten wollte. Nein, es war nicht Feigheit, die ihn in die unerklärbare Passivität geritten hatte. Es war die Ohnmacht, die schockierende Einsicht, wer da auf einmal aufeinandergetroffen war. Er war so befangen, dass er sich wie in einer Schockstarre befand. Seit diesem Augenblick fühlte er sich selbst wie ein Mörder. Er war völlig unbeteiligt, aber er war Zeuge. Der einzige! Und er kannte den Täter. Und er kannte das Opfer. Er wusste alles. Mit diesem Geheimnis hatte er drei Tage hier oben gelegen und sehnsüchtig darauf gehofft, dass irgendwer auf die Leiche stoßen würde. Er wusste, dass er sich strafbar machte, wenn er sein Wissen für sich behalten würde. Aber niemals würde er dieses Geheimnis preisgeben können. Mit diesem Sprengsatz im sensiblen Gewissen musste er irgendwann wahnsinnig werden. Es gärte und brodelte in seiner Brust, als wollte sein gequältes Herz die erdrückende Last durch die Rippen drücken.

In seinem geplagten Hirn lief der Film seines Lebens nonstop rückwärts. Die letzten drei Tage waren die Hölle gewesen. Die Hölle kann kein Ort sein, kein Raum im Nirgendwo des Universums, davon war er fest überzeugt. Wer so im Trommelfeuer quälender Selbstvorwürfe gelebt hat, der kann über die naive Vorstellung von der Hölle als eine überdimensionale Sauna – nur siebenmal heißer –, oder als ein ewig befeuerter Grill, nur bitter lachen. Die Hölle muss ein Zustand sein, ein Inferno der Selbstzerfleischung. Hölle ist kein Ort. Orte sind berechenbar und erklärbar. Hölle ist zeitlos, raumlos, ausweglos, hoffnungslos, gnadenlos, gottlos: schweigen, absolute Finsternis, ultimative Gottesferne. No exit! Hölle ist die totale Abwesenheit von Gnade. Hölle lodert nicht in der Tiefe des Erdinneren, die Hölle ist unter uns – „among us". Nicht vertikal unter uns, sondern horizontal, neben uns, zwischen uns, hinter uns, vor uns. Und sie hat durchgehend geöffnet. Diese Hölle hatte er hinter sich gebracht. Noch schlimmer ging es eigentlich nicht mehr.

„Herr, erbarme dich meiner, Christus, erbarme dich!", so hatte er stundenlang vor sich hin gestammelt. Als die Stimme in der heiseren Kehle verstummt war, formten seine Lippen lautlos dieses verzweifelte Gebet weiter. „Schaffe in mir, Gott, ein reines Herz …!" Das Lied aus seiner Kindheit huschte ihm durch sein verseuchtes und verstricktes Gemüt. Ein reines Herz? Nie wieder würde sein Herz rein sein. Der Gott, den er seit seiner Kindheit geliebt und verehrt hatte, der Gott Abrahams, Isaaks und Jakobs, der Vater des Herrn Jesus Christus, dem er sein ganzes Leben geweiht hatte, der war nicht mehr fassbar für ihn. Alles was er gelernt und geglaubt hatte, was er von seinen Eltern übernommen hatte und was er seinen Kindern weitergeben wollte, das löste sich jetzt im brennenden Schmerz seiner geplagten Seele in nichts auf. Er würde nie heiraten, nie Kinder haben. Sein erstarrtes Schweigen in dem Augenblick, wo er hätte beherzt dazwischengehen müssen, hatte ihn zum Mittäter gemacht. Mitwisser zu sein, war schon eine erdrückende Last, aber Mittäter zu sein, den Tod nicht verhindert zu haben, das würde ihn nie wieder loslassen. Der Frieden, den sein Leben bis dahin geprägt hatte, war für immer verschwunden. Von nun an würde er auf der Flucht sein, auf einer panischen Hatz, immer die bellende Meute seiner Verfolger im Genick. Er spürte den stechenden Atem Satans, der ihn bis an sein Lebensende hetzen würde. Wenn er nicht bezeugen würde, was er gesehen und gehört hat, würde der Täter frei rumlaufen und womöglich ein Unschuldiger verdächtigt.

Bei diesem Gedanke zuckte er selbst wie vom Blitz getroffen zusammen. Man könnte ja ihn selbst verdächtigen. Die Spur führte 30 Meter vom Tatort entfernt direkt hier hoch zu seinem Wachtposten. Diese Einsicht schürte seine brennende Verzweiflung noch mehr. Er musste sofort hier weg oder er musste sich stellen.

„Noch ist Gnadenzeit", hatte sein Großvater immer gesagt. Noch ist Zeit zur Umkehr. Noch könnte er aus der Finsternis ans Licht treten, Gnade erleben, Amnestie zugesprochen bekommen. Er bräuchte nur 400 Meter hinuntersteigen und sich dem Gastwirt vom Oytalhaus oder einem frühen Wanderer auf dem Weg zum Älpelesattel offenbaren. „Ich bin der Zeuge! Ich kenne den Täter und ich kenne das Opfer." Das würde der erste Schritt ins Licht sein, das Ende der Finsternis, der Sieg der Wahrheit, der Triumph der Gerechtigkeit.

In zwei Stunden würden die ersten Polizeitrupps ins Tal kommen und den ganzen Talkessel bis hoch zur Käseralpe oberhalb des Stuibenfalls absuchen. Und sie würden Hunde dabeihaben. Und sie würden Hubschrauber schicken. Und sie würden ihn vielleicht finden, wenn er jetzt nicht abhaute.

Für einen Augenblick wirkte der Gedanke erlösend und befreiend. *Ach, würden sie mich bloß finden …*

Er raffte in quälender Verzweiflung seine Habseligkeiten zusammen. Es war drei Uhr, als er sich im Schein seiner Stirnlampe aufmachte, über das Hahnenköpfle hinweg runter durch den wilden Steilhang in Richtung Gerstruben. Der Weg durchs Oytal wäre viel kürzer gewesen, aber er wollte nicht der Polizei in die Arme laufen. Er machte einen Umweg am Gasthof Gerstruben vorbei, der bis auf eine Hoflampe ganz im Dunkeln lag, und ging den Wanderweg hinunter, nicht den asphaltierten Weg, und überquerte die Trettach. Dann eilte er im Mondschein am Golfplatz vorbei und bog rechts ab am Moorweiher vorbei, bis er am neuen Wasserkraftwerk an der Trettachbrücke herauskam. Von dort waren es nur ein paar Meter bis zum Parkplatz an der Oybele-Festhalle, wo er seinen alten Volvo abgestellt hatte. Er war nur einem Taxi begegnet, das Wanderer zur Schwarzen Hütte brachte, der Endstation im Tal, für alle, die Hochgebirgstouren machen wollten. Von dort aus ging es nämlich hinauf zur Kemptener Hütte.

Es war gegen sechs Uhr, als er im Kreisel Richtung Sonthofen abbog und ihm drei Mannschaftswagen der Polizei entgegenkamen. Der letzte Halt auf dem „Highway to hell", die letzte Chance für Wahrheit und Klarheit. Er bräuchte nur den Kreisverkehr zu blockieren und sich den Uniformierten zu stellen.

Aber die Angst war stärker. Angst betäubt die Vernunft, schaltet sie aus. Angst treibt in die Enge. Angst würgte seine Kehle und erstickte den Rest Lebensfreude, den er noch hatte.

Er reihte sich ein in den Morgenverkehr der neuen Schnellstraße von Sonthofen nach Kempten. In einer halben Stunde würde er schon auf der A7 Richtung Norden sein. Mit dem unruhigen Gefühl, seine Spuren auf der Lugenalpe vielleicht doch nicht sorgfältig genug verwischt zu haben, und mit dem Vorsatz, nie wieder hierher zu kommen, verlor sich seine Spur in der Blechlawine.

So hoffte er.

Er war unterwegs in den Wahnsinn. Wie kann man mit solch einer quälenden Fracht im Gewissen jemals wieder froh werden?

Ein letzter Blick zum Grünten, dem „Wächter des Allgäus", und schon war er auf der A7. Beim Kreuz Hittistetten peitschte ihm eine böse Idee durch den Kopf: *Einfach gegen die Fahrtrichtung unter den nächsten Lkw fahren.* Dann wäre er erlöst.

3

AM NÄCHSTEN TAG, GERICHTSMEDIZIN MÜNCHEN, OBERMAISELSTEIN, KEMPTEN

„Haben Sie den Zettel gefunden?"

„Welchen Zettel?", fragte die Neue in der Münchner Gerichtsmedizin.

„Na, den Zettel in der Seitentasche des Rucksacks." Bachhuber wirkte übernächtigt und gereizt.

Hilde war um sieben aufgestanden, um ihrem Mann einen Kaffee zu kochen. Morgens war sie nun mal muffelig. In ihrem hochgeschlossenen dicken Morgenmantel sah sie wie ihre Mutter aus, dachte sich Bachhuber im Badezimmer. Hilde fror die Hälfte vom Jahr, die andere Hälfte war es ihr zu kalt. Für einen kleinen romantischen Morgenflirt war Hilde nicht zu haben. Den gab es nur in Bachhubers Fantasie. Erst Bad, dann Kaffee, dann Küsschen. Nur in dieser Reihenfolge. So war sie und so würde sie bleiben, sein geliebtes Eheweib. Hilde steckte ihm noch eine Wurstsemmel zu, als er sich auf den Weg nach München machte.

Hilde war treu wie Gold. Und Alois liebte sie und die drei Kinder, die sie ihm geschenkt hatte. Der Älteste schaffte als Ingenieur beim Liebherr in Memmingen. Er hatte seine Vorgesetzten so beeindruckt, dass die ihn jetzt nach Virginia in die USA schickten, wo Liebherr-Mining als einer der weltgrößten Baumaschinenkonzerne gigantische Muldenkipper baute. Der Zweite war Maurermeister beim Geiger, dem Baulöwen vom Oberallgäu. Und die Jüngste, sein ganzer Stolz, ging auf das Abitur zu. Sie jobbte in jeder freien Minute im neuen Hotel Exquisit, eine der ganz feinen Adressen in Oberstdorf. Hotelmanager Werner Würzle hatte sie eher zufällig beim Servieren in Birgsau beobachtet und sie gefragt, ob sie ins ganz neu zusammengestellte Serviceteam vom Exquisit kommen wollte. Da lief sie nun zur Hochform auf und würde nach dem Abitur in Richtung Hotelmanagement studieren. Bachhuber war einfach nur dankbar für seine wohlgeratenen Kinder – insgeheim auch dafür, dass keiner seiner Sprösslinge in seinem strapaziösen Milieu gelandet war. Und dass Hilde immer zu Hause gewesen war, als die Kinder eine feste Hand gebraucht hatten, sodass er nicht privat den Wachtmeister machen musste.

Kurz vor neun war er im Kühlraum der Pathologie erschienen, um etwas über die Identität der Leiche von gestern Abend zu erfahren.

Die Neue in der Gerichtsmedizin machte einen kühlen Eindruck, irgendwie stimmig mit der Raumtemperatur. Gut, Leute, die Leichen untersuchen, durften keine Weicheier sein, aber diese kühle Blonde war Bachhuber auf Anhieb unsympathisch. Irgendwie fiel ihm die makellos gestylte und eckig bebrillte Zahnärztin ein, die im Fernsehen keimfreie Werbung für Zahnpasta macht. Sie war eine „Zuagereiste", womöglich noch evangelisch, oder schlimmer noch, eine, die gar keinen Glauben hatte. Keine Ahnung, warum es die nach Bayern verschlagen hatte. Nein, die passte nun wirklich nicht hierher. War die in Frankfurt in den falschen Zug gestiegen?

Bachhuber pustete sich auf: „Ich habe im Protokoll ausdrücklich auf den Zettel hingewiesen, der hinter der netzartigen Seitentasche des Rücksacks hervorschaute!"

„Wir haben keinen Zettel gefunden!", erwiderte die Neue mit den kalten Augen.

Bachhuber stutzte. Keinen Zettel gefunden? „Des git's doch id!", fuhr es ihm auf Oberallgäuer Dialekt aus dem empörten Gesicht. Die kalte Blonde verstand ihn nicht, aber Alois gedachte nicht, eine Übersetzung zu liefern.

Er griff zum Telefonhörer und hatte sofort Brutscher an der Strippe. „Fahr sofort zur Fundstelle der Leiche und such den Boden sorgfältig nach einem Zettel ab oder einem Kärtchen, so groß wie eine Visitenkarte! Beeil dich. Jetzt kannst du deine Verspätung von gestern Abend wiedergutmachen."

Danach holte er den Leiter der Spurensicherung aus dem Bett, dem er extra vor Ort den Hinweis auf dieses Detail gegeben hatte. Aber der berichtete nur, wie mühsam die Bergung der Leiche gewesen sei; an einen Zettel konnte er sich nicht erinnern. *Ich Rindvieh, hätte ich doch den Zettel an mich genommen.* Aber „hätte" nützte jetzt auch nichts mehr.

Die kühle Gerichtsmedizinerin zog das Tuch von der Leiche. Die Vorderseite war gereinigt. Ein schöner wohlproportionierter Körper, dachte Bachhuber. Wer oder was hat diese attraktive Frau ums Leben gebracht? Dann wandte er sich dem Hals zu, der deutliche Spuren von Gewalt erkennen ließ.

„Keine Knochenbrüche, die auf einen Absturz hinweisen würden, kein Hinweis auf Selbstmord, keine Schusswunde, keine sexuelle Gewalt, keine Spermaspuren. Das hochgeschlossene Kleid war bis zur Gürtellinie aufgerissen, an der Unterwäsche haben wir Schmutzspuren gefunden, die mit dem Erdboden identisch sind. Das ist insofern nicht bemerkenswert, weil die Tote ja mit der Brustseite auf dem Boden lag. Die Unterwäsche wirkte aber verschoben und grob beschädigt, so als wäre dem Opfer einer sprichwörtlich an die Wäsche gegangen."

Dabei flog eine Spur von Spott über ihr makellos gestyltes Gesicht: vielsagend und gleichzeitig distanziert.

„Feine äußere Hautblutungen, Kratzspuren und Blutergüsse konnten wir nur am Hals feststellen. Wir gehen davon aus, dass das Opfer erwürgt wurde. Tod durch Ersticken. Unter den Fingernägeln des Täters müssen Hautpartikel des Opfers zu finden sein. Am Kleid der Toten haben wir Textilpartikel gefunden, die nicht zur Kleidung gehören, die die Tote anhatte. Unter den Fingernägeln der Toten haben wir Blutreste gefunden. Sie muss sich gegen den Täter gewehrt haben. Zeitpunkt der Tat etwa vor drei Tagen, etwa zwischen abends um zehn und Mitternacht. Geschätztes Alter des Opfers Mitte 20. – Das wars."

Die kühle Blonde präsentierte teilnahmslos ihre Expertise und klappte die Kladde zu, streifte die Handschuhe ab und erweckte den Eindruck, als wolle sie die Sache hinter sich bringen.

„Ach so, der Rucksack. Der war leer! So leer, dass er wie hastig ausgeräumt neben der Toten lag. Kein Handy, keine Geldbörse, nichts. Und noch was: Das Textillabel im Kleid trug die Aufschrift ‚Made in China', aber das sagt ja nichts aus, alle Klamotten kommen aus China. Noch Fragen?"

Mit Blick auf die Kollegin von der Spurensicherung fragte er nach Spuren am Rucksack, Etiketten oder Markenlabel an der Unterwäsche oder sonstigen Auffälligkeiten. Bachhubers gezielte Fragen schienen die junge Kollegin zu nerven. „Das schien uns nicht von Interesse!"

„Das sollte Sie aber interessieren. Nehmen Sie sich die Kleidung noch mal vor", seufzte Bachhuber, sichtlich frustriert von dieser jungen Kollegin. „Was lernen die denn heute im Studium?", grantelte er halblaut vor sich hin.

Bachhuber war bedient und verabschiedete sich mit einem kurzen „Pfia Gott!". Als er zum Wagen ging, rief ihn der Einsatzleiter des Suchkommandos im Oytal an. 40 Leute durchkämmten das Gebiet. Drei Spürhunde seien im Einsatz. Hubschraubereinsatz werde gerade verhandelt. Und immer sei noch keine Vermisstenmeldung eingegangen.

Der Wirt von der Käseralpe, der Wirt von der Gutenalpe, der Jagdhelfer und das Personal vom Gasthaus Oytal sollten verhört werden, ob sie irgendwelche Hinweise zur Aufklärung des Verbrechens geben könnten.

Bachhuber fuhr zurück nach Oberstdorf und nahm gleich Kurs auf das Oytal. Auf einmal meldete sich Brutscher mit der erregten Nachricht: „Wir haben das Kärtchen gefunden!" – „Ich bin gleich da, wir treffen uns im Gasthof Oytal auf einen Kaffee", entgegnete Bachhuber mit einer gewissen Erleichterung.

Kurze Zeit später meldete sich die kühle Blonde aus der Gerichtsmedizin in München. „Das Kleid stammt aus einem Textilgeschäft in Bad Dürkheim an der Weinstraße. Die Unterwäsche im identischen Design trägt das Markenzeichen „Intimacy, 900 N. Michigan Av. Chicago". Aber das sagt auch nicht viel, das kriegt man bei uns in jeder gut sortierten Lingerie. Obwohl das eine ziemlich edle und teure Marke ist. Und im Rucksack haben wir in der Handytasche einen Kassenbon von Sporthaus Fillibeck in Kaiserslautern gefunden, ausgestellt auf den 30. Mai 1992. 32 DM. Keine Kreditkarte."

Bachhuber wusste nicht, was eine „Lonscherie" ist, aber er erahnte es aus dem Zusammenhang und schwieg lieber. Von dieser kühlen Norddeutschen wollte er sich nicht belehren lassen, besonders nicht auf diesem doch recht intimen Gebiet.

„Danke. Gute Arbeit. Ergänzen Sie das Protokoll und mailen sie es sofort an unsere Dienststelle." Bachhuber staunte über seine eigene Höflichkeit, die er der Kollegin auf einmal erwies.

Es war mittags um zwei, als er im Gasthof Oytal auf Brutscher stieß, der schon eine Wurstsemmel zwischen den Zähnen hatte. „Der Zettel lag da, wo sie heute Nacht den Leichensack in den Kombi des Bestatters geschafft haben. Er muss aus dem Sack gefallen sein, in dem sie den Rucksack aufbewahrt haben."

„Zeig her!" Bachhuber zog die Gummihandschuhe an und betrachtete das Kärtchen. Hinten stand handschriftlich eine Telefonnummer drauf, vorne ein Vers, vielleicht ein Gedicht oder eine Liedstrophe: „Allein deine Gnade genügt, die in meiner Schwachheit Stärke mir gibt. Ich geb dir mein Leben und was mich bewegt, allein deine Gnade genügt."

Das Kärtchen stammte von einem Verlag „Licht und Salz" und war in Regensburg gedruckt worden.

Die Telefonnummer war eine Mobilfunknummer, die Bachhuber sofort zur Ermittlung nach Kempten gab. Es war die Nummer von einem gewissen Hans Joachim Feldner aus Obermaiselstein, aber es nahm keiner ab. Bachhuber ließ sich noch von den Suchtrupps berichten und fuhr dann schnurstracks nach Obermaiselstein, um diesen Feldner zu suchen.

Hörnerweg 17. „Wie haben wir früher bloß die Leute ohne Navi gefunden?", fragte sich Bachhuber, als er am Kreisel beim Geiger Richtung Tiefenbach fuhr, vorbei an der Luxusherberge Panorama-Resort hinauf nach Obermaiselstein. Das Haus war schnell gefunden. Ein Bauernhaus mit Ferienwohnungen. Die Bäuerin kam gerade aus dem Kuhstall, als sie sich erkannten. „Grias di, Liese, wie lang haben wir uns nicht gesehen? Das letzte Mal beim Klassentreffen, gell? Hock di hea. Willsch an Kaffee?" Alois wehrte ab und fragte nach einem Hans Joachim Feldner. „Der Hansi? Ja, der hat ein Zimmer bei uns, der lernt dünda im Panorama-Resort. Des isch a ganz Liaba!" Karl, ein gebürtiger Preuße, rief aus der Milchkammer „Resor, Hanni, nicht Resort. Das ‚t' weglassen. Wie oft soll ich dir das noch erklären?"

„Pfiade, Hanni, Gruß an den Karl, ich besuche den Feldner im Panorama-Resort!" Hannis „Der hot garantiert nix verbroche!" ging im Lärm des davonbrausenden Autos unter.

Bachhuber strich sich den Janker glatt, schob sich ein Kräuterbonbon zwischen die Zähne und spritzte sich eine Ladung „Old Spice" auf die Weste, war er doch eben noch vor dem Kuhstall gestanden. Er parkte abseits und meldete sich in der Lobby des geschmackvollen Hotels der Spitzenklasse. Der Empfangschef mit österreichischem Akzent kam aus seinem Hinterzimmer, von wo aus er die schönen Mädels an der Rezeption in ihren feschen Dirndln väterlich befehligte. Bachhuber schob sachte seinen Dienstausweis über den polierten Tresen und bat um ein Gespräch mit dem Hotellehrling Hans Joachim Feldner. „Ja, unser Hansi, das ist ein ganz lieber. Der hat Zimmerservice in Haus Weiherkopf im vierten Stock. Magdalene, würdest du bittschön Herrn Bachhuber ins Restaurant führen und Hansi holen. Ich sage schon Bescheid."

Bachhuber staunte nicht schlecht. Jeder kannte diese Nobelherberge, aber kaum einer hatte sie von innen gesehen. Hier würde er gern mit Hilde mal ein Wochenende verbringen. Der Restaurantchef war sofort zur Stelle und bot ihm Kaffee an. Es dauerte keine drei Minuten, da stand Hans Joachim Feldner am Tisch. Ein netter, gut aussehender Typ, gute Manieren, korrekt frisiert, des Hochdeutschen mächtig.

So sieht also „ein ganz lieber" aus. Der wäre was für meine Tochter. So ein Typ wie früher der Sascha Hehn aus der Schwarzwaldklinik.

Bachhuber kam gleich zur Sache. „Wo waren Sie am Montagabend zwischen 18 und 23 Uhr?"

Feldner erwiderte ganz unbekümmert: „Ich hatte Spätschicht in der ‚Bergdistel', unserem Gourmetrestaurant!"

Bachhuber fragte erst gar nicht nach Zeugen, er vertraute ihm auf Anhieb. Der Bursche hatte was Grundehrliches an sich.

„Herr Feldner, wir haben gestern Abend im Oytal eine Tote gefunden. Wir haben bei der Leiche eine Karte mit Ihrer Mobilfunknummer gefunden. Können Sie sich das erklären?"

Feldner wurde blass und stammelte: „Tot? Ein Unfall?"

„Die Ermittlungen laufen." Bachhuber schob das vor einer Stunde in Kempten erstellte Phantombild über den Tisch. Mit bebender Stimme packte Feldner aus, seine Stimme zitterte, seine Augen schauten an Bachhuber vorbei. Er mühte sich cool zu bleiben, aber es gelang ihm überhaupt nicht.

„Ich war am Montagmittag in Oberstdorf am Bahnhof, um mir eine Fahrkarte zu holen, weil in meinem Quartier in Obermaiselstein das WLAN zu schwach ist für eine Onlinebuchung, und mein Handy hat keinen Internet-Zugang. In der Bahnhofshalle beobachtete ich eine Frau in einem grünen Kleid. Sie wirkte gehetzt und nervös. Ich hatte den Eindruck, dass sie verfolgt würde. Hinter der Glasfront am Kopf der Bahnsteige stand ein älterer Mann mit Hut und Reisetasche, der auffällig nervös war und sie zu beobachten schien, aber ich konnte sein Gesicht nicht erkennen. Wir sprachen kurz miteinander. Sie war vor ein paar Jahren von einem USA-Aufenthalt zurückgekommen und hatte vor zwei Jahren im Hotel Himmelsblick die Hauswirtschaftsleitung übernommen. Und da haben wir uns getroffen."

„Wie? Getroffen?" Bachhuber ahnte den größeren Zusammenhang.

„Ja, ich gehe, wenn es mein Dienstplan zulässt, Donnerstagabend immer zur Bibelstunde ins Hotel Himmelsblick am Kühberg. Und da habe ich Lydia kennengelernt!"

„Lydia! Nachname?"

„Lydia Weber. Sie stammt aus der Pfalz."

„Genauer?" – „Keine Ahnung, sie hatte jedenfalls diesen derben pfälzischen Dialekt. Sie hat öfters von Haßloch erzählt, dem größten Dorf Deutschlands."

Bachhuber notierte eifrig.

„Wie alt?" – „Mitte 20!"

„Und? Was war im Bahnhof?"

„Das war ganz komisch. Sie wirkte völlig panisch. Sie wolle ein paar Tage im Himmelsblick ausspannen und mit einem bekannten Seelsorger sprechen, der in dieser Woche Vorträge im Himmelsblick hält. Sie fragte mich nach meiner Telefonnummer, falls sie meine Hilfe brauchen sollte. Ich habe ihr eine Spruchkarte zugesteckt, auf der ich meine Handynummer notiert hatte. Und dann ist sie aus der Bahnhofshalle gelaufen. Der ältere Mann mit Hut muss durch den Seitenausgang gegangen sein."

Bachhuber zog eine Kopie der Karte aus der Tasche und las „Allein deine Gnade genügt …" „Das ist die Karte, die ich Lydia gegeben habe. Mehr kann ich Ihnen nicht sagen."

„Hat sie Sie angerufen?"

„Nicht, dass ich wüsste, aber ich schaue noch mal nach." Feldner wandte sich ab und betastete mit zitternder Hand sein Handy. „Tatsächlich, Lydia hat vor drei Tagen um neun Uhr versucht, mich zu erreichen. Keine Meldung auf der Sprachbox. Doch, hier eine SMS: „Hansi, verständige die Polizei, ich werde verfolgt! Oytal …"

Feldner stammelte: „War das das letzte Lebenszeichen von ihr? Warum habe ich diesen Notruf übersehen?"

Bachhuber beruhigte ihn unbeholfen. Gleichzeitig registrierte er einige Auffälligkeiten. Warum hatte sich Feldner zur Seite gedreht, als er den Eingang der SMS prüfte? Und sein Erschrecken über Lydias Nachricht wirkte nicht echt. Oder doch? Bachhuber fühlte sich vereinnahmt von diesem netten Typ. Er musste unbedingt kritische Distanz wahren.

Vor dem Abschied im Foyer fragte Bachhuber: „Herr Feldner, nur mal so, was treibt einen jungen Burschen wie Sie in eine Bibelstunde? Gehören Sie zu einer Sekte?"

„Wieso Sekte? Ich bin ein ganz normaler evangelischer Christ und engagiere mich in der Jugendarbeit meiner Kirchengemeinde.

Als ich ins Panorama-Resort kam, hat mich ein junger Auszubildender mit ins Haus Himmelsblick genommen, seitdem gehe ich gern zu diesen biblischen Vorträgen. Die haben immer hochkarätige Theologen als Kurprediger. Wie kommen Sie auf Sekte?"

Bachhuber fühlte sich ertappt und verunsichert. Ein „Nix für ungut!" war das Ärmlichste, was er noch zur Beendigung der Konversation auftischen konnte. Das war einfach nicht sein Metier.

Er brach hastig auf, hinterließ Feldner seine Telefonnummer, falls ihm noch was einfallen würde. „Wann war noch mal die öffentliche Bibelstunde?"

„Immer donnerstags um 20 Uhr, also heute."

„Herr Kommissar, werden Sie den Mörder finden?"

„Mörder? Wer redet hier von Mord? Wir stehen erst am Anfang der Ermittlungen. Danke, Herr Feldner, Sie haben mir sehr geholfen."

Bachhuber grüßte den Empfangschef flüchtig und hetzte zum Auto. Per Handy berief er eine Lagebesprechung in Kempten ein. 17 Uhr. Dann rief er Hilde an: „Schatzel, weisch, ich muss heute Abend zur Bibelstunde ins Hotel Himmelsblick, dädescht mi begleite?"

Hilde, sonst immer gesprächig, hatte es die Sprache verschlagen. „Mein Liese will in die Bibelstund. Was ist denn in den gefahren?" Sie rief die Geiger Maria an und fragte, was man zur Bibelstunde anziehen würde und ob man Plätze reservieren musste.

In der Kriminalpolizeiinspektion Kempten angekommen, düste Bachhuber gleich in den Konferenzraum und begrüßte die Anwesenden. Die Akte „Oytal" lag auf dem Tisch. Eine junge Beamtin stand mit Marker an der Flipchart, skizzierte die Lage und klebte Bilder an eine Stellwand. Nach ausführlicher Erörterung der Details und des Berichtes der Spurensuche im Oytal und der Verlesung des Berichts der Münchner Gerichtsmedizinerin fasste Bachhuber den Stand der Ermittlungen zusammen.

1. Die Tote heißt Lydia Weber, Mitte 20, und stammt aus der Vorderpfalz, vermutlich aus Haßloch. „Brutscher, du nimmst sofort mit den Kollegen in Neustadt an der Weinstraße Kontakt auf, um Adresse und Angehörige ausfindig zu machen. Bevor sie die Todesnachricht überbringen, bitte Rücksprache mit mir."
2. Laut Obduktionsbericht der Gerichtsmedizin München ist das Opfer am Montagabend so gegen 22 Uhr in der Nähe einer Futterkrippe zwischen Gasthof Oytal und Untere Gutenalpe am Abhang der Gleitwand ums Leben gekommen, vielleicht erwürgt worden oder bereits erwürgt dorthin geschafft worden. Das Kleid und die Unterwäsche weisen Spuren von Gewalt auf, und zwar nur im Brustbereich.
3. Die Leiche wurde gestern vom Jagdhelfer Josef Schmid gefunden, die Meldung an die Oberstdorfer Polizeiinspektion kam vom Wirt der Gutenalpe.
4. Lydia Weber war am Tag ihres Todes, also am Montag, mit der Bahn nach Oberstdorf gekommen. Dort traf sie den heute von mir verhörten Hans Joachim Feldner, der das Opfer von Begegnungen im Hotel Himmelsblick her kannte, wo Lydia Weber bis vor einem Jahr in der Hauswirtschaft gearbeitet hat. Zuvor war sie in Chicago als Au-pair. Der Zeuge Feldner sprach von einem älteren Mann mit Hut und Reisetasche, der sich auffällig verhalten habe. Lydia Weber schien auf der Flucht vor diesem Mann gewesen zu sein. Keine weiteren Kenntnisse. Unsere weiteren Ermittlungen konzentrieren sich auf diesen Mann. „Brutscher, du überprüfst, ob die Überwachungskamera im Kopfbereich der Bahnsteige den Mann mit Hut und Reisetasche erfasst hat!"
5. Heute geht das Phantombild raus, auch an die Pfälzer Kollegen.
6. Ich selbst werde heute Abend im Hotel Himmelsblick Hinweisen auf die Tote nachgehen. Da bestehen irgendwelche Zusammenhänge.
7. Die Befragung des Oytalwirtes, des Jagdhelfers und des Wirtes der Gutenalpe haben zu keinen weiteren Erkenntnissen geführt.

In diesem Moment erschien der Leiter des Suchkommandos aus dem Oytal. Man habe mit Spürhunden eine Fährte aufgenommen, die 30 Meter vom Tatort aus hinauf zur Lugenalpe führte, wo eine Person sich mehrere Tage aufgehalten haben müsse. „Die Exkremente, die wir dort gefunden haben, befinden sich auf dem Weg ins Labor. Die Spur konnte über das Hahnenköpfle an Gerstruben vorbei über die Trettach bis zum Parkplatz an der Oybele-Halle verfolgt werden. Dort verlor sich die Spur. Der Unbekannte hatte offensichtlich dort sein Fahrzeug geparkt. Die Spur selbst wurde aber nicht da gefunden, wo die Leiche gelegen hatte, sondern fünfzig Meter entfernt.

„Noch Fragen? Keine. Gut, dann an die Arbeit. Wir erwarten jetzt weitere Infos über den familiären Hintergrund in der Pfalz und über die religiösen Verbindungen zum Hotel Himmelsblick. Brutscher, du holst Informationen bei der Bahn ein. Zugstrecke Mannheim – Oberstdorf. Zugbegleiter interviewen, Platzreservierung, Ticketkauf und so weiter, das ganze Programm eben."

Um 18 Uhr machte sich Bachhuber auf den Heimweg, damit er sich in Ruhe für den Besuch im Hotel Himmelsblick vorbereiten konnte. Hilde erwartete ihn schon ungeduldig.

4

JAHRE ZUVOR,
HIGHLAND PARK,
ILLINOIS (USA)

„Please don't forget your personal belongings. Passengers booked on UA 163 to Los Angeles are requested to proceed to Gate B 52. Passengers booked to Chicago are requested to proceed to Passport Control", tönte es aus den *Bordlautsprechern* des Star Alliance Airbus, der gerade auf einem der verkehrsreichsten Flughäfen der Welt, „Chicago O'Hare" gelandet war. Lydia griff nach ihrem Handgepäck: Rucksack, Handtasche, ein leichter Sommermantel und wurde zum Ausgang geschoben. Welch ein riesiges Terminal. Das galaktisch designte United Airlines Empfangsgebäude wirkte richtig außerirdisch. Lydia fühlte sich klein und verloren. Sie fürchtete, ihre Gastgeber zu verfehlen, aber sie war auch von einer gewissen Gleichgültigkeit getragen. Was sollte schon passieren, Hauptsache, sie war dem Getto ihrer Familie erst mal entronnen. Chicago: Allein dieser Name klang nach Weite und Freiheit. Weite und Freiheit. Das war es, was sie suchte. Wenn alles so weitergelaufen wäre, hätte sie den Rest ihres christlichen Glaubens auch noch verloren. Aber jetzt hoffte sie auf Befreiung von den Zwängen dieser „Du-darfst-nicht-Religion". So hatte sie es am Abreisetag in ihr Tagebuch geschrieben.

Bis zuletzt hatte es Streit gegeben. Ihre Mutter war zufällig oder auch gezielt in ihr Zimmer gekommen, als sie die Koffer packen wollte. Ihre Kommentare zu dem, was sie eingepackt hatte, waren so demütigend, dass sie kein Wort dazu sagte und den Kofferdeckel demonstrativ zuklappte. Die wenigen Stunden bis zur Abfahrt nach Frankfurt waren so schmerzlich für Lydia, dass sie die Abreise herbeisehnte. Sie würde nicht weinen – sie war dabei, sich für immer aus ihrem Elternhaus zu lösen. Die Geschwister waren alle früh aufgestanden und nun umarmten sie ihre große Schwester und schluchzten hinter ihr her.

Sie waren früh in Haßloch losgefahren, das vorderpfälzische Großdorf lag an der A 65 bei Neustadt an der Weinstraße, sodass sie in einer knappen Stunde am Flughafen sein würden. Es war der erste Flug ihres Lebens. Und sie war zum ersten Mal in den USA. Vater bemühte sich gefasst zu wirken, aber in Wirklichkeit war er ziemlich nervös. Mutter sagte kein Wort. Im Auto herrschte bedrückendes Schweigen. Erst nach dem Viernheimer Kreuz brach Mutter die beklemmende Stille und fragte Lydia nach Pass und Tickets. Die Frage sollte noch öfters kommen.

Im Parkhaus am Flughafen hatte Vater darauf bestanden, seine älteste Tochter für die Reise zu segnen und Gott um Bewahrung zu bitten. Lydia ließ das improvisierte Ritual teilnahmslos über sich ergehen. Es wirkte alles so formal und vorhersagbar. Der Vater, der sie in sein kleines religiöses Weltbild pressen wollte, der sie seelisch so verletzt hatte, der legte ihr in einer Ecke des Parkhauses die Hände auf und segnete sie. Mutter stand schluchzend daneben. Der Abschied vor der Passkontrolle war so verklemmt, wie sie die letzten Jahre miteinander gelebt haben. Mutters Versuch einer Umarmung wirkte sperrig und ungelenk. Vater drückte ihr nur die Hand, unsicher und mit feuchten Augen. Jede weitere Form körperlicher Nähe wäre Lydia sehr unangenehm gewesen. Sie war so froh, als sie es hinter sich gebracht hatte. Körperliche zärtliche Nähe würde nicht der gefühlten inneren Distanz entsprechen, die sich zu ihren Eltern aufgebaut hatte. Sie wollte nur noch eines: Endlich raus aus diesem engen Haushalt und der Versammlung im Hinterhof mit ihren tausend Verboten und Geboten.

Als sie am Hinweis zur Flughafenkapelle vorbeizogen, musste Lydia grinsen. Das wäre doch ein guter Platz für das Segensgebet gewesen. Nein, es musste separat sein, immer alles exklusiv. Und wenn dort neben der Bibel auch ein Koran lag, hätte Vater sie dort sicher nicht gesegnet.

Nach langem Warten an der Passkontrolle hatte Lydia endlich das Gepäckband des Fluges aus Frankfurt gefunden. Und schon setzte sich das Ungetüm in Bewegung. Sie starrte auf das Band. Die ersten Koffer zogen an ihr vorbei wie die Gepäckstücke ihrer Vergangenheit. Die letzten Monate waren der Horror gewesen. Der tägliche Streit mit ihrem Vater war so eskaliert, dass sie kaum noch miteinander gesprochen hatten. Sie hatte sich durch die ständigen Meinungsverschiedenheiten mit ihren Eltern so gedemütigt gefühlt, so seelisch missbraucht, dass die Idee ihrer Patentante wie ein erlösender Ausweg erschien. Sie solle mal für ein Jahr ein Praktikum in einer amerikanischen Familie absolvieren, vielleicht würde sie dort besser zurechtkommen.

Die Gastgeber kannte Lydia nur vom Briefwechsel her. Gleich würden sie sich kennenlernen. Familie Lehmann, deutschstämmig, in der dritten Generation in Highland Park in Illinois ansässig.

Die beiden Koffer auf dem Gepäckwagen verstaut, steuerte sie in die Ankunftshalle „International arrivals". Als sie das Ehepaar mit dem Schild „Welcome Lydia" sah, war die Freude groß. Herzliche Umarmungen und Küsschen. Welch ein Kontrast zur sperrighölzernen Abschiedsszene in Frankfurt. Nette Leute, dachte sich Lydia, erster Eindruck sehr gut. Das Gepäck war schnell auf der Ladefläche des röhrenden 8 Zylinder Pick-up verstaut.

Als sie das riesige Flughafenareal verlassen hatten, fuhren sie unter einer Schilderbrücke durch, auf der „Mannheim Road" stand. „Hier kriegt jeder Deutsche Heimatgefühle", schmunzelte Herr Lehmann und drehte sich aufmunternd zu Lydia. Aber die war froh, dass Mannheim hinter ihr lag. Dann ging es auf den sechsspurigen Tollway in nördliche Richtung, der irgendwann nach Milwaukee in Wisconsin führte. Nach einer halben Stunde bogen sie rechts ab auf die 22 – Halfday Road genannt – in Richtung Lake Michigan.

Lydia staunte über die vornehmen Wohnviertel der Northern Suburbs von Chicago. Aber sie war zu müde, um Fragen zu stellen. Endlich bogen sie in Highland Park auf ein Privatgrundstück, das Haus der Gasteltern, wo sie ein Jahr mitarbeiten sollte. Pompös, riesig, komfortabel, so war Lydias erster Eindruck. Hier scheint es an Geld nicht zu fehlen. Und im Umweltbewusstsein schien es unter frommen Leuten genauso ignorant zuzugehen wie bei den übrigen Amis.

Edward war Ingenieur bei einem Energiekonzern, Linda, seine Frau, war Hausfrau und Mutter von sieben Kindern zwischen

17 und fünf Jahren alt. Sie unterrichtete die Kinder selbst. Dieses Homeschooling war weit verbreitet, keineswegs nur unter Christen, sondern auch unter Muslimen, Atheisten, Ökos, Antikriegsaktivisten. „Dass die Kids erst gar nicht mit der Evolutionstheorie und der liberalen Sexualaufklärung in Berührung kommen", gab Linda zur Auskunft, als sie Lydias kritischen Blick registrierte.

„Willkommen zu Hause", dachte Lydia bitter. Mit genau diesen Argumenten hatten ihre Eltern jahrelang mit den deutschen Schulbehörden im Clinch gelegen. Sie war vier Jahre in die Grundschule gegangen, danach wurden sie mit anderen Kindern aus der Hausgemeinde von einer Fahrgemeinschaft zur nächsten freien christlichen Schule gebracht. Sie sollten vor der modernen Pädagogik der „Neuen Linken" der sogenannten „Frankfurter Schule" bewahrt bleiben. In den 80er-Jahren wurden vermehrt freie christliche Schulen gegründet, die dem Einfluss einer linken Ideologie auf die Kinder widerstehen sollten. Diese freien Bekenntnisschulen galten im Vergleich zu den öffentlichen Schulen als die besten in ihrer Region, aber Lydia wollte lieber an eine öffentliche Schule. Sie wollte partout nicht in einem Streichelzoo aufwachsen, sondern auf der freien Wildbahn, wie sie es damals in ihrer Rede zur Schulabschlussfeier genannt hatte.

Nun war sie über den großen Teich emigriert, um endlich in Freiheit zu leben, und landete in einer Familie, die ihre Kinder zu Hause unterrichtete, damit sie vor der Freiheit geschützt würden? Lydia roch den Braten, den ihre Patentante da angerichtet hat. Sie sollte hier wohl auf strammen Kurs gebracht werden. Na ja, so schlimm würde es hoffentlich nicht werden.

Linda und Edward zeigten ihr schönes weitläufiges Heim mit der feudalen Eingangshalle und mit den dicken flauschigen Teppichböden, mit kältespeiender Klimaanlage, TV-Bildschirmen, so groß wie ein Küchenfenster, und eisspeienden Kühlschränken. *Bei solchem Wohlstand ist es locker und leicht, fromm zu sein*, dachte sich Lydia. Reich und fromm – und schon lief der deutsche kleinbürgerliche Abwehrreflex. Ein Klischee? Gar nicht, es war die Wirklichkeit.

Ihr kleines Gästeappartement war geschmackvoll eingerichtet. Im begehbaren Kleiderschrank konnte sie ihre Sachen gut verstauen. Ein übergroßes Bett, Platz für zwei. Ihre Fantasie wollte die Idee vom Bett für zwei weiterspinnen, aber sie fror. Die Klimaanlage war derart kalt eingestellt, dass Lydia zitterte. Aber sie hatte bald das Thermostat zur Einstellung der Zimmertemperatur entdeckt. Die Zimmerfenster mit dem Fliegendraht mussten nachts zubleiben. Und dann das Zirpen der Grillen und Heuschrecken, wie in jedem Hollywood-Film. Alles fremd und doch schon vertraut.

Beim Abendessen sollte sie die Kinder kennenlernen. Es war ein heißer Tag gewesen. Lydia fühlte sich wie gekocht und dementsprechend völlig verschwitzt. Nach einer erfrischenden Dusche kam sie in einem etwas gewagten offenherzigen Outfit in die Küche. Lindas Gesicht verriet Unbehagen. Sie sagte nichts, aber es war diese gespielte Empörung, die Lydia sofort registrierte. Und da waren sie auch gleich, die Erinnerungen an endlose und sinnlose Debatten um den Schnitt von Badeklamotten, um Rocklänge, Ausschnitt, Frisur, Rockmusik, Tanz. Verrückt, dachte sie, jetzt geht das Theater weiter. Kleine Welt. Angst ist der Schlüssel. Angst, Gottes Zorn zu provozieren. Und gleichzeitig endlos zu plappern, dass wir zu Gott kommen können, wie wir sind. Wie widersprüchlich war das denn?

Sie fand die Kinder süß, die beiden pubertierenden Jungs, dann die Zwillinge, zwei Mädchen mit 13, dann ein elfjähriger Junge und zwei Mädchen, acht und sechs Jahre alt. Und die waren alle sofort in Lydia verknallt. Der Pizza-Lieferant klingelte und dann wurde fröhlich gespeist. Ohne Messer und Gabel, die großen Stücke mit dem dicken Teigboden auf einer Serviette balanciert.

„Lydia, wir bitten dich, mit unseren Kindern Deutsch zu sprechen, mit uns kannst du Englisch sprechen. Die Kinder sollen zweisprachig aufwachsen." „Gern", strahlte Lydia, „das ist ja auch für mich gut. Win-win-Situation nennt man das mittlerweile auch in Deutschland."

Als die großen Jungs Baseball guckten und die anderen im Bett waren, klopfte Linda an Lydias Tür. Lydia war im Jetlag und somit halb wach, halb schlafend. „Wollen wir uns noch ein wenig zusammensetzen?"

Aber Lydia war einfach nur müde. „Morgen ist auch noch ein Tag!" Kurze Zeit später war sie eingeschlafen. Dafür war sie jetlagbedingt um drei Uhr in der Früh schon wach, aber sie blieb im Bett, bis es sie um sechs Uhr in den Pool zog. Eine halbe Stunde später erschienen Lehmanns Kinder nach und nach in der Küche, verdrückten Weißbrot mit Erdnussbutter und vor Zucker strotzende Flakes in Milch und verschwanden im Schulzimmer des Hauses.

Das Frühstück mit Edward und Linda war nett und locker. Edward fuhr mit einem röhrenden Pick-up zu seinem Büro in Deerfield. Ob er unterwegs was aufladen musste? Amerikanische Männer brauchen Ladeflächen, obwohl sie nichts aufladen. Pioniere eben. Neben dem Pick-up füllten ein großer Van und ein alter Porsche 911 protzig die Vierer-Garage.

Linda war startklar für den Hausunterricht. Sie lud Lydia ein, einfach einmal dabei zu sein. Lydia kam aus dem Staunen nicht heraus, wie intensiv und für jedes Kind zugeschnitten hier unterrichtet wurde. Natürlich begann der Unterricht mit einer kleinen Andacht: Linda las aus einem Andachtsbuch mit dem Titel „Our Daily Bread" eine kleine Meditation zum Bibeltext des Tages vor, den die Kinder treffsicher aufgeschlagen hatten. Dann wurde gesungen, Linda begleitete den Gesang am Keyboard. Dann beteten alle Kinder frei und unbekümmert und Linda schloss die Runde mit einem ultimativen Amen.

Linda hatte ein ausgeprägtes pädagogisches Geschick, denn jedes Kind musste anders gefordert und gefördert werden. Die Lehrpläne kamen von der staatlichen Home-Schooling-Aufsichtsbehörde. Lydia vertiefte sich bald in diese Akten.

Am Abend saßen sie dann am Kamin und machten sich miteinander bekannt. Lydia fing an in Englisch zu erzählen, merkte aber bald, dass dieser Exkurs in ihre Lebensgeschichte nur in Deutsch verständlich rüberkommen würde, was die Lehmanns gern akzeptierten:

„Ich bin in einem christlichen Elternhaus aufgewachsen. Ich habe früh biblische Geschichten gehört und die frommen Lieder gelernt. Meine Kindheit war sehr behütet, ich habe meine Eltern und meine Geschwister sehr geliebt, weil ich selbst geliebt wurde." Sie stockte und musste ein paarmal schlucken, bevor sie die Emotion überwunden hatte. Es überkam sie ein wenig Wehmut, weil sie von dieser schönen Kindheit in der Vergangenheitsform sprach. Ein abgeschlossenes Kapitel – erschreckend weit weg. Mittlerweile erlebte sie das Kontrastprogramm, das unheimlich fremde und kalte Gegenstück zur goldenen Kindheit.

Sie stotterte etwas unsicher weiter, denn ihr wurde bewusst, dass sie zum ersten Mal darüber sprach. Ausgerechnet mit Menschen, die sie erst seit 24 Stunden kannte. Zum ersten Mal überhaupt. Was hatten Edward und Linda, dass sie sich ihnen gegenüber so frei und ehrlich fühlte? Vielleicht weil sie nicht befürchten musste, dass sie postwendend Meldung nach Deutschland schicken würden.

„Mit 18 Jahren geriet ich immer mehr in Konflikte mit meinen Eltern. Mein Vater gehörte zur Leitung der Hausgemeinde, die sich in einem kleinen Saal im Hinterhof eines Gebäudes befand, das dem Gemeindeleiter gehört, August Haupt. Er galt als fröhlicher Bekenner seines Glaubens. Er hat meinen Vater sehr geprägt. Dieser Mann war mal ein toller Typ, ein Vorbild für seine Generation. So haben es mir meine Eltern berichtet. Er war in der kirchlichen Jugendarbeit engagiert, veranstaltete Zeltlager – some sort of camps, adventure, you know? – übernahm den Kindergottesdienst und brachte Leben in die müde Kirche. Aber irgendwann fühlte er sich berufen, was Eigenes zu gründen. Er trat aus der Kirche aus und drängte seine Freunde zum Austritt. Das war der

Anfang einer Entwicklung, die unsere Gemeinde schleichend ins gesellschaftliche Abseits geführt hat."

Lydia hielt inne, denn in den fragenden Gesichtern von Edward und Linda konnte sie ablesen, dass es in den USA nur Freikirchen gibt, keine Landeskirchen wie in Deutschland. Doch sie erzählte weiter.

„In den letzten 15 Jahren hat August Haupt die Gemeinde immer weiter in die Enge gedrängt. Und es kamen immer mehr Leute aus anderen Gemeinden dazu, Unzufriedene, Empörte, denen alles zu modern war. Das zentrale Thema war nicht mehr Jesus Christus, es ging fast nur noch um die sogenannte Endzeit, das Ende der Gnadenzeit, die „Entrückung" der Gläubigen, den Weltuntergang und das Gericht und die Hölle. Ständig wurde der Puls der Zeit gefühlt, dabei spielte das „Volk Israel" eine ganz besondere Rolle. Er ließ sich von allerhand selbst ernannten Endzeit-Experten und angeblich prophetisch begabten Brüdern inspirieren, was wiederum den Endzeitdruck erhöhte. Der Teufel stecke in jedem Menschen, der nicht auf der Linie des baldigen Weltuntergangs war. So entstand eine Kontrastwelt, ein Freund-Feind-Denken, in der August die kleine verzagte Schar unter seine Kontrolle bringen konnte. Keiner wagte es gegen ihn aufzustehen."

Edward unterbrach Lydias Monolog: „Hätten die sich nicht den „Brethren" – also einer Brüdergemeinde oder den Mennoniten anschließen können?"

„ Doch, das haben sie sogar versucht. Eine Weile sympathisierte August mit einer kleinen Gemeinde in der Hinterpfalz, in der die Frauen Kopftücher und lange Röcke trugen, aber die haben ihn schnell durchschaut. Er konnte dort nicht landen, weil diese ganz und gar seriösen Leute seinen despotischen Führungsstil ablehnten. August musste selbst der Guru sein, entschieden, klar, fest und treu. Einfältige Geister folgten ihm gern auf dem ‚Weg dem Lamme nach', so wie sie das nannten."

Lydia staunte selbst über ihre Fähigkeit, die Lage zu Hause so klar zu analysieren. Diese Fähigkeit hatte sie ihrem Religionslehrer zu verdanken, der ihr immer wieder Mut gemacht hat, nichts blindgläubig zu übernehmen, sondern kritisch zu hinterfragen.

Edward wollte wissen, was mit „Entrückung" gemeint war. Auf seinem mobilen Tablet-PC erschien der Begriff „rapture", eine im 19. Jahrhundert von einem gewissen John Nelson Darby entwickelte Endzeitlehre. Lydia bemerkte mit ironischem Unterton, dass diese Lehre angesichts der 2000-jährigen Kirchengeschichte geradezu ein modernistisches Phänomen sei.

„Wenn es zur Weltuntergangsideologie passt, dann darf auch mal ganz modern argumentiert werden!", bemerkte Lydia augenzwinkernd.

Lydia erzählte, wie beeindruckend und prägend für sie die Lektüre des Buches „Der Weg dem Lamme nach" gewesen war. So wollte sie leben. Aber die leitenden Brüder hatten aus den wertvollen Gedanken eine Ideologie des unbedingten Gehorsams und der völligen Erniedrigung der Glaubenden gemacht. Der eigene Wille sollte wie Christus, das Lamm Gottes, gebrochen und gekreuzigt werden. So konnte August Haupt die kleine Herde beherrschen und von der Welt absondern. „Eigentlich ein so guter Ansatz", meinte Linda, „ein Kontrastprogramm zum Egoismus unserer Zeit. Aber was haben die Kleingeister und Duckmäuser daraus gemacht?"

Schweigen auf der Sofaecke. Edward meinte nachdenklich und zögernd: „Ist Psalm 23 nicht das schönste und tiefste Bild der Jesus-Nachfolge? Und doch ist es immer wieder passiert, dass falsche Hirten die Herde verführt oder versklavt haben."

„So wurde meine Heimatgemeinde unter der strengen Führung von August Haupt und meinem Vater eine Art Sekte, die keinerlei Korrektur erhielt und sich darum immer mehr isolierte. Sie wollten ‚biblische' Gemeinde bauen und einfach mal 2000 Jahre Kirchengeschichte ausblenden. So, als könnte man Kirche in ihrer Urform heute ganz einfach imitieren und reproduzieren. Ich hatte einmal ganz naiv gefragt, was denn biblische Gemeinde sei, so etwas wie die Gemeinde in Korinth? Das war doch eine biblische Gemeinde, aber das fand August gar nicht lustig. Das war der Anfang eines schwärmerischen Kirchenverständnisses. Uns wurde verboten, mit Christen anderer Kirchen Kontakt zu halten. Es sind 20 Leute, die jetzt noch am Sonntagmorgen um sechs Uhr zum „Heiligen Tisch" kommen und um zehn Uhr zur „Schriftbetrachtung", wie sie die Versammlungen nennen. Da der Versammlungsraum im Hinterhof liegt, besteht keine Gefahr, dass sich irgendwer dahin verläuft. Trotzdem wird die Tür während der Veranstaltungen verschlossen."

Lehmanns waren ganz still geworden. Linda schaute betreten unter sich und Edward hüstelte verlegen. Die Jungs kamen aus dem Fernsehzimmer, kommentierten noch das Baseballspiel und verschwanden frustriert in ihren Buden. Die Chicago Cups hatten mal wieder verloren.

„Ich hatte einen tollen Religionslehrer, einen total entspannten und überzeugten Christ. Der hat mir Wege zum Verständnis der Bibel gezeigt, die mich immer mehr in Distanz zu meinen Eltern brachte. Bei diesem Lehrer gab es keine Denkverbote, aber er verstand es, uns ein Grundvertrauen in die Bibel zu vermitteln und dabei trotzdem kritisch zu prüfen und zu unterscheiden. So wurde ich zu einer totalen Leseratte, ich habe die Bücher verschlungen, die mir der Religionslehrer mitgebracht hat.

Heute weiß ich, dass mich die enge und ängstliche Prägung der Hausgemeinde beschädigt und belastet hat. Ich habe mit dieser Sekte nichts mehr zu tun und ich leide daran, dass meine Eltern in völliger Ergebenheit zu August Haupt stehen. Ich würde sie so gern ehren und achten. Ich liebe sie ja immer noch. Sie sind Opfer eines Irrlehrers und Verführers. Meine Mutter durchschaut dieses ganze fromme Theater, aber sie würde sich nie gegen meinen Vater stellen. Sie hat mir mal erzählt, dass sie ihr Traugelübde sehr ernst nimmt. Irgendwie bewundere ich sie. Heute zerbrechen Ehen wegen den kleinsten Differenzen. Bei aller Distanz, ich will nicht aufhören, meine Eltern so zu sehen, wie Gott sie sieht."

Fast trotzig kam ihr dieser Entschluss über die bebenden Lippen, so als wollte sie sich in der Gegenwart von Linda und Edward verpflichten. Bei allem Schmerz der letzten Monate wollte sie die Tür zu ihren Eltern offenhalten. Je größer die räumliche Entfernung, umso fester das familiäre Band, das auch in Krisenzeiten trägt – gerade dann.

Linda fragte nach Lydias Geschwistern.

„Ja, einer meiner Brüder und drei meiner Schwestern gehen inzwischen auch auf Distanz."

Es war spät geworden, so beschlossen sie den Abend zu beschließen und bald Fortsetzung zu machen.

Lehmanns wollten gerade aus den Sesseln kriechen, als Lydia noch einmal um drei Minuten bat. Linda und Edward nahmen wieder Platz.

„Linda, es tut mir leid, dass ich euch gestern mit meinem gewagten Outfit provoziert habe. Ich habe auf diesem Gebiet so viele Demütigungen erlebt, so viel Prüderie, so viel Leibfeindlichkeit, dass ich irgendwann beschlossen habe, ich selbst zu sein. Ich werde mich auch in Zukunft keiner Kleiderordnung und keiner Frisurvorschrift irgendwelcher frommen Leute unterwerfen. Ich liebe es figurbetont, aber ich habe mir auch Grenzen gesetzt, und ich respektiere den Geschmack anderer. Aber ich werde nie wieder zurückgehen in diese ständige Bevormundung. Ja, das war es. Dann gute Nacht!"

Fast ein wenig erschrocken über ihren eigenen ironischen – fast spöttischen Ton, versuchte Lydia sich wieder unter Kontrolle zu bekommen.

Edward zeigte eine Spur stillen Vergnügens auf seinem markanten Gesicht und versuchte mit ein paar netten Jokes die Lage zu entspannen.

Linda zeigte sich missverstanden. Sie hatte schon viele Au-pair-Mädchen gehabt, aber solch eine Powerfrau hatten sie noch nie. Insgeheim bewunderte sie Lydia. Es war gerade so, als hätte sie sich freigeschwommen – nicht nur morgens im Pool.

Lydia hatte schnell in das Homeschooling hineingefunden. Sie unterrichtete Deutsch und Geografie, auch etwas deutsche Geschichte. Sehr schnell waren die Vorurteile widerlegt, denn diese intensive Einzelbetreuung zeigte bei Lehmanns Kindern beeindruckende Lernerfolge.

Am Samstag hatten alle frei. Edward schlug eine Küstentour vor, am Lake Michigan entlang. Lydia staunte über die vielen Synagogen am Lakeshore-Drive, die von wohlhabenden Juden am Shabbat besucht wurden. Edward konnte Lydia erklären, welche Bedeutung Rituale, festliche Gewänder und der feierliche Umgang mit der Thorarolle haben. So würde die Botschaft des Alten Testamentes bewahrt und gefeiert und ohne jedes Zugeständnis an den Zeitgeist an die moderne Generation weitergegeben.

Diese Einsicht machte Lydia sehr nachdenklich. Es konnte also nicht darum gehen, wertvolle Traditionen abzuschaffen, sondern sie zu beleben und mit neuem Leben zu füllen. Ihr Religionslehrer hatte immer gesagt: Brich keine Tradition, bevor du nicht eine neue gestiftet hast!

Sie sann noch lange über diese Eindrücke des modernen und doch so geschichtsträchtigen Volkes Israel nach. Und wie viele verwirrende biblische Positionen für ständigen Streit zwischen den verschiedenen Glaubensrichtungen sorgten! Sie erinnerte sich an einen sogenannten Israel-Experten, der allen Ernstes Spenden für den neuen Tempel sammelte, der einmal da errichtet werden sollte, wo jetzt zwei Moscheen stehen, auf dem Jerusalemer Tempelberg.

Am Abend machten sie Fortsetzung. Linda und Edward waren hellwach und hingen Lydia förmlich an den Lippen.

„August und mein Vater haben Macht über die kleine Herde, sie züchten eine lieblose Arroganz gegenüber anderen Kirchen und Freikirchen, aber sich selbst bezeichnen sie als „rechtgläubig" und „schriftgebunden". Sie haben nie Theologie studiert, noch nicht mal eine Bibelschule besucht; sie kennen weder die hebräische noch die griechische Ursprache der Bibel. Sie lesen die Bibel durch ihre kleine Brille und sie wissen, was Sünde ist. Bei den anderen."

„Was heißt das?", fragte Edward ganz betreten.

„Schnüffelei nennen wir das. Keine Privatsphäre, totale Kontrolle. Sie schnüffeln bis in die Intimsphäre der Gemeindeglieder. Meine Freundin wurde in ihrem Schlafzimmer erwischt, als sie ein wenig zärtlich mit ihrem Freund war. Das wurde der Gemeindeleitung gemeldet und am nächsten Sonntag wurden sie vom Heiligen Tisch ausgeschlossen. Sie lesen nur die Bibel, keine begleitende theologische Literatur. Ich kriege jetzt noch Hautausschlag, wenn ich an Augusts ständiges ‚die Bibel sagt‘ denke."

„‚Jesus loves me, yes I know, for the Bible tells me so‘, heißt ein beliebtes Kinderlied in den USA", warf Edward ein. Lydia kannte natürlich die deutsche Variante. Diese Lieder waren in den 70er-Jahren mit den sogenannten „crusades", den Feldzügen amerikanischer und kanadischer Evangelisten nach Deutschland gekommen.

„Irgendwann bin ich aufgestanden, ich war vielleicht 20 Jahre alt, und habe August unterbrochen: ‚Mir sagt die Bibel was anderes, Onkel August. Kein Mensch kann sagen: ‚Die Bibel sagt‘. Man kann nur sagen: ‚Mein Bild von diesem Text ist dies oder das!‘" Das hatte ich von meinem Religionslehrer übernommen. Aber August konnte diesen Gedanken gar nicht nachvollziehen. Daraufhin hat er mich rausgeschmissen. Ich trug damals noch einen langen Rock und Kopftuch. Nach diesem Erlebnis habe ich das Kopftuch für immer zum Halstuch gemacht und aus den langen Maxiröcken je zwei Miniröcke geschneidert."

Lydia erzählte ohne Punkt und Komma, nie zuvor hatte sie Gelegenheit dazu gehabt, so locker und angstfrei zu reden. Sie wusste, dass ihre Gasteltern zu einer konservativen lutherischen Gemeinde gehörten. Sie musste reden, Antworten finden, einen eigenen Glaubensweg finden.

„Nach meinem Abitur verschärften sich die theologischen Konflikte mit meinen Eltern. Vater bestand darauf, dass Gott die Welt in sechs Tagen geschaffen habe. So wie es in der ‚Schrift‘ steht, pochte er immer wieder auf den Gehorsam und die Treue zum

Wort Gottes. Und so war es für August und Vater ganz klar, dass die Erde höchstens 10.000 Jahre alt sein könne. Alle neueren naturwissenschaftlichen Deutungsversuche wurden als Angriff auf die Bibel gedeutet und völlig ignorant abgelehnt, obwohl kaum einer der Hinterhöfler die neueren Bücher dazu jemals in die Hand genommen hätte. Jede kritische Frage wurde mit dem banalen Verweis ‚Gott kann alles!' abgewiesen. August und mein Vater waren die ‚Vereinfacher' aller offener Fragen. Sie mussten sich gar nicht um Argumente mühen, weil ja alles ‚ganz einfach' ist."

Lydias Blick fiel auf die großen bruchsteinartig verlegten Platten. Dabei erinnerte sie sich an ihren Vater, der sie einmal mit in einen Natursteinbetrieb genommen. Er hatte dort geschäftlich zu tun. Da standen riesige Marmorplatten. Ich sah mir die Schichten und Einschlüsse an und sagte: „Schau mal, Papa, jetzt verstehe ich, dass die Erde Millionen von Jahren alt ist." Das muss meinen Vater so irritiert haben, dass er mich fragte, ob ich diesem Blödsinn der Evolutionstheorie Glauben schenken würde. Für mich war das keine Glaubensfrage, darum glaube ich auch nicht an die Evolutionstheorie. Ich glaube auch an Jesus, nicht an die Bibel. Die Bibel offenbart die Idee Gottes von der Welt, von Israel und seiner Kirche, aber sie gehört zu den gewordenen und geschaffenen Dingen, sie ist nicht göttlicher Natur, wie Jesus und der Heilige Geist."

Linda und Edward tauschten verstohlen Blicke aus. „Jetzt geht es zur Sache", flüsterten sie sich zu, wohl wissend, dass auch ihr fröhlicher und unbekümmerter Glaube mit auf den Prüfstand kommen würde.

Lydia war fast ins Dozieren geraten: „Die Evolutionstheorie ist eine Theorie, mit Lücken in der Beweisführung, aber es ist ein seriöser Versuch, die Entstehung der Welt wissenschaftlich zu begründen. Die biblische Schöpfungserzählung will doch gar keine wissenschaftliche Welterklärung geben, sie erzählt in bildhafter Sprache die Schöpfung und weist auf den Schöpfer hin. So hat es mir mein Religionslehrer erklärt. August und mein Vater waren in der Frage der biblischen Schöpfungserzählungen total gereizt, so als würde die ganze Bibel an diesem seidenen Faden hängen. Sie hatten den Denkansatz der naturwissenschaftlichen Welterklärungen überhaupt nicht verstanden, aber sie wussten, dass das alles ‚Kokolores‘, ja sogar antichristlich sei. Sie waren von einer eigenartigen Angst getrieben, Gottes Wort reflexartig zu verteidigen.“

Lydia brachte es so auf den Punkt: „Dahinter steckte im Grunde ein sehr ärmliches Gottesbild. Da wird ein Gott konstruiert, der in einer Lehmkiste sitzt und Menschen und Tiere modelliert. Kleiner gehts nicht mehr. Und da dieser Gott nichts von Astrophysik und Humanbiologie versteht, muss man aus ihm einen Handwerker mit Sechs-Tage-Woche machen. Die leitenden Brüder hatten Sorge, Gottes Wort würde unter die Räder des Zeitgeistes kommen, wenn wir nicht ständig auf der Hut sind und jeden Buchstaben einzeln verteidigen! Dieses Denken hat uns in die Isolation geführt.“

Linda und Edward wurde es etwas ungemütlich. So hatten sie die Sache bisher nicht betrachtet. Da kommt eine junge Deutsche daher und will uns erklären, dass die biblische Schöpfungserzählung und naturwissenschaftliche Deutungen literarisch nicht vergleichbar sind. Und dass die Debatte um Evolution versus Kreation ins Leere läuft. Der biblische Zugang und der wissenschaftliche Zugang könnten versöhnt und entspannt nebeneinanderstehen. In 200 Jahren wird man vielleicht ganz andere wissenschaftliche Erkenntnisse haben und über die gute alte Evolutionstheorie nur lächeln.

Linda blieb skeptisch. Edwards Hirn arbeitete eifrig, um die seit Jahrzehnten trainierte Blockade im Kopf zu überwinden.

Lydia erzählte, wie ihr Vater damals fast ausgerastet war. Er war mit dem liberalen Denken seiner ältesten Tochter völlig überfordert gewesen. Sie hatte ein Einser-Abi hingelegt, ihrem Vater fehlte es hingegen an naturwissenschaftlichen Grundkenntnissen. Lydias Mutter war sehr gebildet, aber sie war es so satt, wenn ihr Mann aus Mangel an Bildung immer auf die sogenannte „Schrifttreue“ pochte. „Ich muss meinen Vater furchtbar enttäuscht haben. Ich hatte ihm einige Bücher ausgeliehen, die mir mein Religionslehrer besorgt hatte. Bücher, die mir die Augen geöffnet haben. Seitdem lese ich Bücher, vor denen mein Vater mich immer gewarnt hat. Vater hat natürlich nichts gelesen. Es reichte, dass der Autor studierter Theologe war, um ihn abzulehnen. Mutter hat oft heimlich neuere Literatur gelesen, um mit ihren Kindern auf Augenhöhe diskutieren zu können.

Vater besprach sich damals mit August Haupt. Danach war unser gutes Verhältnis schwer beschädigt. Wir gingen uns aus dem Wege. Und er drohte mir mit Höllenstrafen, wenn ich nicht den Weg dem Lamme nach gehen würde. Also immer schön Klappe halten, alles von den Eltern übernehmen und mit keinem über die Hinterhofsekte reden. Bei jeder kritischen Anfrage wurde ich auf den Lammesweg verwiesen. ,Lydia, du sollst den Heiland nicht betrüben!' Wolle hergeben, Milch und Fleisch liefern und immer dem Leithammel oder dem Hirten hinterherlatschen. So funktionierte das System, nur so. Mündige Mitdenker, Querdenker und Nachdenker blieben nicht lange in diesem Getto, falls sich doch mal ein Ungläubiger im Hinterhof verlaufen hatte – und wurden in anderen Gemeinden heimisch."

Lydia kippte sich eine eiskalte Coke nach. Sie staunte selbst über ihre Schnodderschnauze.

„Vielen Dank, Lydia, für dein Vertrauen, dass du uns so ehrlich hast teilhaben lassen an deiner bewegenden Lebensgeschichte! Du bist sicher müde. Wir lassen dich jetzt ins Bett und machen morgen weiter – wenn du willst."

„Nur noch ganz kurz, Linda und Edward: Ich möchte ganz offen sein – ich bin Christ. Ich wehre mich nicht gegen Jesus Christus, aber ich habe das System aus naiver Frömmigkeit und Macht durchschaut. Das ist Fundamentalismus pur. Es gibt mehr Gemeinden, als man denkt, die mit aufrichtigen Motiven beginnen, dann aber in eine enthusiastische oder gesetzliche Schieflage kommen und isoliert von der sonstigen kirchlichen Umwelt unter die Kontrolle von selbst ernannten Leitern geraten. Neben der Bibel stehen dann andere fast heilige Schriften oder die geheimen

Offenbarungen von prophetisch begabten Brüdern, denen keiner zu widersprechen wagt. Und man erkennt sie an einer ausgeprägten Endzeitpanik. Wenn das Thema „Leben wir in der Endzeit?" auf dem Programm steht, ist die Bude voll. Geht es um unsere Verantwortung für die Gesellschaft, kommt keiner. Ich habe inzwischen ein gutes Gespür für Gemeinden, die auf diesem Weg ins Abseits sind."

Sie gingen schweigend auseinander. In den nächsten Wochen würde Lydia die Kirche ihrer Gastgeber kennenlernen. „Wenn ich da Kopftuchfrauen sehe und nur Männer, die predigen und leiten, dann bin ich ganz schnell wieder weg." Sagte es und schlief ein. Der Jetlag war noch nicht überwunden.

Nach einigen Wochen war Lydia mit vielem so vertraut, dass sie an ihren freien Tagen immer öfter nach downtown Chicago fuhr, zunächst mit einer der vielen Vorortzüge, die alle strahlenförmig zur Western Station hinliefen, dann immer öfter mit dem alten Porsche 911. Sie trat die Karre, bis der Motor brüllte, natürlich im Rahmen des mickrigen Speedlimits. Und sie genoss das Leben, die Stadt Chicago, die tollen Geschäfte an der Magnificant Mile, wo sie so gern einkaufen ging. Stundenlang durch Carson-Pirie-Scott am Watertower-Place streifen und kleine Schnäppchen ergattern und bei Kuhns-Delikatessen in Deerfield bei deutschem Bier und einem deftigen Schwarzbrot mit Schinken die Frankfurter Allgemeine Zeitung und den Stern lesen, der immer frisch bei Kuhns auf der Theke lag. Fern der Heimat und doch mittendrin. Zwischen den Kulturen. Aber zunehmend versöhnt mit sich selbst.

Und abends zog sie mit Freunden aus der Gemeinde durch die Blues-Kneipen, am liebsten zu „Buddy Guy's Legends" in der Wabash Avenue. Allein mit dem alten Porsche von Edward die Küstenstraße entlangzufahren, den Lake Shore Drive bis runter zu Navy Pier und zur Buckingham Fountain, das war ein Traum. Raus zum dem Küstenverlauf vorgelagerten Planetarium zu fahren und von dort die schönste Skyline der Welt zu betrachten.

Rauf auf das John-Hancock-Center, das zweithöchste neben dem Sears-Tower, der neuerdings Willis Tower hieß, und von der Aussichtsplattform hinunter in die Schluchten schauen, durch die die Yellow-Cabs unter der Hochbahn des Loops durchbretterten. Die Klappbrücken über dem Chicago-River, den Millennium-Park, die Picasso-Skulpturen. Auf den Spuren der großen Architekten wie Mies van der Rohe, Frank Lloyd Wright und Helmut Jahn, der den Frankfurter Messeturm entworfen hatte. Die Stadt, die im Sommer gnadenlos kochte und im Winter bitterkalt war, wenn der eisige Wind von den Great Lakes wie ein Messer durch die Häuserschluchten schnitt. „Haßloch, I don't miss you!"

Lydia staunte nicht schlecht, als sie irgendwann am Sonntag auf den riesigen Parkplatz der First Lutheran Bible Church in Highland Park fuhren. Freundliche fähnchenschwingende Einweiser wiesen ihnen einen Parkplatz zu. Sie wurden mit der Menge der Gäste geradezu ins große Auditorium gespült. Der Raum war wie ein Theatersaal angelegt, terrassenförmig mit Balkonen und einer riesigen Bühne. Ein schlichtes Kreuz, Altar im gleichen Design, keine Kanzel, dafür ein Podium für die Band.

Kurz vor zehn dröhnte die Orgel aus hunderten von Pfeifen. Feierlich, erhebend – Lydia fühlte sich in die Gegenwart Gottes gezogen. Sie spürte etwas von der Heiligkeit Gottes. Nach dem Präludium war Stille, wohltuendes Schweigen. Der Chor intonierte den Choral „Guide me, o thou great redeemer", die ganze Gemeinde stimmte mehrstimmig mit ein. Edward und Linda strahlten zu Lydia hinüber, die fasziniert war von diesem Jubel. Im Hinterkopf ertönten die wehleidigen Gesänge aus dem Haßlocher Hinterhof, Lieder von Schmach und Leid, Lieder ohne Hoffnung und ohne Jubel. Sie erinnerte sich bitter an die endlosen Debatten mit August und ihrem Vater, welches Instrument dem HERRN gemäß sei. Schlagzeug, Saxofon, E-Gitarre und Keyboard standen auf dem Index der nicht dem HERRN gemäßen Instrumente. Als das Harmonium irreparabel kaputt war, wurde eine elektronische Wimmerorgel angeschafft, die von Augusts Frau behutsam gespielt wurde. Diese lächerlichen Diskussionen um Töne hatten die wenigen jungen Leute irgendwann endgültig aus der Gemeinde vertrieben.

Eine Frau mittleren Alters moderierte wie eine Talkmasterin, aber sie verstand es, die Gemeinde zur Anbetung zu führen. Die Band spielte einige moderne Lieder, die durch Gebete und Textlesungen der Musiker und Sänger unterbrochen wurden. Lydia fühlte sich wohl mit dieser gemischten Liturgie aus klassischer und moderner Musik. Und schon hörte sie im Hinterkopf August Haupt gegen die „Wohlfühlgottesdienste" der Modernen wettern und gegen die toten Lippenbekenntnisse der Kirchgänger. Bei August gab es keine Predigt ohne Angriffe oder warnende Weckrufe auf Gemeinden und Kirchen anderer Prägungen. Das Futter dazu bekam er von einem gewissen Ingo Ranz, der selbst eine angeblich „rechtgläubige" Gemeinde leitete, aber gehässig und richtend über alles herzog, was sich nicht ihm und seinem Verständnis von Bibel und Kirche beugte. August und ihr Vater hatten glänzende Augen, wenn sie aus den Hetzschriften dieses obersten aller Zeitgeistwächter vorlasen. Wie ein Gift war dieser Richtgeist in die kleine Herde im Hinterhof eingedrungen.

Inzwischen war der Pastor auf der Bühne erschienen, nur die Bibel in der Hand, ein kleines Funkmikrofon am Revers. Kein Pathos, kein altliturgisches Gesülz, das nur der Klerus verstand. Ein freundliches „Good morning everybody" und schon legte er los, indem er eine biblische Geschichte erzählte und nahtlos zur Auslegung überging.

Lydia dachte an die Predigteinstiege in der Haßlocher Hausgemeinde, die mit großer Treffsicherheit meistens so anfingen: „Wir leben in einer Zeit, in der …!" Und dann kam immer ein düsteres Endzeitklischee. Die Predigten wurden vorhersagbar tief angestimmt. Hier in Lehmanns Gemeinde wurde hoch angestimmt.

Lydia hing dem Pastor an den Lippen. Sie erlebte das, was sie immer gesucht hatte: Freiheit zu hören, zu hinterfragen, zu verstehen und zu glauben. Der Pastor ließ verschiedene Auslegungsvarianten zu Wort kommen, Theologen, die nicht gleich mit einem Etikett belegt, sondern in ihrer Kompetenz respektiert wurden. Der Pastor kaute nichts vor, er betrachtete sein Auditorium als mündige Christen, die sich selbst ein Urteil bilden würden. Mitten im Saal stand ein Podest mit einem Schild „Speaker's Corner" und einem Mikrofon. Plötzlich stand eine schüchtern wirkende Frau mit Kopftuch auf und bestieg zaghaft das Podium. Der Pastor ermutigte sie, ihre Frage zu stellen. „Pastor Davidson, könnte es sein, dass man diesen Vers auch ganz anders verstehen könnte?"

„Natürlich. Wie denkst du darüber?"

Und sie fragte mit einem entwaffneten Lächeln nur: „What would Jesus do?" – „Was würde Jesus tun?"

Ein Raunen ging durch die Reihen. Der Pastor applaudierte, die Gemeinde schloss sich ihm an. Die kleine Frau trat ab und nahm Platz. Der Pastor nahm diese Frage auf und korrigierte spontan das Finale seiner Predigt. Er bezeichnete den Zwischenruf der Frau etwas großspurig als „key element of hermeneutics", als Schlüssel zum Bibelverständnis. Die Einzelaussage wird durch das Gesamtzeugnis der Bibel ausgelegt. Die Frage, was Jesus dazu sagen würde, führt weg von der Fixierung auf den Buchstaben hin zum Geist der biblischen Botschaft.

Bei all dem schönen Atmosphärischen fehlte Lydia der biblische Bezug der Predigt, es wurde zu wenig ausgelegt, dafür zu viele Storys erzählt. An der theologischen Tiefe der Predigt konnte das rasante Gemeindewachstum nicht liegen. Da gab es zu Hause in der Bibelstunde doch mehr Substanz. Nein, es war nicht alles schlecht in der Heimat. Und doch fragte sie sich, warum die deutsche gründliche Bibelpraxis nicht mehr Liebe und Barmherzigkeit freisetzte. Die Leute lasen täglich die Bibel, aber sie wirkten ängstlich und unfrei, immer besorgt und immer empört.

Hier spürte Lydia die Urkraft des Evangeliums. Hier wurde Gnade gelebt. Das war die Weite, die Freiheit des Evangeliums, die sie ein Leben lang gesucht hatte. Jede kritische Frage wurde von August als Unglaube verworfen, jedes zaghafte Fragen nach möglicherweise anderen Auslegungsmöglichkeiten mit strafender Attitüde zurückgewiesen. Genau das war es, was Lydia all die Jahre so frustriert hatte: die arrogante Macht der Unwissenden, der Triumph des Halbgebildeten über kluge Zusammenhänge, die viele einfach nicht erfassten, geschweige denn verstehen konnten. Das hemdsärmelige und respektlose Geschwätz wider die sogenannte „liberale" und „moderne" Theologie, das immer wiederkehrende empörte Palaver über die Gräuelsünden der Sexualität und die daraus folgende Gemeindezucht, der Ausschluss von Gemeindegliedern.

Lydia hatte mal die Frage aufgeworfen, warum Bruder Waldemar nicht aus der Gemeinde ausgeschlossen wurde, wo er doch sein Haus in Schwarzarbeit hochgezogen habe, also aus Habgier und Geiz dem Staat Steuern vorenthalten habe. Ihr Vater und August hatten sie angestarrt, aber geschwiegen. Schweigen, einfach Kritik ins Leere laufen lassen, das war die Masche, die immer funktionierte, wenn man argumentativ am Ende war. Echte Debatten wurden erst gar nicht zugelassen.

Irgendwann fing ihr Vater an, über das endzeitliche Gefälle seit der Aufklärung zu klagen. Aaron, der gerade zu Besuch war, hatte nur diesen einen Satz gesagt: „Vater, dass solche Gruppen wie deine Hausgemeinde sich heute frei versammeln dürfen, ist ein Verdienst der Aufklärung." Lydia würde nie das feine Zwinkern in den Augen ihrer Mutter vergessen, mit dem sie Aaron ohne Worte gelobt hatte.

Auf der Rückfahrt saß Lydia stumm in sich versunken zwischen Lehmanns Kindern im Van, die alle begeistert aus ihren Kindergottesdiensten erzählten. So könnte Kirche sein, so frei, so seriös, so wertschätzend, so im Geiste Jesu. In welcher verschrobenen Karikatur von Kirche hatte sie ihre besten Jahre zugebracht? Und das alles nur, weil sie das Gebot „Ehre Vater und Mutter" nicht hatte verletzen wollen.

Lydia war der Trennungsschmerz regelrecht ins Gesicht geschrieben, als sie auf dem Heimweg von der Kirche erzählte:

„Und das war mal eine richtig gute Gemeinde mit einer einfältigen, aber tiefgläubigen Jesus-Frömmigkeit, mit missionarischer Leidenschaft und einer beeindruckenden diakonischen Verantwortung. Die Leute waren in der Bibel zu Hause, sie hatten theologisches Urteilsvermögen und waren bekannt für ihre Opfer- und Hilfsbereitschaft. Heute gehen ihnen die soziale Ungerechtigkeit, das Elend in der Dritten Welt und die neue Armut in Deutschland sonstwo vorbei. Das biblische Gebot ‚Suchet der Stadt Bestes‘ wurde einfach ignoriert, denn man hatte ja alle Hände voll mit der ständigen Distanzierung von der Gesellschaft zu tun. Da machen wir nicht mit, da gehören wir nicht hin. ‚Macht euch der Sünden dieser Welt nicht teilhaftig!‘ So wurde ständig argumentiert.“

Lydia hatte sich vorgenommen, nie negativ über diese Leute zu reden, zumal sie dort bis heute viele wertvolle Freundschaften pflegte. Aber sie hatte zu lange gelitten unter dieser Verdrehung der christlichen Prinzipien, dass sie sich nur mit Mühe der ätzenden Ironie wehren konnte.

Irgendwann sorgte diese dem Evangelium vollkommen widersprechende Haltung für die schleichende Absonderung vom Rest der Kirche, irgendwann zog der Richtgeist ein, die Denkverbote, Bücher wurden verboten, zum Teil sogar im Innenhof verbrannt. „Erst brennen die Bücher, dann die Autoren.“ Dieses Zitat von Heinrich Heine kam ihr damals in den Sinn.

Als sie mit Edward und Linda in den letzten Tagen darüber sprach, kam ihnen der abgedrehte Pfarrer in den USA in den Sinn, der öffentlich einen Koran verbrannt hatte. August Haupt hatte schon immer ganz offen Sympathie für solche Brandstifter bekundet. Schließlich würden ja auch Muslime Bibeln verbrennen und Christen verfolgen und umbringen. Lydia spürte bei ihren Gastgebern eine Spur von Verständnis für diese Argumentation, darum bohrte sie gleich nach. Sie waren sich aber bald darin einig, dass dieser Teufelskreis der Vergeltung durchbrochen werden muss. Das „Segnet, die euch fluchen!“ gelte doch gerade für das Verhältnis der Religionen untereinander.

Edward hatte Samuel Huntingtons Buch „Clash of Civilizations" gelesen, ein viel beachtetes Werk über den Kampf der Kulturen. Lydia hatte von diesem Buch gehört, es aber nicht gelesen. So hatte Edward die Chance, nun die Rolle des Dozenten zu übernehmen. Lydias Wissensdurst war neu angefacht, sie genoss das Niveau der Debatte. Sie kamen zur Einsicht, dass Religionsfreiheit ein kostbares und zugleich gefährdetes Recht ist. Wer für den Bau von Moscheen in der westlichen Welt eintritt, der hat auch die Pflicht dafür einzutreten, dass christliche Gemeinden in der arabischen Welt genau diese Freiheit zur Versammlung, zum Bau von Kirchen und zum öffentlichen Bekenntnis garantiert bekommen. Die Wirklichkeit zeigt aber genau das Gegenteil: massive Christenverfolgung in muslimischen Ländern. Lydia hatte es so auf den Punkt gebracht: „Der Weg des versöhnten Miteinanders der drei monotheistischen Religionen ist darum so mühsam, weil viele islamische Länder weit weg sind von einer freiheitlichen Demokratie. Die streben eher nach einer Theokratie, einem Gottesstaat unter dem Gesetz der Scharia. Darum wird es in Israel nie Frieden geben!" Edward staunte über Lydias Talent, diese komplexen Zusammenhänge zu durchschauen. „Ihr merkt", schloss Lydia den Disput, „in dieser Materie bin ich zu Hause, darin habe ich Übung." Ein wenig stolz war sie schon …

Linda war nach dieser Diskussion sehr nachdenklich geworden. Sie war ziemlich erregt, als sie sich überraschend in die Debatte einschaltete: „Jetzt wird mir klar, dass manche Christen in Amerika von eben solch einem biblischen Gottesstaat träumen, von einer frommen Demokratie!"

Lydia nahm die Empörung und zugleich die Verunsicherung in Lindas Stimme wahr. Sie waren an einem wunden Punkt in der Debatte angelangt. Edward hatte gedankenverloren ins Kaminfeuer gestarrt. Diese deutsche Kämpferin hatte ihre heile Welt von „God's own Country" ganz schön aufgemischt. Er hatte sich müde aus dem tiefen Polster gestemmt und war zum Bücherregal geschlurft, das den Wohn- vom Essbereich trennte.

Lydia hatte sich den Bestseller von Huntington geschnappt, den ihr Edward galant rübergeworfen hatte. Sie begann sofort darin zu blättern. Sie hatten bald Schluss gemacht und sich in die Betten verkrochen. Zwischendurch waren ihre Gedanken immer wieder nach Haßloch ins Milieu der Denkverbote geflogen. Es war ihr ernüchternd bewusst geworden, dass man zu Hause solche Debatten gar nicht führen konnte. Alles, was nicht in Augusts kleinen Bildungshorizont passte, wurde einfach als „unbiblisch" deklariert und lautstark verworfen. August bestellte die Bücher, die seinen Kurs bestätigten und noch anfeuerten, bei einem exklusiven Buchversand, der nur geprüfte linientreue Bücher im Sortiment hatte. Die gingen scheinbar davon aus, dass ihre Leser unmündige Analphabeten waren. Es war so aussichtslos, dass ihre Eltern diese Verführung durchschauen würden.

Ihr Vater war diesem Spaltgeist treu ergeben gefolgt. Er war besessen von der inneren Verpflichtung, Gott und sein Wort zu verteidigen und alle zu brandmarken, die an dieser Front nicht an seiner Seite kämpften. Früher war das eine bewundernswerte Liebe zu Gottes Wort gewesen, ein kindliches Vertrauen in den Gott, der sich durch sein Wort zu erkennen gibt. Doch im Laufe der Zeit wurde die Bibel im Getto dieser Sekte selbst zum Heiligtum, sie wurde selbst zu etwas Göttlichem: eine heilige Schrift, die man vor dem Zugriff der Wissenschaft schützen musste. Und diese Haltung nannten sie exklusiv „rechtgläubig". Sie hatte die letzten Monate vor der Abreise immer mal wieder versucht, mit ihren Eltern über diese Entwicklung zu sprechen, aber jeder Versuch endete sofort in Missverständnissen und in der Unfähigkeit ihres Vaters, sich diesen Fragen zu stellen. Er hatte bei August Haupt gelernt, wie man sich unterwirft, um dann von anderen Unterwerfung zu verlangen.

Lydia konnte sich für die Idee einer Gemeinde und Kirche nach dem Vorbild der Urgemeinde in Jerusalem begeistern, so wie es am Ende vom zweiten Kapitel der Apostelgeschichte berichtet wird, dass die junge Kirche beliebt war beim ganzen Volk. Aber in dieser separatistischen Clique ging es genau andersherum: Das kleine Häuflein der Gerechten isolierte sich immer mehr und wurde völlig weltfremd. Es wurde mehr vom Teufel gesprochen als von Jesus Christus. Jeder Beinbruch, jeder Fahrradsturz, jede Krankheit wurde in kindlicher Naivität dem „Teufel" angelastet, anstatt endlich zu erkennen, dass aus unserem Herzen viele bösen Gedanken kommen. Und dass Krankheit und Tod zu unserem Leben gehören und wir gerade in Krisenzeiten die Segnungen Gottes erleben.

Nach dem Mittagessen verschwand sie schweigend in ihrem Zimmer. Lehmanns wollten sie mitnehmen zum Strand vom Lake Michigan. Sie willigte ein, blieb aber still in sich gekehrt. Die wunderschönen Parkanlagen und prächtigen Villen an der Küstenstraße Sheridan Road zogen an ihr vorüber. Sie kamen an Synagogen und kleinen alten Kirchen vorbei, an riesigen Grundstücken mit Garagen, die größer waren als jedes Grundstück in der Haßlocher Langgasse. Hier war alles größer. Und hier wurde Wertschätzung gelebt. „Ein jeder komme dem anderen mit Wertschätzung zuvor" – an dieses Pauluszitat musste sie oft denken. *Diese Seite des Evangeliums wurde bei uns einfach nicht gelebt.*

Am Rosewood Beach bogen sie die schmale Straße hinunter zum Strand ein. Im Nu waren alle im Wasser. Lydia hatte kein Badezeug eingepackt. Sie verzog sich auf eine der Picknickbänke und tauchte trocken ab nach Haßloch in ihr Elternhaus. Sie würde trotz allem an dem biblischen Gebot festhalten: Ich werde meinen Vater und meine Mutter ehren! Ihr Vater war unter Augusts Knechtschaft geraten, unter diesen despotischen Einfluss im frommen Gewand. Ihre Mutter hatte diese Abhängigkeit schon lange durchschaut, aber sie wollte sich ihrem Mann nicht widersetzen. Er war ihr Haupt, ihm sich zu unterstellen und ihm zu dienen war ihr eine heilige Pflicht. Plötzlich wurde Lydia von Tränen übermannt. Wie lange war es her, dass sie so richtig geweint hatte! Sie bewunderte ihre Mutter, die jedes ihrer Kinder mit so viel Liebe großgezogen hatte. Als Rebekka, Aaron und sie den Aufstand gegen die enge Weltsicht ihrer Eltern geprobt hatten, geriet ihre

Mutter in einen unlösbaren Konflikt: Sie wollte zu ihrem Mann stehen, ihn ehren und achten und gleichzeitig ihre Kinder lieben und sie verstehen. In diesem Konflikt war ihre schöne attraktive Mutter alt, blass und grau geworden. Die Bitterkeit hatte sie ihrer natürlichen Schönheit beraubt. Und ihr Vater war ein Mann ohne Rückgrat, ferngesteuert von August. Was musste passieren, damit August mit seinem unterdrückerischen Regiment aufflog und die Ehe ihrer Eltern gerettet würde?

Der Zorn auf ihre Eltern verwandelte sich ganz langsam in ein zunehmendes Erbarmen, in Mitleid, Liebe und Fürsorge. Und in ihr brach eine tiefe Sehnsucht auf, ihre Eltern und Geschwister zu sehen und mit ihnen zu reden. So viel Distanz musste sein, zehn Flugstunden entfernt, um endlich wieder geistige Nähe zu spüren. Auf Distanz sieht man erst richtig mit dem Herzen. Lydia spürte ganz unscheinbar einen ersten kleinen Schritt zur Heilung ihres verletzten Gemüts. Das alles würde noch viel Zeit brauchen, aber Lydia wusste sich auf dem Weg zur Heilung ihrer Gefühle.

Linda und Edward kamen leise zu ihr und baten sie taktvoll zum Barbecue, das die Jungs inzwischen aufgebaut und angefeuert hatten. „Komm, Lydia, setz dich doch zu uns."

Lydia gesellte sich still zur fröhlichen Runde. Die Kinder hatten auch gespürt, dass sie etwas zu verarbeiten hatte. Die Beachparty ging still zu Ende.

Abends rief Lydia ihre Mutter an und sagte nur: „Mutti, mir geht es gut!" Stille in der Leitung. „Lydia, seit dem du weg bist, wird mir vieles klar. Ich bin so schuldig geworden an dir. Ich sehne mich danach, das alles bald in Ruhe mit dir aufzuarbeiten. Gute Nacht, Lydia."

Lydia dachte über diese dünnen Worte nach. Sie musste erst raus aus der engen Welt ihrer Familie. Irgendetwas begann mit ihrer Mutter zu geschehen. Sollte dies der Anfang eines mühsamen Weges in die Freiheit sein?

In dieser Nacht schrieb Lydia zwei lange Briefe, an Aaron und an Rebekka.

Lydia wusste, dass nicht erst zu Hause eine große Aufgabe wartete, sondern jetzt schon. Was würde sie dafür geben, wenn Rebekka und Aaron auch solch einen Prozess der angstfreien Wahrhaftigkeit erleben könnten! Dabei war ja gar nicht viel passiert. Sie hatte sich eigentlich nur ihren Gasteltern anvertraut.

In den folgenden Wochen hatte Lydia viel Gelegenheit, Lindas Heimschule kennenzulernen: Ihre Vorurteile fielen in sich zusammen. Sie bewunderte diese intensive Zuwendung zu jedem einzelnen Kind. Die Leistungen waren überdurchschnittlich, was von einer staatlichen Schulbehörde regelmäßig festgestellt wurde. Natürlich würden die Kinder spätestens im Studium mit der großen weiten Welt konfrontiert werden, aber sie hatten ein Fundament. Tolerant kann nur der sein, der einen stabilen Standpunkt hat, ein Fundament, und das hat nichts mit Fundamentalismus zu tun.

Das Jahr verging schnell. Lydia ging durch eine Lebensschule. „Du stellst meine Füße auf weiten Raum", dieses Bibelzitat beschrieb am besten ihre Sinnsuche zwischen elterlicher Prägung und eigener Reflexion. Sie fühlte sich mitten in einer geistigen und geistlichen Pubertät, die ja nur eine Übergangsphase zum nächsten Reifegrad war. Lydia erlebte die zaghaften Anfänge der Heilung ihrer Lebensgeschichte.

Irgendwann nahmen sie Freunde mit zu einer riesigen Kirche in South Barrington. 7 000 Leute fasste das Auditorium. Und die Gemeinde hatte ein riesiges Diakoniewerk mit Secondhandläden und einem Versorgungsnetz für Obdachlose aufgebaut. Sie unterstützte die Ärmsten und forderte die Reichen. Beim Kaffee nach dem Gottesdienst wurde sie einem Manager der Gemeinde vorgestellt, einem deutschstämmigen Franken, der in den USA Karriere gemacht hatte und nun Kirchenkongresse in der ganzen Welt plante und durchführte. Mit ihm kam sie in ein langes Gespräch über den Zustand der Kirchen in Deutschland. Lydia fiel wieder auf, mit welcher demütigen Wertschätzung der Mann von den unterschiedlichen Denominationen sprach. Er fand überall etwas lobenswert Vorbildliches. So etwas war ihr völlig fremd. Sie kannte nur dieses arrogante Wächtergehabe, diesen zwanghaften Fehlersuchreflex.

Lydia genoss es, abends mit Linda und Edward abzuhängen und bis in die Nächte hinein angstfrei zu debattieren. Dabei schienen auch Edward und Linda viel zu lernen. Sie halfen Lydia auf ihrem Weg zu einer mündigen Christin und fingen selbst an, durch Lydias tragische Geschichte inspiriert, ihre eigenen Überzeugungen zu prüfen. Nein, es war nicht alles gut in ihrer Kirche, aber sie fingen langsam an, sich mündig und kritisch mit Fehlentwicklungen zu beschäftigen.

Lydia erlebte dieses Jahr als eine komplett neue Positionierung ihres christlichen Glaubens. Irgendwann reifte in ihr der Entschluss, Theologie zu studieren. Aber sie war ja nur gelernte Hauswirtschaftsleiterin. Ihre Eltern würden vom Glauben abfallen, wenn sie diesen Wunsch laut aussprechen würde.

5

HOTEL HIMMELSBLICK, OBERSTDORF

„Hilde, muss man da eine Bibel mitbringen?" Hilde prustete los: „Mein Liese geht zur Bibelstunde, zu den Evangelischen! Ich glaubs nicht!"

Bachhuber fühlte sich nicht wohl in seiner Haut. Er hatte sich fein gemacht, als ginge es in die Kirche. Sie waren schon um kurz nach sieben losgefahren. Hilde sah richtig fesch aus im gut gefüllten Dirndl. Alois wurde es ganz heiß im Kopf, als sie am Kühberg hochfuhren. Da er nicht als Polizist unterwegs war, spürte er seine ganze Hilflosigkeit. Das müssen ja alles heilige Leute sein, dachte er bei sich. Hilde spürte seine Verlegenheit und hatte ihr Vergnügen.

Sie fanden noch einen Parkplatz und begegneten gleich sehr freundlichen Leuten, die sich zwanglos vorstellten. Zwei Ehepaare aus dem Kleinwalsertal, einige Oberstdorfer, die er flüchtig kannte, ein paar Leute aus Sonthofen. Sie wurden im geschmackvoll eingerichteten Foyer vom Hausvater empfangen, so wie der Hoteldirektor, Traugott Triemer, genannt wurde. „Hausvater?" Das klang nach Jugendherberge, war es aber nicht. *Einheimisch ist der nicht*, registrierte Bachhuber, *der klingt nach Hamburg.* Vielleicht war der früher bei der christlichen Seefahrt gewesen. Auf jeden Fall war er ein Kopf größer als seine Gemeinde, sorgfältig frisiert und eben ziemlich vornehm. Alois hatte diesen Wikinger noch nie in Oberstdorf getroffen, nicht beim Neujahrsempfang der CSU, nicht beim Viehscheid, nicht bei der Kirchweih, nicht beim Frühschoppen im „Wilden Männle". Das war ihm wahrscheinlich zu gewöhnlich.

Alois wollte bewusst privat wirken, und da ihn der Chef des Hauses nicht kannte, konnte er mit Hilde unter den auswärtigen Gästen untertauchen.

Sie schlossen sich der Gruppe an und kamen in die Hauskapelle, die mit großen Glaswänden den Blick zum Söllereck freigaben. Die Bergseite der Kapelle war in den Hang gebaut, dass man vom Oytalweg aus nur das begrünte Dach sah. Der wunderschön gestaltete Raum hatte was von einer Mischung aus Wohnzimmer und Kirche. Das bequeme Gestühl bot 100 Leuten Platz, vorn ein

Kreuz, ein Rednerpult und ein altarähnliches Möbelstück mit dicken Kerzen bestückt. Ein Klavier, Beamer und Leinwand, hochwertige Audio- und Videomedien. So eine Ausstattung hätte Bachhuber gern im Besprechungsraum der Dienststelle gehabt, aber der Söder in München macht einen auf Sparkommissar. Punkte sammeln bei Seehofer.

Die Gäste plauderten entspannt, bis um Punkt acht eine junge Frau zum Klavier schritt und loslegte. Eine Klaviersonate von Chopin. Alois war nicht musikalisch, aber die konnte richtig gut spielen. Alois hatte es mal mit dem Akkordeon versucht, aber er hatte es nicht weit gebracht. Der Chef hier im Haus war mehr Pfarrer als Hoteldirektor. Obwohl er keinen Talar trug, wirkte er klerikal, würdig, ein wenig der diesseitigen Welt enthoben. *Wie die Priester so sind*, dachte Alois. Er begrüßte die Gäste mit „Liebe Schwestern und Brüder". Alois stieß Hilde an und tuschelte: „Ich bin kein Bruder, weder Schützenbruder noch Kegelbruder." Hilde beschwichtigte ihn. Dann las Pfarrer Triemer noch ein paar Sätze aus der Bibel vor und schaute dabei ganz selig. „Unser besonderer Gruß gilt denen, die heute zum ersten Mal hier sind." Alois rechnete mit dem Schlimmsten und schon wurden sie aufgefordert aufzustehen. „Würden Sie sich bitte kurz vorstellen?" Hilde schaltete schnell und erlöste Alois von seinen Leiden. „Bachhuber, Bachhuber hier aus Oberschdorf!" – „Schön, dass Sie zu uns gefunden haben!" Alois grantelte vor sich hin: „Was heißt hier ‚zu uns gefunden haben' – jeder Oberstdorfer kennt das Hotel Himmelsblick. Von außen." Sie waren die einzigen neuen Gäste, der Rest schien wie eine eingeschworene Fangemeinde. Alle kannten die Fachsprache, nur Hilde und Alois nicht.

Dann kündigte Pfarrer Triemer den nächsten Programmpunkt an: „Nun erquicken uns die jungen Leute mit einem Lied!" – „Was machen die, die erquicken uns?" Hilde: „Die singen!" – „Ach so, die singen!" Alois war beruhigt, er hatte bei „quick" an was anderes gedacht und Schlimmeres befürchtet. Der Chor sang auch ganz manierlich. Jetzt wusste er, dass die gestern Abend den Kühberg hinaufgezogene Gruppe mit Gitarren und Liederbüchern auf dem Weg zu ihrem Auftritt im Hotel Himmelsblick war. Die sangen wohl öfters hier.

Dann wurde der Gastreferent vorgestellt, Dr. Samuel Schäfer, ein Professor für praktische Theologie. Alois dachte bei „praktisch" an seinen Lieblingsbaumarkt in Kempten. Der „praktische Theologe" legte dann auch gleich los. Hohe Gedanken in verständlichen Worten. Alois war hellwach bei der Sache; Hilde hatte ihre helle Freude an den religiösen Ambitionen ihres Mannes. Der schlaue Mann am Pult sprach über das biblische Menschenbild. Der Mensch als Ebenbild Gottes. Der Mensch als Sünder. Der Mensch als Erlöster und Befreiter. Er lieferte eine ganze Serie von Bibelstellen und unterhaltsamen Geschichten. Der Typ konnte reden, und man nahm ihm das ab, was er sagte. Aber Alois war in der theologischen Fachsprache nicht zu Hause, darum assistierte ihm Hilde – quasi simultan.

Die Katholen haben schöne Gewänder und machen mehr für Augen und Nase, aber die Evangelen können besser predigen, dachte Alois und fragte sich, warum ihn jetzt zum ersten Mal im Leben eine Predigt richtig berührte. Na ja, er war ja auch in den letzten fünf Jahren höchstens zehn Mal in der Kirch gewesen.

Alois wunderte sich, dass die Leute ihre Bibel auf dem Schoß hatten und eifrig Notizen machten. Das war ja wie im Volkshochschulkurs, den Alois mal für Rhetorik belegt hatte.

Am Schluss wurde noch ein Lied gesungen, das Alois sehr gut gefiel: „Geh unter der Gnade, geh mit Gottes Segen." Hilde sang kräftig mit, sie kannte den Titel von Bibel-TV. Dann trat der Hauspastor auf und sagte: „Nun wollen wir uns unter den Segen des Herrn stellen." Alois und Hilde nahmen das wörtlich, aber der Rest der Versammlung war sitzen geblieben. Alois brummelte leise vor sich: „Wenn die ‚stellen' sagen, meinen sie ‚sitzen'. Warum hat mir das keiner vorher erklärt?"

Der Saal leerte sich nur langsam, die Zuhörer palaverten übers Wetter oder sprachen andächtig über das Gehörte. Professor

Schäfer war im Sprechzimmer neben der Bühne verschwunden, einige der Schäfchen folgten ihm dorthin. Dort gäbe es Seelsorge, hieß es.

Alois schielte zum Ausgang, Hilde schielte zur Tür des Sprechzimmers. Sie wollte mit dem Professor reden. Alois hingegen konnte es kaum abwarten, Herrn Triemer nun dienstlich zum Gespräch zu bitten. Der freute sich mächtig. „Wollen Sie ganze Sache machen mit Jesus?"

„Na", sagte Bachhuber, der nichts kapiert hatte. „Ich muss ganze Sache mit Ihnen machen, Herr Pfarrer" und hielt ihm den Dienstausweis unter die Nase. Der wurde ganz blass.

Bachhuber fragte, ob sie nicht ins Nebenzimmer gehen könnten. „Gern, kommen Sie in mein Büro gegenüber der Rezeption, da können wir ungestört reden."

Der scheint auch jenseits von Gut und Böse zu sein, dachte sich Bachhuber.

„Herr Triemer, haben Sie vom Tod im Oytal gehört?"

„Ja, schrecklich, diese Sache."

„Haben Sie einen Gast erwartet, der nicht gekommen ist?"

„Ja, unsere ehemalige Hauswirtschaftsleiterin wollte ein paar Tage zu uns kommen, sie ist nicht erschienen, sie hat sich aber auch nicht telefonisch abgemeldet."

„Warum haben Sie uns nichts gemeldet, zumal der rätselhafte Tod das große Thema im ganzen Oberallgäu ist."

„Rätselhaft? Sie wollen sagen, dass Lydia Weber vielleicht ermordet wurde?" Traugott Triemer wurde weiß wie die Wand seines Büros.

„Das ist Gegenstand der Ermittlungen, Herr Triemer. Morgen früh finden Sie das Phantombild in der Allgäuer Presse. Ich frage mich, warum Sie das Fernbleiben von Lydia Weber nicht stutzig gemacht hat. Heute berichtet die Presse darüber und Ihnen fällt nichts dazu ein? Warum haben Sie sich nicht gemeldet?"

„Entschuldigung, aber ich habe heute noch gar nicht in die Zeitung geschaut."

„Wie, die Tote im Oytal ist von Einödsbach bis nach Memmingen das Top-Thema, und Sie wollen mir sagen, dass der ganze Rummel an Ihnen vorbeigezogen ist? Seit gestern Abend ist Hochbetrieb im Oytal!"

„Ja, wissen Sie, Herr Kommissar, ich kümmere mich mehr um die geistliche Betreuung unserer Gäste. Das lokale Geschehen erreicht mich gar nicht so!"

„Na ja, isch schon gut, aber nun berichten Sie mir in aller Ruhe über alles, was Sie von Lydia Weber wissen."

Pastor Triemer erzählte und erzählte, aber Bachhuber konnte nichts Erhellendes ausmachen.

„Übrigens, Herr Triemer, kennen Sie einen Hans Joachim Feldner?"

„Ja, der war heute Abend hier – oder ist er noch da? Der war öfters hier, als Lydia Weber noch im Dienst des Hauses war. Aber seitdem kam er nur noch selten. Ich habe mich gewundert, warum er heute Abend wieder aufgetaucht ist. Er ist theologisch sehr interessiert."

„So, ‚theologisch interessiert' nennt man das, wenn man in die hübsche Hauswirtschaftsleiterin verliebt ist", lästerte Bachhuber müde und schaute auf die Uhr.

Hilde saß mit ein paar Frauen beim Speiseeis, das von den Haustöchtern serviert wurde. Alois flüsterte ihr kurz zu, dass es länger dauern könne. Eine der Frauen frohlockte: „Ist doch schön, dass Ihr Mann gleich ein seelsorgerliches Gespräch gesucht hat." Hilde war pfiffig genug, sie in dem Glauben zu belassen.

Bachhuber fasste das Gespräch zusammen und bat Pfarrer Triemer um seine Einschätzung.

„Mehr kann ich dazu nicht sagen, Herr Kommissar. Frau Weber war eine vorbildliche Mitarbeiterin. Aber sie war geheimnisvoll, verborgen und verschwiegen. So richtig gekannt haben wir sie eigentlich gar nicht. Sie ist auf eigenen Wunsch hier ausgestiegen, wir konnten aber nicht in Erfahrung bringen, wo sie hingezogen war und was sie beruflich machen wollte."

„Und was war am Montag, als sie sich hier kurzfristig anmelden wollte?" Bachhuber wollte heim, aber das musste er noch aufnehmen.

„Ja, sie rief Samstag an, ob sie ein paar Tage bei uns bleiben könnte. Aber sie kam nicht. Als ich am Montagabend um kurz vor elf die Haustür abschließen wollte, war sie immer noch nicht da. Ich dachte mir nur, dass wohl etwas dazwischengekommen war. Dass sie hier ganz in der Nähe war – tot –, konnte ich ja nicht ahnen."

„Herr Triemer, ich danke Ihnen für Ihre Auskunft. Morgen kommen zwei Kollegen aus Kempten vorbei und werden Ihr gesamtes Hotelpersonal verhören. Stellen Sie sich also bitte darauf ein."

Es war halb elf, als Alois und Hilde sich auf den Heimweg machten. Auf der Höhe vom Gasthaus Kühberg sahen sie einen Fußgänger am Wegrand. Alois hielt an und erkannte Hans Joachim Feldner. „Na, junger Mann? Hat man Ihnen das Radl geklaut?" – „Nein, das nicht, aber ich befürchte, den letzten Bus nach Obermaiselstein nicht mehr zu erreichen, ich hatte mich mit dem Referenten festgequatscht."

„Steigen Sie ein, ich bringe Sie gschwind zum Busbahnhof!" Feldner zögerte nicht und war froh, jetzt im warmen Auto zu sitzen. „Herr Kommissar, ich habe Ihnen noch etwas zu berichten. Ich war nach dem Ticketkauf am Bahnhof noch in der Drogerie Müller, dort konnte ich den Mann mit Hut und Reisetasche beobachten, wie er verschiedene Herrenkosmetika ausprobierte und ganz verschämt zwischen den Regalen herumschlich. Als er mich wahrnahm, drehte er sich um und verließ ohne zu zahlen das Gebäude. Das wollte ich Ihnen noch gesagt haben. Danke fürs Mitnehmen und Gute Nacht."

Bachhuber war vom Charme und der Aufrichtigkeit dieses Burschen beeindruckt. Es kam ihm nicht der geringste Zweifel, dass er sicherheitshalber sein Alibi vom Montagabend hätte prüfen müssen.

Zu Hause angekommen war Alois hundemüde, aber Hilde wollte noch ins Detail gehen. Sie hatte tatsächlich mit dem Professor gesprochen. „Hosch di iber mi beklagt?", wollte Alois verunsichert wissen. Aber Hilde konnte ihn beruhigen. Sie wollte Dr. Schäfers Meinung zu Joyce Meyer hören, aber der kannte die TV-Predigerin gar nicht. „Sag i doch!", schob Alois sichtlich vergnügt hinterher. Und so gingen sie zu Bett. Hilde mit dem Gefühl, sie sollte künftig öfters die Vorträge im Himmelsblick besuchen. Alois mit der Einsicht, der Lösung seines Falles keinen Schritt nähergekommen zu sein.

6

FELDBERG-KLINIK,
TAUNUS

„Herr Johannes Haupt, bitte in Sprechzimmer 7, Herr Johannes Haupt!"

Johannes war mit der Bahn von Haßloch in den Taunus gekommen, ein Taxi hatte ihn zur Feldberg-Klinik gebracht. Nun war er endlich bei erfahrenen Fachleuten gelandet.

Die letzten Wochen waren eine Qual gewesen. Er war nach seiner Rückkehr aus dem Allgäu nicht mehr unter die Menschen gegangen. Den Kontakt zu seinen Eltern hatte er schon lange abgebrochen. In die Versammlung in seinem Elternhaus ging er nicht mehr. Er galt dort als unbeugsam, liberal, modern und nicht mehr mit ganzem Ernst bei der Sache. Die „Vorsteher", wie sich die Versammlungsleitung unter der Herrschaft seines Vaters nannte, hatten ihn nicht mehr zum „Heiligen Tisch" zugelassen, so wie sie das Abendmahl bezeichneten.

Früher hätte ihn das schwer gekränkt, aber jetzt war er nur froh über die Distanz. Er war der Debatten müde geworden. Was er in Oberstdorf miterlebt hatte und was er seither wie einen scharf gemachten Sprengsatz in sich trug, hatte seinen Glauben bis in die Grundfesten erschüttert. Sein Vater übte sein despotisches Regiment in einer perfekt gespielten Rolle des demütigen Dieners Jesu aus. Obwohl er seinen Schutzbefohlenen so viel seelische Gewalt angetan hatte, stand er jeden Sonntag vor der kleinen Herde und „teilte das Wort recht aus".

Aber Johannes hatte Freunde in anderen christlichen Gemeinden in Haßloch, die sich im Arbeitskreis christlicher Kirchen und in der Evangelischen Allianz zusammengeschlossen hatten. Sie kümmerten sich rührend um ihn. Besonders nachdem er sich hatte krankschreiben lassen, waren die Freunde einfach nur da, ohne viele fromme Worte zu machen. Er saß oft stundenlang schwermütig in seiner kleinen Wohnung, das Bild von Lydia in seinen Händen. Er griff immer wieder zur Bibel und las die Klagepsalmen durch, betete sie stumm vor sich hin. Er hatte nie verstanden, wozu Rachepsalmen in der Bibel stehen. Er hatte mal gehört, dass diese nur für Menschen in größter Not geschrieben worden seien, für Zeiten extremer körperlicher und seelischer Qualen. So fand er Trost in den Klagepsalmen. Klagen sei beten in einer anderen Tonart, hatte er einmal gehört. Er war mittendrin im Härtetest des Lebens, am Abgrund, und doch gehalten von unsichtbarer Hand. Er musste oft an den biblischen König David denken, der in seiner Verzweiflung bekennen musste: „Als ich es verschweigen wollte, vertrockneten mir die Knochen durch mein tägliches Weinen.“

Seine Nachbarn Kurt und Karin luden ihn hin und wieder zum Essen ein, aber meistens saß er nur schweigend da. Oft stand ein Blumenstrauß vor seiner Tür, immer mit einem liebevollen handschriftlichen Gruß auf einer Spruchkarte. Eines Tages bekam er von Karin eine Grußkarte zugesteckt, die ihn im Tiefsten berührte. Den Text hatte er hunderte Male gelesen:

„Es könnte ja sein, dass wir in tiefen Lebenskrisen den Eindruck haben, unsere beste Zeit wäre vorbei. Doch es kann auch sein, dass Gott mitten in der Verzweiflung unser Herz berührt und eine Ahnung in uns reifen lässt, dass vielleicht die beste Zeit unseres Lebens noch vor uns liegt!“

Dieses Zitat von einem Autor, der selbst unheilbar krank war, hatte in ihm eine Hoffnung keimen lassen, die ihm zwischen den depressiven Phasen mehr und mehr zu einer Quelle neuer Zuversicht wurde. *Wenn das stimmt, dass ich möglicherweise die beste Zeit meines Lebens noch vor mir habe, dann will ich mein Schweigen brechen, dann will ich ein schreckliches Geheimnis lüften, um nicht selbst in der quälenden Erinnerung zu ersticken.* Und das wohl wissend, dass er einen anderen vor Gericht bringen würde. Und zwar nicht irgendwen …

Über den Verlag, der diese Karte veröffentlicht hatte, fand Johannes Haupt zu dieser psychosomatischen Klinik im Taunus, der von einem konfessionellen Träger geführten Feldbergklinik. So wurde er nach Tagen der Hölle auf Erden ins heilende Licht einer Lebensbeichte gezogen.

Johannes ging unsicher zur Tür des Aufnahmezimmers mit der Nummer 7. Er hatte die Unterlagen seines Hausarztes dabei und ein Empfehlungsschreiben des Pastors der Gemeinde, zu der seine Nachbarn Kurt und Karin gehörten. Sie hatten sich angeboten, ihn zur Klinik zu bringen, aber Johannes wollte den Weg ins Licht bewusst alleine Schritt für Schritt gehen. Die Freunde in Haßloch wollten sich an diesem Tag spontan zum Gebet für ihn treffen. Im Taxi hatte er noch einmal die Spruchkarte gelesen, obwohl er den Text längst auswendig wusste: „Es könnte ja sein, dass die beste Zeit meines Lebens noch vor mir liegt."

Der Arzt war ihm auf Anhieb sympathisch. Mit den Aufnahmeformalitäten war er schnell fertig. Ihm wurde ein schönes Zimmer mit Blick zum Wald zugewiesen und das Programm des nächsten Tages vereinbart. Nach den Eingangsuntersuchungen schaute er sich auf dem riesigen Parkareal um. Nach dem Mittagessen ging es gleich zum Sport in einer neuen Turnhalle am Weg von der Pforte zum altehrwürdigen Haupthaus der Klinik. Johannes war unter der Last seines Gewissens müde, mager und schwermütig geworden, oft hatte er tagelang nichts gegessen. Es war Zeit, körperlich wieder auf die Beine zu kommen. Beim Sport sprach ihn ein Therapeut an, der in Marburg studiert hatte und zufällig auch den Autor dieser Spruchkarte persönlich kannte. Der Lockenkopf mit runder Nickelbrille hatte etwas Bubenhaftes an sich, ein Strahlemann. Dieser Therapeut lud ihn spontan zu einem Konzert in die Klinikkapelle ein, wo eine Band aus Ärzten, Therapeuten und Pflegekräften auftreten sollte. Auf dem Programm standen berühmte Popsongs, Kirchenlieder und moderne christliche Songs. Johannes war früh da, der Therapeut vom Sport saß schon am Klavier und probte mit den anderen Musikern. Zwischendurch schaute er aufmunternd rüber zum ersten Gast, der etwas verloren in der Klinikkapelle saß.

Das Konzert war Balsam für seine offenen Wunden, es drang tief ein in die verletzten Schichten seines jungen Lebens. Das letzte Lied war von Paul Gerhardt, einem Liederdichter aus der Zeit des 30-jährigen Krieges. Der Text, der ausgedruckt auf den Plätzen lag, schien wie extra für ihn geschrieben:

Nichts, nichts kann mich verdammen, nichts nimmt mir meinen Mut: die Höll und ihre Flammen löscht meines Heilands Blut. Kein Urteil mich erschrecket, kein Unheil mich betrübt, weil mich mit Flügeln decket mein Heiland, der mich liebt.

Johannes war sitzen geblieben, als der Saal sich nach kräftigem Applaus geleert hatte. Der Therapeut mit den flinken Fingern und dem fröhlichen Wesen setzte sich schweigend neben ihn. Erst nach einigen Minuten fragte er, ob er für ihn beten könne. Johannes willigte gern ein und stammelte selbst einige Worte. Es war so, als würde sein eiskaltes Gemüt in der Nähe dieses Musikers langsam auftauen und seine eingefrorene Gefühlswelt nach und nach wieder reaktionsfähig werden.

Als er später in sein Zimmer kam, legte sich wieder der dunkle Schleier der Schwermut auf sein Gemüt. Er konnte nicht lesen und nicht fernsehen, um diese Zeit fand er auch keine Mitpatienten im TV- und Lesezimmer. Als er um zwei in der Früh immer noch hilflos über die Station geisterte, gab ihm die Nachtwache ein Schlafmittel, das ihn bald in die Kissen fallen ließ.

Am nächsten Morgen stand ein Besuch bei einem Klinikseelsorger auf dem Programm. Johannes sehnte den Termin herbei. Zum Frühstücken war ihm nicht zumute, sodass er beizeiten im Wartebereich saß.

7

HASSLOCH, PFALZ

„Ja, hier Kriminalpolizei Neustadt an der Weinstraße. Wir schicken jetzt einen erfahrenen Kollegen in Begleitung eines Notfallseelsorgers zu den Eltern der Toten, Jakob und Ruth Weber, sie wohnen in Haßloch in der Langgasse. Wir berichten den Kemptener Kollegen nach unserem Besuch."

„Gut, Kollegen. Ihr müsst die Eltern des Opfers unbedingt heute informieren, denn morgen erscheint das Phantombild in der ‚Rheinpfalz'. Ich plane, morgen selbst nach Haßloch zu kommen. Ich werde eine junge Kollegin mitbringen, die sich im Bereich Kirchen, Freikirchen und Sekten bestens auskennt."

Kommissar Kärcher und Notfallseelsorger Pfarrer Friedrich Laubscher parkten in Sichtweite des Hauses Weber. *Typisch Langgasse*, dachte sich Laubscher. *Zig Giebel stehen ohne Vorgärtchen stramm an der Straße, der Gehsteig ist zu schmal für Kinderwägen, Rollatoren und Rollstühle. Zwischen den Giebeln hochgeschlossene Tore, alles dicht. So als würden die Pfälzer zwischen Bad Bergzabern und Pirmasens und dem dazugehörigen Hinterland immer noch mit dem kriegerischen Einfall der Franzosen rechnen. Manchmal sind die Menschen hinter den Toren genau so dicht wie die hohen Hoftore.*

Frau Weber, eine verhärmt wirkende Frau Anfang fünfzig, öffnete zögernd das Hoftor. Das Haus war ein typischer schmuckloser Bau aus den 50er-Jahren, der Hof grau gepflastert, ein paar Grünflächen von akkuraten Beetplatten gesäumt. In der Garage ein japanischer Kleinbus, wie in Großfamilien üblich, nur ohne diese putzigen Gardinen und ohne Anti-Atomkraft-Aufkleber. Dafür ein Banner an der Heckscheibe mit der Aufschrift: „Jesus kommt wieder! Bist du bereit?" Laubscher registrierte dieses aufgeklebte Glaubensbekenntnis und wusste, wo er sich befand. Diese plakativen Bekenntnisse waren ihm nicht ganz geheuer, aber das andere Extrem war ihm genauso fragwürdig, nämlich dieses saft- und kraftlose anonyme Namenschristentum, wo keiner weiß, warum er eigentlich Christ ist.

Frau Weber führte die Gäste durch den Flur ins ebenerdige Wohnzimmer, das gut bürgerlich im Stil des Gelsenkirchener

Barock eingerichtet war: dunkle Furniereiche. *Alles irgendwie stimmig*, dachte Laubscher: *dunkel, ängstlich, farblos.*

Nachdem sich die beiden Gäste vorgestellt hatten, verhärtete sich das Gesicht der hageren Frau. Sie wirkte zerbrechlich und völlig emotionslos, irgendwie welk. Aber was welk ist, hat irgendwann mal geblüht. Ihre Kleidung war korrekt, aber kittelartig grau und hochgeschlossen. Der lange Rock war klein gemustert und harmonierte farblich mit der dirndlartigen Bluse. Die grauen Haare waren zu einem dicken Zopf gebunden. Ein seltsamer Kontrast: grau und welk, aber die Haare im Stil einer Schülerin eines Mädchenpensionats. „Wollen Sie Platz nehmen?" Ruth Weber deutete auf die Stühle, die um einen riesigen Tisch standen, an den gut und gerne 15 Leute passen müssten. Auf dem Tisch lagen einige Broschüren mit Titeln wie „Die Verführung der Gläubigen in der Endzeit" und „Das Gericht Gottes".

Inzwischen war auch Herr Weber erschienen. Er wirkte blass und übernächtigt – wollte sich aber trotzdem erst gar nicht hinsetzen. Er trug einen grauen Anzug, das weiße Hemd ohne Krawatte, leicht vergilbt am Kragen und an den Manschetten, aber bis zum letzten Knopf geschlossen. Text und Textil in stimmiger Einheit. Eine demonstrative Absage an modische Trends. Laubscher kamen die Amish-People in den Sinn, die er mal in Lancaster County in Pennsylvania während eines Auslandsemesters kennengelernt hatte.

„Ist das ihre Tochter?", fragte Kärcher und zeigte das Phantombild. Die Eltern schreckten auf und nickten fast synchron.

Kommissar Kärcher fragte nach Lydia. „Wir haben keinen Kontakt, sie ist seit fünf Wochen weg und in dieser Zeit hat sie sich nicht gemeldet." Die Worte der Mutter wirkten bitter und resigniert. Über dem Sofa an der Wand hing ein Familienbild, auf dem die Eltern Weber zu sehen waren, umringt von mindestens sieben jugendlichen Personen, offenbar Webers Kinder. „Können Sie mir Ihre Tochter Lydia zeigen?" – „Die Vierte von links in der zweiten Reihe", antwortete Vater Weber distanziert und rührte sich nicht vom Fleck. Die beiden Gäste betrachteten das Bild. Lydia fiel aus der Reihe der anderen. Knapp sitzende Jeans, enges T-Shirt, die Haare frech gestylt und ein Gesichtsausdruck, der völlig stimmig war: aufmüpfig, gelangweilt, fast ein wenig frivol.

Die gezielten Fragen der Beamten nach Lydia erzeugten eine nervöse Spannung bei den Eltern, so als würden sie ahnen, dass sie gleich mit einer Schreckensnachricht konfrontiert werden würden.

Bevor sie fragen konnten, übernahm Laubscher das Wort:

„Wir haben Ihnen die traurige Nachricht zu überbringen, dass vorgestern Abend Ihre Tochter Lydia in Oberstdorf tot aufgefunden wurde. Wir müssen leider davon ausgehen, dass sie nicht eines natürlichen Todes gestorben ist."

Die Eltern waren bisher um die Beherrschung ihrer Gefühle bemüht gewesen, aber jetzt krümmten sich die beiden kantigen Gestalten unter dieser schmerzlichen Nachricht und dann bahnten sich die Tränen ihren Lauf. Jakob Weber suchte zärtlich die Hand seiner Frau, aber sie ergriff sie nicht. Sie glitt auf das Sofa und sackte förmlich in sich zusammen. Ihr Mann stöhnte schluchzend auf und starrte die Beamten fragend an.

Laubschers Blick war auf ihm unbekannte Gesangbücher und auf einen Stapel Bibeln auf dem großen Holztisch gefallen. Als evangelischer Pfarrer würde er normalerweise jetzt den Angehörigen Mut und Trost zusprechen und je nach Einschätzung der Bedürftigkeit oder Empfänglichkeit auch ein Gebet sprechen oder einen Trostpsalm lesen. Leute dieser Prägung vertrauten sich ohne Weiteres einem atheistischen Mediziner an und suchten Rat bei weltlichen Juristen, aber mit einem studierten Kirchenmann gemeinsam zu beten, das hätten die Eltern der Verstorbenen selbst in dieser dunklen Stunde nicht gewollt. Pfarrer waren nach Einschätzung der Sekte liberal und modernistisch und folglich mit schuldig am Niedergang der Kirche. „Uns genügt das Wort, wir brauchen keine Theologie." So war einer der Haßlocher Pfarrer belehrt worden, als er zur Beobachtung der Sekte in den Hinterhof in der Forstgasse gelangt war. Er wurde von einem Türwächter am Saaleingang abgefangen und zum Hoftor hinauskomplimentiert.

Kommissar Kärcher nahm noch ein paar Formalitäten auf und instruierte Ehepaar Weber über das weitere Prozedere. „Bitte halten Sie sich in den nächsten Tagen bereit, wir brauchen Ihre Mitarbeit bei der Aufdeckung der Tathintergründe. Morgen reist der leitende Ermittler Alois Bachhuber von der Kripo Kempten an. Er wird Sie mit seiner Kollegin Maria Sonnlaitner besuchen. Und erstellen Sie uns bitte bis heute Abend eine Liste mit den Adressen Ihrer Hausgemeinde-Mitglieder. „Wir führen keine Mitgliederlisten." Aber da waren Kärcher und Laubscher schon im Flur.

„Ach, und noch etwas", kam Kärcher noch einmal zurück: „Wir brauchen ein Familienmitglied, das Ihre Tochter zuverlässig identifiziert. Wir wissen, dass Ihr ältester Sohn in Memmingen wohnt. Könnten Sie ihn bitten, sich sofort in München zu melden, um seine Schwester in der dortigen Gerichtsmedizin zu identifizieren? Oder trauen Sie sich die Reise zu?"

Herr Weber starrte vor sich. Als Kärcher ein zweites Mal fragte, versprach er seinen Sohn Aaron zu informieren.

„So richtig entsetzt waren sie nicht", meinte Laubscher zu Kärcher, als sie miteinander ins Polizeifahrzeug stiegen. „Eher so, als hätten sie irgendwann damit gerechnet." Kärcher sah das anders: „Die waren doch vollkommen schockiert. Aber das werden die Allgäuer Kollegen schon rausbekommen."

Bachhuber war um sechs Uhr in Oberstdorf in den Zug Richtung Ulm gestiegen; in Kempten stieg seine Kollegin Maria Sonnlaitner zu. Sie kannten sich von diversen Tagungen und Sitzungen, aber bisher hatten sie noch nicht direkt zusammengearbeitet. Bachhuber wollte ohne sie nicht in die Pfalz fahren. Er brauchte für die Gespräche in Haßloch eine Ermittlerin, die das kirchliche Milieu kannte und die fromme Sprache beherrschte.

„Grüß Gott, Kollegin Sonnlaitner." – „Hallo Kollege, stehe Ihnen zu Diensten."

„Ach, komm Madl, ich bin der Alois!" – „Isch scho rächt, i bin'd Maria." Die Blonde stammte aus der großen Sonnlaitner-Sippe in Oberstdorf. Maria hatte eine Polizeikarriere eingeschlagen. Sie war von sportlicher Statur, trug einen leichten Sommermantel über der Jeans und war locker und luftig frisiert. Ihr Lächeln zauberte goldige Grübchen auf die rosigen Wangen. „Die sieht richtig gut aus", dachte Bachhuber, „eine Traumschwiegertochter", obwohl er über den Familienstand der Kollegin nicht im Bilde war.

„Aber nun verrat mir mal, warum ausgerechnet ich dich begleiten soll?"

„Woisch", erzählte Bachhuber leutselig, „meine Frau Hilde kriegt öfters mal eine Einladung zum Frühstückstreffen für Frauen von der Kemptener Immanuel-Gemeinde. Und da hat sie erfahren, dass eine gewisse Maria Sonnlaitner bei der Kripo Kempten Karriere macht. Und dass sie zur Gemeindeleitung gehört, oder wie ihr Freikirchler das nennt."

„Respekt! Gut recherchiert, Kollege!", lachte Maria. „Stimmt, ich bin im Vorstand der freikirchlichen Immanuel-Gemeinde Kempten. Aber mit Sekten kenne ich mich nicht aus." – „Macht nichts, aber du kennst die fromme Sprache und du kannst die Typen besser verstehen als ich Kathole. Die halten mich doch für den leibhaftigen Antichristen!"

In Ulm war die dröhnende Diesellokstrecke zu Ende und so konnten sie etwas komfortabler in Richtung Mannheim umsteigen. Und ab dort gab es für Alois nur ein Thema: „Warum gibt es so viele Freikirchen? Was sind Baptisten und Methodisten und warum genügt es nicht ein guter Mensch zu sein?"

Im Stuttgarter Hauptbahnhof gab Bachhuber seinen Lieblingswitz zum Besten: „Maria, warum soll der Stuttgarter Hauptbahnhof jetzt Johannes-Heesters-Bahnhof heißen?" Maria lachte: „Erzähl!" Bachhuber, stolz auf seinen brachialen Humor: „Weil sowieso keiner mehr dran glaubt, dass der noch jemals unter die Erde kommt." Maria hatte großen Spaß. „Ist der nicht schon tot?" „I glaub scho, aber Witze leben länger!"

In Mannheim stiegen sie Richtung Kaiserslautern um. Bachhuber hatte schon viel kapiert, das mit den Landeskirchlern und Freikirchlern, mit den Lutherischen und den Evangelikalen und Charismatikern. Und dass die Baptisten trocken taufen und nass konfirmieren und die Lutheraner nass taufen und trocken konfirmieren. Und dass eine landeskirchliche Gemeinde oft mehrere tausend getaufte Mitglieder hat, aber davon nur 100 in den Gottesdienst gehen und Freikirchen oft mehr Gottesdienstbesucher als Mitglieder haben.

„Wir in Kempten sind 300 Leute im Gottesdienst, aber wir haben nur 200 Mitglieder. Und wir beteiligen ganz viele Talente am Gottesdienstablauf: Parkplatzeinweiser, Begrüßungsteam, Musik, Theater, Seelsorge, Kindergottesdienst, Kirchencafé und viele andere Dienste. „Weisch, Alois, wer am Gottesdienst beteiligt ist, der kann am Sonntagmorgen nicht überlegen, ob er zur Kirch geht oder nicht. Er muss einfach kommen, weil er für einen Dienst eingeteilt ist.“

Diese Sonnlaitnerin ist eine Granate, dachte Alois bei sich, *das ist die Richtige fürs Verhör.*

Kurz vor Haßloch meinte Alois: „Bei uns Katholen ist das alles einfacher. Wir haben einen Chef in Rom, und der sagt, wo's langgeht!“ – „Weisch Alois, das habe ich mir für unsere Freikirche auch schon oft gewünscht. Bei uns hält sich jeder für theologisch urteilsfähig. Alle wollen mitreden. Aber trotzdem ist mir diese Meinungsvielfalt lieber als diese zentralistische Ausrichtung auf Rom. Obwohl der neue Papst ja fast evangelisch daherkommt. Der gefällt mir.“ Bachhuber nickte andächtig. „I dat mi net wundre, wenn sie den bald unschädlich machen, der hot ja nicht nur die Mafia gegen sich …“

Da standen sie nun um elf auf dem Bahnsteig in Haßloch. Hunderte von Fahrrädern standen herum. „Die schaffe all in de Anilin!“, sagte ein Bahner, der sie beobachtet hatte. Zu Deutsch: Die Besitzer dieser Fahrräder fahren mit der Bahn ins Werksgelände der BASF, der Badischen Anilin- und- Sodafabrik in Ludwigshafen am Rhein. „35.000 Beschäftigte", schob der Uniformierte stolz nach.

„Anilin und Soda", grinste Maria. „Zum Wohl!"

Der Taxifahrer, ein türkischer Pfälzer, sang den Dialekt perfekt: „Ajo, die Langgass. Ala hopp, do simmer in fünf Minude!" Bachhuber: „Ach, Sie sind bekennender Moslem?" – „Warum?" „Ja, weil sie eben Allah angerufen haben." – „Ala hopp, das is pälzisch und heißt so viel wie …"

Maria und Alois klingelten am blickdichten Hoftor, aber es dauerte eine Weile, bis sich im Haus etwas regte. Jakob Weber öffnete. Seine Gestalt wirkte so erdrückt, als würde er die ganze leidende Welt auf seinen Schultern tragen: gebeugt, wankend, verzweifelt. Die beiden Beamten stellten sich – um Hochdeutsch bemüht – namentlich und dienstgradbezogen vor und folgten dem Hausherrn. Maria bat um Auskunft zur Toilette und verschwand im Badezimmer. Die Anzahl der Zahnbürsten war beeindruckend. Alois, auch Klo-bedürftig, hatte das Gäste-WC zugewiesen bekommen. Im Lektüre-Korb fanden sich diverse Blätter mit Nachrichten über Gott und die Welt, aber auch Sportmagazine und ein Werbeflyer für eine Bibelkonferenz in einem Kurort im Schwarzwald. Da der Anlass für den Lokus nur kurzer Natur war, reichte die Zeit nicht zur Auswertung der Klo-Lektüre.

Kurze Zeit später saßen sie im Wohnzimmer der Webers. Bachhuber stellte seine Kollegin vor und bat Ehepaar Weber um gute Mitarbeit. Er würde sich Notizen machen, während Frau Sonnlaitner die Fragen stellte.

„Frau Weber, Herr Weber, meine herzliche Anteilnahme. Wie geht es Ihnen mit dieser furchtbaren Nachricht?"

Schweigen. Bachhuber nestelte am Diktiergerät herum. „Finden Sie Trost in Ihrem Glauben?" Herr Weber horchte auf und kam aus der Verkrümmung. „Gott legt uns eine Last auf, aber er hilft uns auch!", kam es stammelnd über seine trockenen Lippen.

„Wie gut, dass Sie durch Ihren Glauben einen festen Halt haben. Frau Weber, wie war Ihre Beziehung zu Ihrer Tochter?"

Schweigen. Frau Weber schien völlig abwesend.

„Meine Frau redet seit gestern nichts mehr, Sie werden sie nicht zum Reden bringen."

„Doch", kam es gequält über ihre Lippen. „Ich muss jetzt reden, sonst komme ich selber noch um." – „Bitte, fangen Sie an", ermunterte sie die Kommissarin.

Was dann zum Vorschein kam, war eine ziemlich gestörte Mutter-Tochter-Beziehung. Vater Weber sackte immer mehr in sich zusammen, aber zwischendurch suchten seine Augen die bebenden Lippen seiner Frau.

„Lydia war unser erstes Kind, unser Sonnenschein. Wir haben dieses Kind umbetet und umsorgt. Damals sind wir aus der protestantischen Kirche der Pfalz ausgetreten, weil wir uns dort nicht mehr wohlgefühlt haben. Wir wollten Menschen zum Glauben an Jesus Christus führen, wollten uns zum Bibellesen und Beten mit anderen treffen, wollten unsere Kinder in Gottesfurcht erziehen, ihr Leben ganz Gott weihen. Aber wir hatten damals einen Pfarrer, der die Wunder Jesu geleugnet hat, der uns immer wieder damit provoziert hat, dass man die Bibel nicht wörtlich nehmen darf. Man erzählt im Dorf, er wäre Schüler eines Marburger Theologieprofessors, der die Auferstehung des Herrn Jesus verleugnet habe. Unser Gemeindeleiter hat so lange auf uns eingeredet, bis wir auch aus der protestantischen Kirche ausgetreten sind."

Vater Webers Augen ruhten wie bewundernd auf seiner Frau. Sie war ihm intellektuell weit überlegen, aber sie ließ ihn das nie spüren. Er nickte immer wieder bestätigend und stimmte ihrer Schilderung lautlos zu. Seine Frau berichtete von guten Kontakten zu einem Diakonissenhaus, wo sie sich bei Tagungen und Seminaren mit anderen Freunden getroffen hatten, die mit Ernst Christen sein wollten. Sie begannen in ihrem Haus mit regelmäßigen Bibelstunden, trafen sich zum gemeinsamen Gebet und sangen viel miteinander. In diesem Klima sei Lydia mit ihren Geschwistern aufgewachsen. „Es war die schönste Zeit unseres Lebens", brach es unter einem unterdrückten Schluchzen aus ihr heraus.

Komisch, dachte Bachhuber, mir hätten die das nie erzählt. Maria Sonnlaitner schien das Vertrauen der Webers gewonnen zu haben.

„Herr Weber, was hat diese schönste Zeit Ihres Lebens beendet, was ist passiert, dass so viel Bitterkeit in Ihr Leben gezogen ist?"

Herr Weber zögerte. Seine Frau kam ihm nicht zu Hilfe.

„Es fällt mir schwer, darüber zu sprechen, weil wir bereits in diesen Jahren unsere Lydia verloren haben. Ja, wir haben sie verloren, obwohl sie hier mit uns gelebt hat. Sie hatte ihr Abitur mit Eins bestanden und wollte Germanistik studieren, aber wir dachten sie vor den Gefahren eines Studiums schützen zu müssen und haben sie zu einer Hauswirtschaftslehre überredet."

Und dann öffneten sich die Schleusen seiner angestauten Gefühle. Unter heftigem Schluchzen fiel er regelrecht in sich zusammen. Was dann geschah, war der Durchbruch, das Ende einer mühsam aufgebauten kalten Fassade. Bachhuber und Sonnlaitner beobachteten gerührt, wie seine Frau sich auf die Lehne des Sessels setzte und plötzlich ihre Arme um die bebenden Schultern ihres Mannes legte.

Bachhuber starrte auf seinen Block und stoppte das Diktiergerät, Maria Sonnlaitner saß mit gefalteten Händen da und fragte nichts mehr. „Wir lassen Ihnen jetzt mal Zeit allein. Ich gehe mit meinem Kollegen etwas essen. Können wir in einer Stunde weitermachen?" Die beiden nickten nur stumm.

Draußen auf der Langgasse war reger Verkehr. Die beiden ortsfremden Allgäuer fanden in der Ortsmitte die gut bürgerliche Speisegaststätte „Pälzer Buwe" und 30 Minuten später wurde ihnen eine dampfende Scheibe „Pfälzer Saumagen" serviert, dazu „neie Woi", wie die Bedienung sagte. Bachhuber haute kräftig rein, Maria nippte still am Weinglas und schob ihre Portion rüber zum Kollegen, der sich auch bald darüber hermachte. Ihr war nicht nach Saumagen zumute. Allein die Bezeichnung des Gerichts ließ ihr Gebiss einrasten.

„Maria, wie geht das jetzt weiter?"

„Ich ahne, wie es weitergeht", fiel ihm Maria ins Wort. „Wir sind auf einer guten Spur."

Alois telefonierte mit Brutscher. Keine Ergebnisse seitens der Bahn, keine Platzreservierungen, Karten wurden bar bezahlt. Aber sie hatten den Typen mit Hut und Aktentasche auf dem Überwachungsvideo des Oberstdorfer Bahnhofs. „Gut gemacht, Brutscher. Lass die Video-Sequenz bearbeiten und schick mir ein Bild in bestmöglicher Auflösung an den Kollegen Reh in Neustadt, der soll es ausdrucken und hierher bringen. Und, Brutscher, wir kommen erst morgen zurück. Sonst was Neues?"

„Ja", deutete Brutscher an, „der Hüttenwirt von der Käseralpe hat am Montagabend einen älteren Mann mit Hut und Reisetasche auf halbem Weg zum Oytalhaus gesehen. Als er ihn mit seinem Geländewagen überholt habe, hätte der Mann von kleiner und gedrungener Statur so weggeschaut, dass man sein Gesicht nicht habe erkennen können."

„Brutscher, wenn die in Kempten mit der Bildbearbeitung fertig sind, verabredest du dich mit dem Feldner von Obermaiselstein und zeigst ihm das Bild. Er hat ja den mutmaßlichen Verfolger von Lydia Weber im Bahnhof beobachtet. Und du fragst ihn nur, ob er den Mann auf dem Bild kennt, sonst nichts, keine Angaben zur Person."

Zu Maria gewandt, sagte er: „So, jetzt geht es los. Wir nehmen uns noch eine Stunde für die Webers. Wenn wir eine neue Spur finden, recherchieren wir heute noch hier vor Ort und nehmen morgen früh den ersten Zug. Ich lasse von den Kollegen in Neustadt zwei Hotelzimmer buchen."

„Lass uns doch mal die Diakonissen fragen, die haben sicher ein Gästehaus."

„Auch gut, ich mache das. Geh du schon mal rein."

„Wo sind Ihre Kinder?" Marias Blick war an der überfüllten Garderobe hängen geblieben.

„Rebekka, unsere Zweitälteste, studiert seit Kurzem in Freiburg Medizin. Sie kommt selten nach Hause. Sie hat sich von unserer

Versammlung entfernt, gehört aber zu einer großen freien Gemeinde in Freiburg." Und wieder war da dieser schmerzliche Zug auf einem früh zerfurchten Gesicht, das einmal sehr schön gewesen sein musste.

„Dann kommen unsere beiden Buwe, Daniel und Aaron. Daniel schafft in der Anilin, also bei der BASF in Ludwigshafen, aber er wohnt noch bei uns und geht glücklicherweise mit uns „unters Wort". Der Einzige, der den Weg dem Lamme nach mitgeht. Aaron hat sich, wie seine beiden großen Schwestern, von der Versammlung getrennt und ist seine eigenen Wege gegangen. Mit 18 hat er uns gesagt, dass er homosexuell empfindet. Wir waren damit völlig überfordert. Wir dachten, das sei die schmutzigste aller Sünden. Wir haben ihn mit zu Bruder Haupt, unseren Gemeindeleiter genommen, der fest davon überzeugt war, dass man diesen unsauberen Geist mit Gebet und Fasten austreiben müsse. Es folgten Monate der Züchtigungen und Demütigungen. Wir wussten es nicht besser.

Aaron hat sich danach von uns getrennt. Er lebt heute mit seinem Freund in Memmingen. Aaron ist Lehrer, sein Partner auch. Sie sind überzeugte Atheisten. Mittlerweile verstehe ich das sogar. Ich schäme mich so, dass ich meine Kinder ab und an geohrfeigt oder geprügelt habe. August Haupt hat uns überzeugt, dass körperliche Züchtigung ein gutes Mittel gegen den Eigensinn der Kinder wäre. Er begründete diesen Zerbruch der Persönlichkeit sogar mit einer Bibelstelle. Ich schäme mich bis an mein Ende, dass wir unsere Kinder so verletzt haben. August Haupt hat immer wieder den Zerbruch des Egos gefordert. Das hat unser Aaron am häufigsten zu spüren bekommen.

Und Aaron war es auch, der am Telefon bitterlich geweint hat, als wir ihm gestern von Lydias Tod berichtet haben. Die beiden verstanden sich immer gut. Aaron hat ein feines Gespür für Unrecht. Er hat so unter der körperlichen Gewalt seines Vaters gelitten, dass er sich mit 16 Jahren einfach geweigert hat, mit uns unter das Wort zu gehen."

Vater Weber sank immer tiefer in den Sessel, er wechselte die Gesichtsfarbe von aschfahl bis knallrot. Das Gefühl völliger Verunsicherung stauchte ihn regelrecht in die Polster.

Maria kannte die Formel „unters Wort", aber sie wollte es genau wissen. Jetzt schaltete sich der Vater ein. „Unser Daniel macht uns große Freud, er geht klar entschieden seinen Weg dem Lamme nach."

Maria hatte keine Lust, in dieser verschrobenen Laientheologie weiter herumzustochern.

Inzwischen hatte Bachhuber geschellt und kam zufrieden ins Wohnzimmer der Webers. „Wenn ich mich mal einmischen darf, was bedeutet ‚Der Weg dem Lamme nach'? Die Türken dürfen doch auch nur Lammfleisch essen."

Maria Sonnlaitner würgte und presste sich den Unterarm vor den Mund, um nicht laut loszulachen, aber sie kriegte sich schnell wieder ein. Bachhuber kassierte wegen seiner Auslassung zur Lammesart einen wortlosen Seitenhieb von Maria und blieb für den Rest des Verhörs stumm.

Und über Frau Webers Gesicht huschte der Anflug eines ironischen Lächelns, so als wüsste sie schon, was ihr Mann jetzt verbal absondern würde. Etwas, was ihr zu den Ohren heraushing.

„Ja, der Weg dem Lamme nach, davon haben Sie natürlich keine Ahnung. Das ist der Weg der Selbstverleugnung, das Sterben des Egos …"

Schweigen. Und dann steht Frau Weber auf und sagte mit schneidender kalter Stimme: „Ach Jakob, hör auf mit diesem Theater. Wenn du nur einmal vorgelebt hättest, was der Weg dem Lamme nach bedeutet, dann wären wir noch alle beieinander. Du hast Demut gefordert, aber du selbst bist immer härter und kälter geworden."

Jakob Weber starrte seine Frau an. In diesem Augenblick hatte Frau Weber einen ersten folgenreichen Schritt in die Freiheit getan. Jakob begann wie immer in solchen konfrontativen Augenblicken die Stimme zu verstellen, irgendwie salbungsvoll, und reckte sich innerlich und äußerlich auf. Maria registrierte, wie Frau Weber wieder in ihre bittere Starre zurückfiel und sich verschloss.

„Entschuldigung, Herr Weber, aber ich möchte gern bei Ihren Kindern weitermachen, auf das Theologische kommen wir später."

„Ja, und dann haben wir noch zwei Mädle, 17 und 15, die uns große Sorgen machen."

„Weil sie nicht mit in die Versammlung gehen?"

„Ja, sie fangen auch schon an wie Lydia und Rebekka und Aaron. Sie folgen nicht unserem Vorbild. Im Religionsunterricht in der Schule wird ihnen der Glaube ausgetrieben. Ich bin der Sache nicht mehr gewachsen." In diesem Moment stand Frau Weber auf und sagte forsch: „Wenn du das nur einmal vor den Kindern zugegeben hättest, aber du wolltest sie beugen und auf den Sterbensweg des Lammes schicken. Du hast nicht gemerkt, wie du jeden Tag mehr an Autorität verloren hast. Als dir die Argumente ausgingen, hast du ihnen mit dem Gericht Gottes gedroht."

Herr Weber sackte wieder in sich zusammen und starrte vor sich hin. So hatte er seine Frau nie erlebt.

Auf einmal unterbrach Bachhubers Handy die angespannte Stille. Er starrte kurz aufs Display, zog die Augenbrauen hoch und verließ den Raum, um wenige Sekunden später wieder reinzukommen.

Unterdessen rang sich Jakob Weber doch durch, dem Kommissar weitere Details über die Versammlung zu berichten. Dass sie sich irgendwann auch von den Diakonissen distanziert hatten, weil die immer noch zur Kirche hielten und weil ihnen „Der HERR" klargemacht habe, dass Frauen nicht predigen, leiten und lehren sollen. Der Apostel Paulus habe nicht umsonst gesagt: „Das Weib schweige in der Gemeinde!"

Später nahm Maria Jakob Weber außerhalb des Protokolls beiseite und fragte: „Wer hält denn in Ihrer Versammlung den Kindergottesdienst, wer unterrichtet die Kinder im Glauben?"

Vater Weber irritiert: „Ja, unsere Frauen!" Worauf Maria fast ein wenig aufmüpfig entgegnete: „Na, dann haben Sie es ja kapiert.

Wer Kinder unterrichtet, hat den größten Einfluss auf die Entwicklung eines Menschen. Gut, dass das die Frauen machen! Sie lehren die Kinder. Das gibt ein Fundament fürs Leben."

Vater Weber war sichtlich irritiert, seine Frau wirkte in diesem Moment etwas schadenfroh, fast ein wenig belustigt. Sie hatte in diesen Stunden einen Schock über dem Verlust ihrer Tochter zu bewältigen und gleichzeitig war sie mutig und zielsicher aus dem Getto ihres bevormundeten Glaubens ausgebrochen. Der Schock über den Tod ihrer Tochter Lydia saß so tief, dass der Schmerz Kräfte freisetzte, das zu benennen, was ihre Familie zerstört hatte. Ruth Weber litt Todesschmerzen, aber sie war jetzt auf dem Weg in die Freiheit des Glaubens. Sie würde ihrem Mann nicht mehr folgen. Sie wollte ihm helfen, aber sie würde ihm und seiner radikalen Ideologie nicht mehr hinterherrennen.

Dann kam Bachhuber zurück und bat seine Kollegin nach draußen. Kollege Reh aus Neustadt hatte das Bild von der Überwachungskamera im Oberstdorfer Bahnhof ausgedruckt und nach Haßloch gebracht. Und er hatte Brutschers Bericht über sein Meeting mit Feldner erhalten. Dieser hatte die Statur und Mantel und Reisetasche bestätigt, aber zum Gesicht konnte er keine Aussagen machen.

Bachhuber, bisher eher Statist als Protagonist der Szene, nahm das Heft des Handelns wieder in die Hand. „Was meinst du, sollen wir Webers mit dem Bild konfrontieren?" – „Noch nicht, später." – „Aber was ist mit dem Nachtquartier?" – „Kein Problem, ich hab auf der Dienststelle in Neustadt einen Kollegen an der Strippe, der engagiert sich ehrenamtlich für die Diakonissengemeinschaft, der kennt sich gut aus. Der hat uns im Gästehaus zwei Zimmer reserviert, wir sollen allerdings um neun da sein. Scheinbar gehen die Nonnen früh ins Bett." – „Diakonissen, Alois, bei den Evangelen heißt das Diakonissen", korrigierte ihn Maria.

„Gut, dann verhören wir jetzt getrennt. Du nimmst dir noch mal die Mutter vor, ich den Vater. Wir schneiden die Gespräche mit." Bachhuber war in Form. „Bevor wir ins Quartier fahren, sprechen wir uns ab, ob wir Webers mit dem Bild des Unbekannten konfrontieren."

Um halb vier saßen sie in getrennten Räumen, Alois mit Herrn Weber, Maria mit Frau Weber. Inzwischen waren die beiden Mädchen von der Schule heimgekommen. Der Schock über den Tod ihrer großen Schwester steckte noch in ihnen, sodass sie beim Anblick der beiden Kripoleute zu weinen anfingen. Die 17-Jährige fragte: „Wie ist Lydia ums Leben gekommen?" Alois erklärte ihr einfühlsam den Stand der Entwicklung.

„Frau Weber, hatte Lydia einen Freund?", eröffnete Maria ihr Gespräch. Die Mutter zuckte die Schultern. „Sie geht seit Jahren ihre eigenen Wege. Sie war uns gegenüber sehr verschlossen. Seitdem sie in Amerika war und dann als Hauswirtschaftsleiterin in Oberstdorf tätig war, haben wir sie kaum gesehen. Und über Liebschaften hätte sie nie mit uns geredet. Sie wohnt jetzt im Nachbarort."

Maria Sonnlaitner registrierte die wachsende Kooperationsbereitschaft von Frau Weber, vor allen Dingen ihren Mut, sich in Gegenwart der „ungläubigen" Kripoleute kritisch von ihrem Mann zu distanzieren.

„Wie werden Sie damit fertig, dass Ihr Sohn Aaron homosexuell ist?"

Frau Weber blockierte wieder, aber nur kurz, um dann zaghaft auszupacken: „Aaron war ein ganz sensibler Junge, ein Künstler. Mein Mann hat diese Talente gar nicht erkannt, er wollte ihn nach der mittleren Reife von der Schule nehmen und in die Anilin zur Ausbildung schicken. Lydia und Rebekka waren darüber so empört, dass wir zu dritt durchsetzen konnten, dass Aaron das Abitur machen konnte, und zwar an einer öffentlichen Schule. Er wurde von seinen Mitschülerinnen angehimmelt, aber er machte sich nichts aus Mädchen. Mein Mann hat ihn immer wieder unter Druck gesetzt, dass Homosexualität eine Gräuelsünde sei. Das war für den Jungen so erniedrigend und demütigend. Ich durfte mich ja nicht zu meinem Sohn stellen, mein Mann erwartete, dass ich mich ihm völlig unterordne und ihm diene. Das wollte ich auch, aber ich lebte in zwei Welten. Ich habe Aaron mehr als alle anderen geliebt, weil ich ahnte, welch schweren Weg er vor sich haben würde. Von dieser Zeit an wuchs die innere Entfernung zu meinem Mann. Ich wurde bitter. Unser eheliches Intimleben wurde zu einer Qual …"

Frau Weber zuckte ängstlich zusammen, als ihr Mann mit dem Kommissar hineinkam. Sie wagte nicht, ihren Mann anzuschauen.

Bachhuber nickte Maria Sonnlaitner zu, als wollte er sie zum Gehen auffordern. Maria blieb sitzen und sagte bestimmend und förmlich: „Herr Kollege, lass mich noch ein paar Minuten mit Ehepaar Weber allein."

„Gut, ich gehe schon mal raus und bestelle ein Taxi."

Als die Tür ins Schloss gefallen war und Herr Weber Platz genommen hatte, sprach Maria leise und eindringlich, persönlich und in einem ganz anderen Tonfall als bei den Verhören: „Sie beide brauchen jetzt dringend seelsorgerlichen Beistand. Wem könnten Sie sich anvertrauen?"

„Keinem aus der Versammlung!", schoss es aus Frau Weber heraus. „Wie redest du über unsere Glaubensgeschwister?", erwiderte er gekränkt. „Ich werde mich mit August Haupt treffen, meinem Glaubensbruder und Mitältesten."

Frau Weber begehrte kurz auf: „Verstehst du nicht oder willst du es nicht verstehen? Ich habe August Haupt nie vertraut. Er hat uns in die Knechtschaft geführt, nicht in die Freiheit. Wann durchschaust du endlich dieses fromme Theater? Das hat alles mit Jesus und seiner Lehre nichts mehr zu tun."

„Herr Weber, Sie haben mich nicht verstanden. Sie brauchen dringend Beratung, und zwar von außerhalb der Gemeinde! Gibt es bei den Diakonissen nicht eine Seelsorgerin, der Sie sich anvertrauen könnten?"

„Vielleicht Schwester Dorothea, die hat früher bei uns im Haus Kinderstunde gehalten …", äußerte Frau Weber zaghaft.

Weber verkantete sich im Sessel, so als wollte er sich selber keinen Millimeter Toleranz gönnen. Hatte er nicht sein Leben dafür hingegeben, die Bibel zu verteidigen, jeden Buchstaben der Heiligen Schrift so zu nehmen, wie er da steht? Man musste Sünde doch Sünde nennen, wenn alle sittlichen und moralischen Dämme brachen. Das wollte er seinen Kindern mitgeben, damit sie der Welt mit ihrer Lust widerstehen könnten.

Maria Sonnlaitner knöpfte ihren Mantel zu und verabschiedete sich.

„Ich wünsche Ihnen keine gute Nacht, Herr Weber, ich wünsche Ihnen, dass Gott Ihnen die Augen öffnet!"

Frau Weber drückte fest Marias Hand. Sie hatte heute einen großen Schritt in die Freiheit getan. Ihr Mann aber hatte sich so von August Haupt abhängig gemacht, dass er bei aller Trauer verschlossen blieb.

Draußen vor der Tür wartete das Taxi. Maria und Bachhuber verständigten sich kurz. „Wollen wir Webers das Bild jetzt noch zeigen oder morgen früh?" – „Nein, sagte Bachhuber entschieden: „Was Vater Weber mir in der letzten halben Stunde erzählt hat, übertrifft mein Fassungsvermögen. Das ist Gehirnwäsche, was die da in der Sekte machen. Wir zeigen das Bild erst seiner Frau, dann ihm, und zwar in getrennten Zimmern."

Alois und Maria baten das Taxi zu warten und klingelten an Webers Haustür. „Herr und Frau Weber, wir brauchen Sie doch noch mal, aber nur kurz. Ich bitte Sie, Herr Weber, einen kleinen Moment draußen zu warten." Weber schlich raus.

Bachhuber hielt Ruth Weber das einigermaßen bearbeitete Bild vom Überwachungsvideo des Oberstdorfer Bahnhofs hin. „Kennen Sie diesen Mann?" Frau Weber erstarrte. „Das ist August Haupt!" – „Sind sie sicher, das Gesicht hat doch kaum Konturen." – „Das ist August Haupt. Er hat auf der rechten Schulter eine Wölbung, die man sogar durch den Mantel erkennt. Eine Art Fettgeschwulst. Was hat August mit all dem zu tun? Wo ist das Bild aufgenommen worden?"

Bachhuber beschwichtigte sie: „Ich kann Ihnen dazu nichts sagen. Ich bitte Sie, Frau Weber, um strengste Vertraulichkeit, auch

Ihrem Mann gegenüber. Erwähnen Sie nirgends, dass ich Ihnen das Bild gezeigt habe. Nur so können Sie uns helfen, den Tod Ihrer Lydia aufzuklären." Sie nickte betreten. Bachhuber wusste, dass sie nicht plaudern würde.

„Herr Weber, kommen Sie bitte herein. Ich lege Ihnen hier ein Bild vor. Kennen Sie diesen Mann?" Weber fuhr zusammen, seine Körpersprache sprach völlig anders, als was jetzt bockig von seinen Lippen kam. „Kenn ich nicht. Wer soll das sein?" Lügen konnte er schlecht. Maria und Bachhuber hatten nichts anderes erwartet. Maria zog das Bild weg und steckte es ein.

„Wir wünschen gute Nacht. Hier sind unsere Mobilfunknummern, falls Ihnen noch etwas einfällt."

Sagten es und bestiegen das Taxi, das sie ins Gästehaus der Diakonissen bringen sollte. Während der Fahrt sprachen sie kein Wort miteinander. Nach zehn Minuten bogen sie in das große parkähnliche Gelände ein. Vor dem Gästehaus wartete bereits eine freundliche Diakonisse und führte sie in ihre Zimmer. Bachhuber verschwand in seinem Zimmer, nachdem er sich den W-LAN-Code von Schwester Esther hatte geben lassen. Auf dem Tischchen der Sesselgruppe stand eine Schale mit frischem Obst und Mineralwasser, was Bachhuber zu einem süßen Nachtessen verleitete. Das diabetische Gewissen schlug kurz Alarm, aber da war der erste Pfirsich schon verputzt.

Maria hatte sich im Foyer mit Schwester Esther festgequatscht. Ob sie mal mit der Kemptener Immanuel-Gemeinde hier eine Familienfreizeit machen könne und ob überhaupt noch junge Schwestern eintreten würden und ob sie morgen früh um sechs Uhr schon ins Schwimmbad könne. Und ob es hier eine Schwester Dorothea gäbe und ob die morgen früh zum Frühstück kommen könne.

Es war halb zwölf, als Maria endlich in ihrem Zimmer, kurze Zeit später auch in ihrem Nachthemd angekommen war. Auf einmal durchzuckte sie ein Gedanke. Sie griff nach ihrem Handy und riss Bachhuber aus dem ersten Schlaf. Der fluchte schlaftrunken vor sich hin. „Alois, komm runter ins Foyer!" Maria hatte sich die Jeans übergezogen und war nach unten gerannt. Bachhuber torkelte auch nach unten, im obligatorisch gestreiften Schlafanzug. „Was ist denn los?"

„Wir haben einen Fehler gemacht. Lass uns die Neustädter Kollegen anrufen, die sollen Webers Haus beobachten. Haupt wohnt übrigens in der Forstgasse. Auch dieses Haus sollten die observieren. Wenn es nicht schon zu spät ist! Ich wette, dass die beiden Gemeindeleiter sich heute Nacht treffen."

Bachhuber sah putzig aus in seinem Schlafanzug im Sträflingsdesign, aber er war jetzt hellwach und hatte die Polizeidirektion Neustadt an der Weinstraße sofort an der Strippe.

„Wir kümmern uns drum. Zwei zivile Fahrzeuge sind schon so gut wie unterwegs."

Die Langgasse war menschenleer, aber noch beleuchtet, als Weber eine Stunde vor Mitternacht das Hoftor aufschloss und sein Fahrrad rausschob. Da er seit Jahren getrennt von seiner Frau schlief, konnte er heimlich das Haus verlassen, aber seine Frau wusste, dass er August aufsuchen würde. Sie lag wach auf dem Bett und sprang sofort auf, als das Hoftor leise knarzte. Den Hut tief ins Gesicht gezogen radelte er los. An der Christuskirche vorbei, bis er rechts in die Krämergasse abbog und in die Forstgasse gelangte. Nur im Zentrum liefen ihm ein paar Spätheimkehrer über den Weg.

Bei Haupts brannte noch Licht. Weber klopfte ans Wohnzimmerfenster, das zur Straße hin lag. August kam geduckt ans Hoftor, ließ seinen Freund ein und verriegelte das Tor wieder. Sie gingen in den Hinterhof in den kleinen Versammlungssaal, der nie abgeschlossen wurde. August, klein und gedrungen, war blass wie die Wand im schmucklosen Saal und zitterte am ganzen Körper. „Was iss, Bruder?"

„Das fragst du mich?", stieß es aus Weber hervor. „Unsere Tochter ist ums Leben gekommen, wir wurden den halben Tag verhört, und du fragst: „Was is"? Zwei Polizisten aus dem Allgäu waren bei uns und haben uns ein Bild gezeigt, das dich auf dem Bahnhof in Oberstdorf zeigt." August wankte und hielt sich am Türrahmen fest. Er konnte Weber nicht in die Augen schauen.

„August, warst du am Montag in Oberstdorf?"

Haupts Kopf war knallrot geworden, seine Mundwinkel bebten, er rang nach Luft. Er musste jetzt das Gespräch übernehmen, bevor Weber zu einem Risiko wurde.

„Bruder, wir müssen jetzt zusammenhalten. Jetzt kommt die Zeit der Prüfungen, jetzt wird die Spreu vom Weizen getrennt. Der große Abfall wird in Bälde kommen. Möge uns der HERR recht zubereiten!" Weber war so auf Haupt fixiert, dass er nichts einwerfen konnte. August legte seinen Arm um dessen Schulter: „Das Ende der Zeiten ist nahe herbeigekommen. Die Liebe wird in vielen erkalten. Wir beide wachen prophetisch über unserer kleinen Schar, die als geschmückte Braut dem Bräutigam entgegeneilt."

Weber fiel ihm ins Wort „August, schweig. Ich kann das alles nicht mehr hören. Sag mir, wo du am Montag warst. Sonst gehe ich nicht hier raus!"

„Schrei nicht so, Bruder. Ich sehe die Zeichen der Zeit sich immer mehr verdichten. Wir werden um unseres Glaubens willen verfolgt werden. Der HERR geht durch unsere Reihen, um uns zu sichten und zu prüfen …"

„Hör auf, August. Schweig!" Weber brüllte jetzt hemmungslos: „Wenn du etwas mit Lydias Tod zu tun hast, dann werde ich morgen früh aussagen; die Polizisten aus dem Allgäu sind noch hier. – Und noch etwas, August, ich weiß, dass du mit dem Geld, dass uns diese Frau aus der DDR für unser neues Gemeindezentrum gespendet hat, riskante Anlagen gemacht und dich verspekuliert hast und alles verloren gegangen ist. Diese Frau hat dich in der Hand. Merkst du das denn nicht? Wer weiß, welche Liebesdienste du ihr erweisen musstest, damit sie bis heute stillhält."

August befreite sich aus Webers Griff. „Hör auf, in diesen alten Geschichten zu wühlen. Aber bitte, tue, was du tun musst. Du bist seit 20 Jahren mein treuer Weggefährte. Wir haben die kleine Herde bewacht, wir waren wie ein Mann. Aber jetzt wirst du den Weg des Judas gehen und mich verleugnen und damit den HERRN. Geh jetzt bitte, gehe. Gott wird mich schützen. Du hast keine Verantwortung mehr für die kleine Schar hier. Ich sage mich von dir los. Die Zerstreuung der Herde hat jetzt begonnen."

Weber brach zusammen und lag auf allen vieren. August wandte sich ab, verließ den kleinen Saal und löschte das Licht. So gegen zwei Uhr raffte Weber sich auf, schlich zum Hoftor und entdeckte durch den Türspalt ein Auto, in dem zwei Personen saßen, den Blick auf das Haus von Haupts gerichtet. Er tastete sich zurück Richtung Saal und gelangte in den Garten, von wo aus er über einen Feldweg und ein paar Nebenstraßen wieder auf die Langgasse kam. Er lag richtig mit seiner Vermutung, dass auch vor seinem Haus ein Neustädter Fahrzeug stand, besetzt mit zwei rauchenden Gestalten. Aber sein Haus hatte auch einen Hinterausgang zum Garten hin, sodass er unbemerkt auf sein Grundstück gelangen konnte. Als er die Haustür aufschloss, wusste er, dass seine Frau auf ihn gewartet hatte.

Sie saß auf der Treppe, eine Wolldecke um die Hüften, eine auf dem Schoß. Sie sagte nichts. Ihr Mann sah furchtbar aus, um Jahre gealtert. „Ruth, meine liebe Ruth", stammelte er. „Es ist vorbei!" Unter einem gequälten Schluchzen brach es aus ihm hervor: „Ich war blind. Heute bin ich sehend geworden." Ruth Weber zog den Mann an sich, unter dem sie so gelitten hatte, den Vater ihrer Kinder, den sie immer noch liebte. Sie hielt ihren bebenden und schluchzenden Mann in den Armen und flüsterte ihm ins Ohr: „Mein geliebter Jakob. Du hast mich fast verloren, wir haben Lydia verloren und Aaron. Wir werden jetzt der Finsternis absagen und ins helle Licht treten. Wir sind Kinder des Lichts. Wir werden leben. Die Knechtschaft ist vorbei. Es ist noch Gnadenzeit, Jakob, Gnadenzeit!"

Ruth Weber führte ihren Mann in sein Schlafzimmer und legte sich zu ihm, bis er eingeschlafen war. Sie konnte nicht einschlafen vor Schmerz und langsam keimender Freude und Hoffnung, dass sie über dem Verlust von Lydia ihre Familie wieder zusammenbringen könnte. In tiefem Frieden verließ sie gegen vier Uhr das Bett, zog sich an und trat vor das Haus. Die beiden zivilen Beamten schreckten auf und drehten die Scheibe herunter. „Guten Morgen, die Herren. Sie können nach Hause fahren. Informieren Sie die beiden Allgäuer Beamten, dass mein Mann morgen früh eine Aussage machen wird." Die beiden Polizisten starrten sich an und fuhren dann zögernd los Richtung Mußbach.

Ruth machte sich in der Küche ein Frühstück und las die Herrnhuter Losungen. Dann kniete sie am Küchentisch nieder und vertraute sich Gott an, betete namentlich für alle Kinder und nahm sich dann Stift und Briefpapier und begann einen Brief an Aaron in Memmingen und Rebekka in Freiburg. Um sechs legte sie sich wieder zu ihrem Mann, um bei ihm zu sein, wenn er aufwachen würde.

Um sieben riefen sie Bachhuber an, der schon beim Frühstück saß. Neben ihm Schwester Dorothea, die ihm von den guten Zeiten mit Webers erzählte und wie es zum Bruch gekommen war. Maria Sonnlaitner war um sechs Uhr schon schwimmen gegangen und kam mit noch nassen Haaren in den kleinen Frühstücksraum, als Bachhuber das Telefonat mit den Worten „Frau Weber, wir sind um acht bei Ihnen!" beendete. Dann meldeten sich die Beobachter aus der Forstgasse in Haßloch: Keine Auffälligkeit, alles ruhig, keiner hat das Haus verlassen. „Bleibt vor Ort, bis wir kommen." Dann rief er in Neustadt bei der Polizeidirektion an und bestellte für viertel vor acht ein Fahrzeug, das sie nach Haßloch bringen sollte.

Die Diakonissen versprachen Kommissarin Sonnlaitner besorgt, dass sie sich um Webers kümmern würden, und verabschiedeten sich von diesen ungewöhnlichen Gästen.

Um acht schellten sie bei Webers. Ruth Weber wirkte erlöst und entlastet. Wie ein neuer Mensch, dachte sich Bachhuber. Jakob Weber war wie verwandelt, als hätte er in der Nacht ein Wunder erlebt. Bevor die Beamten was sagen konnten, eröffnete er das Gespräch: „Ich habe gestern Abend gelogen. Das Bild, das Sie mir vorgelegt haben, zeigt eindeutig August Haupt. Ich war heute Nacht bei ihm und habe mich von ihm losgesagt. Ich war ihm blind ergeben, jetzt bin ich sehend geworden. Ob August Haupt etwas mit dem Tod unserer Lydia zu tun hat, kann ich nicht sagen."

Bachhuber sprang auf und eilte nach draußen, Maria Sonnlaitner bedankte sich, drückte Ruth Webers Hände, und schon war auch sie aus dem Haus. Das Hoftor stand noch offen, als sie mit dem Neustädter Streifenwagen die Langgasse hinunterjagten, in die Krämergasse abbogen und in der Forstgasse vor dem Haus Haupt stoppten.

Die Neustädter Kollegen klingelten, Bachhuber und Sonnlaitner blieben im Hintergrund. Am Hoftor erschien eine kleine magere Frau, die völlig verschreckt nach Luft rang. „Frau Haupt?" – „Ja?" – „Wo ist ihr Mann?"

„Der hat heute Morgen um drei seine Reisetasche gepackt. Er müsse mal für ein paar Tage weg!" Die Beamten durchsuchten das Haus, die Neustädter Polizeibeamten schauten verlegen aus der zerknitterten Wäsche. Sie wussten nicht, dass das Grundstück einen Hinterausgang hatte. Keine Spur von August Haupt. Er hatte sich rechtzeitig abgesetzt. Frau Haupt konnte oder wollte keine Auskunft geben.

Bachhubers Recherchen beim Bahnhof und diversen Taxiunternehmen liefen ins Leere. August Haupt, der Hauptverdächtige im Fall Lydia Weber, war wie vom Erdboden verschluckt.

8

HUNSPACH, ELSASS, FRANKREICH

Es war kurz vor sechs in der Frühe, als ein alter Renault mit französischem Kennzeichen von Bad Bergzabern her kommend durch das Deutsche Weintor in Schweigen fuhr. Seit dem Schengener Abkommen waren die Grenzposten verwaist. Es wurde nicht mehr kontrolliert, nur eine Geschwindigkeitsbegrenzung gab einem das Gefühl, jetzt im Ausland angekommen zu sein. Und jenseits der Grenze wurde auch Deutsch gesprochen, wenn auch in einer alemannisch-französisch-pfälzisch singenden Tonart.

Die Luft war erfüllt vom Duft der Trauben, der „Herbscht" war im vollen Gange. Die Obstbauern kamen mit ihren kleinen Traktoren aus den engen Hofeinfahrten der romantischen Fachwerkhäuser, Anhänger mit Obstkisten im Schlepp. In diesen Dörfern rund um Wissembourg schien die Zeit stehen geblieben. Die Geranien vor den kleinen heimeligen Fenstern mit ihren Butzenscheiben, die liebevoll restaurierten Häuser im Schwarz-Weiß-Stil, das alles hatte etwas von Postkartenidylle.

Die reformierten Kirchengemeinden hatten volle Gottesdienste und ein aktives Gemeindeleben. Der Laissez-faire-Atheismus Frankreichs war nie in dieses immer noch deutschsprachige Refugium zwischen dem Rhein und den Vogesen gekommen.

Michel Muller erreichte Hunspach um halb sechs, bog in seinen Hof ein und verschloss sorgfältig das Hoftor. Der Innenhof lag völlig im Dunkeln, als sich die Beifahrertür langsam öffnete und ein Mann mit gedrungener Statur in einem grauen Mantel, der sich über die seltsam deformierte Schulter spannte, direkt vom Auto ins Haus verschwand. Michel führte ihn in eine Kammer, in der ein Bett vorbereitet war. Rot-weiß-kariertes Bettzeug, zwei prall gefüllte Kissen. Ein Tisch, ein Stuhl, ein kleines Fenster Richtung Garten. „Hier bist du sicher, August! Nun ruh dich erst mal aus. Du weißt, wo die Toilette und Dusche ist."

Michel Muller war ein Freund von August Haupt. Sie hatten sich auf einem Israel-Seminar in der Schweiz kennengelernt. Damals hatten sie einander versprochen, sich in der Zeit der Verfolgung gegenseitig Unterschlupf zu gewähren.

Diese Zeit war nun gekommen. Michel hatte um zwei Uhr einen Anruf von August bekommen, ob er ihn abholen könne, er wäre in großer Not. Michel war sofort nach Haßloch aufgebrochen. August war zu Fuß durch die Gärten zu einem Treffpunkt geeilt, den sie bereits vor vielen Jahren vereinbart hatten. Die Füllergasse raus in Richtung Meckenheim, bis der Füllerweg den Rehbach kreuzt. Dort hatte August ein zweites Gemüsegärtchen mit einem kleinen Geräteschuppen drauf. Das war der Treffpunkt, an dem sie sich bereits früher heimlich getroffen hatten. Von dort war es nur ein Katzensprung bis zur A 65 Richtung Landau an der südlichen Weinstraße.

Michel war ein Einzelkämpfer, ledig, reserviert, zurückgezogen. Er hatte 20 Jahre auf der deutschen Seite beim Daimler in Wörth in der Lkw-Produktion am Band gearbeitet und war nun schon einige Jahre im Ruhestand. Er betrieb seine Streuobstwiesen im Nebenerwerb und hatte viel Zeit, sich im Computer über die Welt zu informieren. Früher war er öfter nach Karlsruhe in den großen Marmortempel des Missionswerkes zum Gottesdienst gefahren, aber inzwischen suchte er sich im Internet die Predigten aus, die seine Weltsicht bestätigten. Im Blick auf Israel, im Blick auf das Endgericht und das prophetische Wort. Sünde musste noch Sünde genannt werden, das war sein Motto. Aber Michel stand selbst in einem heimlichen verborgenen Kampf. Er war in seiner Einsamkeit an den Alkohol geraten. Was zunächst ganz harmlos begonnen hatte – jeden Abend ein Glas Wein, das war zu einer handfesten Sucht ausgeartet. Er brauchte einen ständigen Alkoholspiegel, um seine Einsamkeit darin zu ertränken. Er kämpfte tapfer, aber er verlor immer wieder den Kampf.

Michel hatte sich vorgenommen, ein Beichtgespräch mit August zu suchen, denn jetzt hatten sie alle Zeit der Welt. Er war sich mit seinem Freund und Glaubensbruder einig, dass die Welt kurz vor der Wiederkunft des HERRN stand und jetzt die Spreu vom Weizen getrennt würde. Da wollte er nicht mit diesem peinlichen Gepäck vor Gott stehen. Er hoffte inständig auf eine Gelegenheit, in der er sich seinem Freund anvertrauen könnte. Aber er schämte sich so.

Michel begann die Vorbereitungen fürs Mittagessen zu treffen. Er wollte seinem Freund das elsässische Saisongericht „Baeckeoffe" zubereiten und servieren. Das aus Kartoffel- und Fleischschichten bestehende Gericht musste stundenlang im Backofen vor sich hinbruzzeln, sodass er zeitig beginnen musste.

Kurze Zeit später hörte er ein Schnarchen aus der Kammer, worauf er sich auch noch einmal aufs Küchensofa legte. Es war ihm eine Freude, August zu beherbergen und zu schützen. Hier war er für Wochen und Monate sicher. Selbst Augusts Frau und sein engster Mitarbeiter Jakob Weber wussten nichts von diesem Versteck.

9

FELDBERG-KLINIK,
TAUNUS

„**Guten Morgen, Herr Haupt,** ich nehme mir gern Zeit für Sie, kommen Sie rein." Einer der Klinikseelsorger hatte sich eine Stunde für dieses Gespräch vorgenommen. Johannes nahm im bequemen Sessel des Sprechzimmers Platz.

„Wie fühlen Sie sich?"

„Ich lebe im Bewusstsein der Gnade. Diese Gewissheit kann mir nichts rauben", stammelte er vor sich hin.

Seine ganze Jugendzeit hatte er in Angst vor der Strafe zugebracht, wenn der „liebe" Gott plötzlich „gerecht" wird. Keiner hatte ihm erklärt, dass Gerechtigkeit ein Wesenszug der Liebe Gottes ist, nicht das Gegenteil. Er hatte immer Panik vor der Strafe des Jüngsten Gerichts, die, von immer wiederkehrenden apokalyptischen Verfallstheorien geschürt, dem Siedepunkt der Endzeit entgegenbrodelte. Dass alles immer schlimmer werden würde und dass die göttliche Gnadenzeit bald vorbei sei.

„Gott ist ein Richter der Witwen, Vaterlosen und Waisen", darüber hatte der Pfarrer der Paulus-Kirche vor ein paar Wochen gepredigt: ein Gott der Entwurzelten und Gestrauchelten, ein Richter der Rechtlosen und Entrechteten. Richter bedeutet Retter, nicht Henker. Das Gericht ist keine Vorladung, es ist eine Einladung zur Gerechtigkeit Gottes, zum Evangelium in seiner reinsten Form. Warum musste er erst durch diese Hölle gehen, um das endlich zu verstehen?

„Ich kann nicht mehr schweigen. Wo soll ich anfangen?"

„Ganz wie Sie wollen", ermunterte ihn der Seelsorger.

„Ich bin christlich erzogen worden und habe viele schöne Erinnerungen an meine Kindheit. Ich bin Einzelkind, meine Eltern haben sehr darunter gelitten, dass sie nach mir keine Kinder mehr bekommen haben. Ich war ein ängstlicher Einzelgänger. Mit meiner erwachenden Sexualität war ich völlig überfordert. Ich fühlte mich befleckt und schuldig. Mein Verhältnis zu meinem Vater wurde früh beschädigt, als er in meinem Zimmer einen kleinen Kunstband mit Aktzeichnungen fand, den ich mir in einem Antiquariat erstanden hatte. Er stellte mich unbarmherzig zur Rede und bekümmerte mich ganz tief mit dem Vorwurf, ich habe Unzucht betrieben. Von dieser Zeit an war ich zutiefst verunsichert und befangen. Ich vermied jeden Kontakt mit Mädchen meines Alters. Ich lebte meine erotischen Gefühle in der Fantasie. Dabei wurde ich immer einsamer. Mein Vater war Leiter und Laienprediger einer kleinen Gemeinde. Er hatte Macht über die kleine Schar der Gläubigen. Sein Wort gab die Richtung an, alle folgten ihm willig.

Meine Eltern habe ich nie zärtlich miteinander gesehen. Meine Mutter liebte den Haushalt, machte die Wäsche und den Garten und sie kochte. Und sie verwöhnte mich. Wenn Vater zu Vorträgen unterwegs war, durfte ich sogar noch als Zehnjähriger zu meiner Mutter ins Bett. Irgendwann habe ich mich verweigert, ihrer Bitte nachzukommen. Diese intime Nähe zu meiner Mutter wurde mir immer verhasster, bis ich zunehmend auf Distanz zu ihr ging.

Mein Vater war Lagerleiter in einer Baustoffhandlung in Speyer. Er war beliebt wegen seiner guten Leistung und Verbindlichkeit. Seine eigentliche Berufung lebte er aber in der Gemeinde. In jeder Predigt pochte er auf „den Weg dem Lamme nach", auf Selbstverleugnung und auf Distanz zu den Ungläubigen. Diese Predigten waren einfach nur von Angst besetzt und vorhersagbar.

Irgendwann habe ich Vater gesagt, dass ich nicht mehr mitkommen würde, es sei denn, wir könnten miteinander reden. Aber Diskussionen gingen gar nicht. Wenn er vom „unbedingten Gehorsam" sprach, dann hörte er sich an wie ein Diktator. An seriöse und sachkundige Gespräche war gar nicht zu denken.

Ich habe Abitur gemacht und mein Studium als Chemie-Ingenieur absolviert und dazwischen in der BASF hospitiert. Meine erste verantwortliche Position hatte ich beim Aufbau einer chemischen Prozess-Kolonne in Mangalore in Indien. Dort habe ich viele christliche Freunde getroffen, die mich in die unterschiedlichsten Kirchen mitgenommen haben: Lutheraner, Anglikaner, Baptisten, Methodisten, Pfingstler, unabhängige Gemeinden und natürlich die römisch-katholische Kirche. Dort habe ich gelernt, fremden geistlichen Prägungen mit interessiertem Respekt zu begegnen, also genau das Gegenteil von dem, was mir von meinem Vater eingetrichtert wurde."

Der Seelsorger schaltete sich ein: „Wie hat diese internationale Erfahrung Ihr Leben beeinflusst?"

Johannes Haupt zögerte und ging in Gedanken zurück nach Indien: „Es war die liebevolle Toleranz der verschiedenen Glaubensrichtungen, die mich begeistert hat. Bald habe ich gelernt, dass in jeder christlichen Kirche oder Gemeinschaft ein besonderer Aspekt des Evangeliums intensiver gelebt wird und dass das so bereichernd ist."

Der Seelsorger nickte zustimmend, denn er hatte in den USA studiert und dort die gleiche Erfahrung gemacht. „Vielfalt ist die beste Medizin gegen Einfalt!" Und Johannes fuhr fort: „Ja, das kann ich nur bestätigen. In der römisch-katholischen Kirche kann man etwas über die Heiligkeit Gottes erfahren; bei den Lutheranern, dass Gott in der Taufe handelt; bei den Pfingstlern den entspannten Gebrauch der Geistesgaben; bei den Baptisten das missionarische Herz. Die Brüdergemeinden beeindruckten mich immer wieder durch ihre große Liebe zur Bibel und wie gut sie sich darin auskannten. Ich erlebte eine solch wertschätzende Jesus-Ökumene, dass mir die deutsche fromme Kleinstaaterei mit ihren ständigen Abspaltungen und Neugründungen immer fragwürdiger wurde."

Der Seelsorger ermutigte ihn weiterzuerzählen, aber doch erst einmal in die Neuzeit zu kommen. Später stellten die beiden bei einem Kaffee in der Cafeteria fest, dass Lydia Weber ganz in der Nähe der Universität gelebt hatte, wo der Klinikseelsorger studiert hatte, nämlich in Deerfield unweit von Highland Park.

„Ja, die Neuzeit. – Seit meiner Rückkehr habe ich Lydia Weber gesucht. Ich spürte ein tiefes Verlangen nach ihr. Ich habe sie öfters besucht, als sie nach ihrem Aufenthalt in Oberstdorf, wo sie als Hauswirtschaftsleiterin gearbeitet hatte, wieder in die Vorderpfalz gezogen war. Wir waren uns im Glauben so einig, weil wir auch eine gemeinsame Leidensgeschichte hinter uns hatten."

Dann erstickte seine Stimme in Tränen. Der Seelsorger gab ihm Zeit und fragte dann, ob er ihn auf seine Station begleiten dürfe. „Wollen wir die nächsten Tage Fortsetzung machen?" – „Ja, gern, am liebsten so bald wie möglich." Er konnte nicht ahnen, wie schwer dieses dunkle Kapitel seines Lebens werden würde.

Am Freitagmorgen saß er wieder im Sprechzimmer des erfahrenen Seelsorgers.

Es war das erste Mal, dass Johannes Haupt von den dunkelsten Stunden seines Lebens erzählte. Es war ihm selbst nicht klar, ob er sich durchringen würde, den Namen des Täters zu nennen.

„Ich hatte erfahren, dass Lydia Weber für ein paar Tage zu ihrem alten Arbeitsplatz im Hotel Himmelsblick fahren wollte. So überlegte ich mir, sie dort in Oberstdorf mit meinem Besuch zu überraschen. Mein Auslandsprojekt in Indien war abgeschlossen, sodass ich ein paar Wochen Urlaub nehmen konnte."

Unterbrochen von Schweigephasen und heftigen Weinattacken brach die ganze Wahrheit Stück für Stück aus der Tiefe des völlig wunden Gewissens hervor. Aber er zögerte noch, alles aufzudecken.

„Herr Haupt, diese Lebensbeichte wird allmählich zu Ihrer inneren Gesundung führen. Sie bestimmen, wann Sie was erzählen werden. Unsere Therapeuten und Fachärzte werden Sie weiter betreuen, das dauert bestimmt noch ein paar Wochen, bis wir Sie entlassen können, aber Sie müssen sich der Frage stellen, ob Sie nicht dringend eine Aussage bei der Polizei machen müssen. Sie können nicht die Verantwortung für die Verschleppung der Fahndung übernehmen. Wenn Sie möchten, begleite ich Sie zur Polizei, wer auch immer da jetzt zuständig sein sollte."

Johannes erbat sich Bedenkzeit, bedankte sich für das Gespräch und ging wie um Tonnen von Gewicht erleichtert auf seine Station.

Er rief sein Mutter an und fragte nach Vater. „Dein Vater ist seit Wochen unauffindbar. Die Polizei hat die Suche eingestellt. Vielleicht lebt er schon gar nicht mehr. Die Versammlung ist zerstreut, Webers sind aus der Gemeinde ausgetreten."

10

KEMPTEN, ALLGÄU

„I kinnt mi ins Fiedle bieße", grummelte Bachhuber und raufte sich die graue dichte Mähne. „Aber woher sollten wir wissen, dass die Grundstücke in der Forstgasse Ausgänge nach hinten haben. Das hätten die Kollegen vor Ort auch wissen müssen." Maria beschwichtigte ihn: „Hauptsache, wir haben jetzt einen Verdächtigen. Wer abhaut, hat was zu verbergen!" Bachhuber und Maria Sonnlaitner hatten sich nach dem kurzen Gespräch mit Webers und dem Versuch, August Haupt zu vernehmen, auf den Weg zurück ins Allgäu gemacht. Bachhuber resümierte, Maria notierte:

1. Wir konzentrieren uns auf die Fahndung nach August Haupt. Die Neustädter Kollegen sollen die Mitglieder der Sekte intensiv befragen. „Maria, frag in Neustadt, ob die einen Kollegen haben, der irgendwie christlich ist und das Milieu kennt, also so eine oder einer wie du. Und versuch bitte, über Webers an die Adressen der Sektenmitglieder zu kommen. Hat Haupt Kinder, Verwandte, die uns Hinweise auf sein Versteck geben könnten?"
2. Wir setzen für 17 Uhr eine Lagebesprechung in Kempten an. „Wenn wir in Ulm pünktlich wegkommen, sind wir rechtzeitig vor Ort. Ich bereite die Sitzung vor.
3. Die Befragung der Leute im Hotel Himmelsblick stellen wir zurück. Da ist nichts zu holen.
4. Wir lassen nachher noch mal die Kollegen von der Suche im Oytal berichten.

Maria Sonnlaitner telefonierte mit der Polizeidirektion Neustadt. Kommissar Kärcher sagte zu, sich nach einer Kollegin oder einem Kollegen umzuschauen, die oder der für die Befragung ihm geeignet schien. Es dauerte nicht lange, bis sich ein Kollege namens Robert Reh meldete: „Ich bin der Kollege, der euch gestern das Quartier im Gästehaus der Diakonissen vermittelt hat. Wart ihr zufrieden?" – „Ja, sehr. Danke für den Tipp."

„Aber der Grund meines Anrufes ist der: Ich könnte die Mitgliederbefragung der Gruppe Haupt übernehmen. Ich kenne ein

Mitglied persönlich, über den könnte ich auch an die Namen der anderen kommen."

„Super, Kollege, der Tag ist gerettet. Ich bespreche mich mit Bachhuber und dann melden wir uns per Mail mit unserem Fragenkatalog."

Hauptkommissar Roland Reh erwiderte prompt: „Das könnt ihr machen, aber ihr könnt mir das gern überlassen, denn es geht nur um die eine Frage: Wohin ist August Haupt abgetaucht? Und übrigens, August hat nur einen Sohn, der ist Ingenieur bei der BASF, der ist aber öfters beruflich in Indien. Wir haben uns vor Jahren mal bei einem Seminar bei den Diakonissen kennengelernt."

Bachhuber und Sonnlaitner waren zufrieden und wussten, dass der pfälzische Kollege gut arbeiten würde.

Am Bahnhof in Kempten wartete schon ein Streifenwagen, der sie direkt zur Sitzung bringen würde. Die Lagebesprechung brachte keine neuen Erkenntnisse. Bachhuber klärte mit seinem Vorgesetzten, dass Kommissarin Sonnlaitner ihm bis zur endgültigen Klärung des Falles zur Seite stehen würde. „Was ist, Alois, kommst du am Sonntag mal nach Kempten in unseren Gottesdienst?"

„Warum nicht, Hilde hat bestimmt nichts dagegen."

„Also dann, Pfiadi! Bis zum Sonntag."

11

NEUSTADT
AN DER WEINSTRASSE

In der Pfalz machte sich Roland Reh sofort an die Ermittlungen. Er wollte gleich am Sonntagnachmittag die Veranstaltung besuchen, aber am Hoftor hing ein Schild „Heute keine Versammlung". Er rief einen alten Kumpel aus seiner Schulzeit an, der zu Haupts Schäfchen gehörte. Der nannte ihm bereitwillig die Namen der zehn Familien, die noch zur Versammlung in der Forstgasse gehörten. Der Kommissar kannte einige noch von früheren Zeiten, wo die Haupt-Truppe noch offen war für Kontakte mit anderen Kirchen und Gemeinden. Aber er stieß auf eine Mauer des Schweigens. Keiner konnte sich erklären, wo August Haupt untergetaucht sein könnte. Es vergingen zwei Wochen, ohne dass Roland Reh Fortschritte machte. Die Haupt-Truppe war absolut verschwiegen.

Aber durch einen anonymen Hinweis war er auf eine junge Frau gestoßen, die noch schwer am Verlust ihrer Freundin Lydia Weber litt. Ihr Name war Miriam, sie war 25 Jahre alt. Sie zeigte sich spontan gesprächsbereit. Hauptkommissar Reh verabredete sich mit ihr in einem Café in der Neustädter Fußgängerzone.

Sie kam ziemlich schnell zur Sache. Sie schien nichts mehr zu verlieren zu haben, jetzt wo ihre beste Freundin ums Leben gekommen und August untergetaucht war.

„Wo August Haupt ist, kann ich Ihnen nicht sagen, aber Sie sollen wissen, warum ich diesen Mann nicht länger als Leiter respektieren kann. Er hat mich manipuliert und seelisch unter Druck gesetzt. Und das werden alle bezeugen, die die Versammlung verlassen haben. August ist ein religiöser Despot, ein zwanghafter Sündenfahnder, der uns von der Pubertät an regelrecht zur Beichte genötigt hat. Er muss seine tiefe sexuelle Befriedigung darin gefunden haben, in unserem Intimleben zu wühlen. Er hatte selbst sexualethische Richtlinien aufgesetzt, intime Details, die wir unterschreiben sollten und über die er wachen wollte. Ersparen Sie mir weitere Einzelheiten."

Roland Reh bedankte sich und bat Miriam, sich für weitere Gespräche bereitzuhalten. Es würde noch einmal eine Ermittlerin aus dem Allgäu kommen. Reh erstattete am Sonntag per Mail an Sonnlaitner und Bachhuber Bericht und schlug vor, dass Frau Sonnlaitner sich umgehend mit Miriam treffen sollte. Miriam arbeitete die Woche über in Stuttgart, dort könnten sie sich auf halber Strecke treffen.

12

HUNSPACH, ELSASS

August hatte den ganzen Tag geschlafen, sodass Michel erst am Abend mit seinem Festessen aufwarten konnte. August war sehr niedergeschlagen und nervös. Er würgte das Essen teilnahmslos herunter und starrte an die Wand. Michel sprach ein Dankgebet nach dem Essen und fragte August, ob sie mal ein offenes Wort miteinander reden könnten. August nickte geistesabwesend. Nachdem Michel abgeräumt und eine Flasche Apfelsaft geöffnet hatte, blieben sie am Küchentisch sitzen und schwiegen einander verlegen an. „Bist du sicher, dass keiner der Nachbarn mein Kommen bemerkt hat?" – „Da bin ich mir total sicher." Michel wunderte sich über Augusts angespannte Verlegenheit.

So zog sich die Woche dahin. August war in sich versunken, Gespräche kamen kaum in Gang.

Irgendwann fasste sich Michel ein Herz und begann zu erzählen, von seiner Einsamkeit, seiner Sehnsucht nach einer Frau, dem Alkohol und seinem Kampf um ein reines Gewissen und einen sauberen Lebenswandel. „Du hast mich geprägt, lieber August, im Licht zu wandeln. Heute muss ich dir bekennen, dass ich ein Mann der Finsternis geworden bin. Irgendwann ging es nicht mehr ohne Alkohol. Seit Monaten reicht die tägliche Weindosis nicht mehr. Da ich selber Schnaps brenne, habe ich immer genügend Stoff zur Hand. Ich schlafe jeden Abend betrunken ein."

Michels Beichte war gründlich, aufrichtig und von der Sehnsucht nach Absolution gekennzeichnet. August hatte ihm stundenlang zugehört. Michel schloss mit der Bitte um Fürbitte und Segen, aber August schwieg. „Michel, ich kann dir nicht helfen! Ich habe mit mir selbst zu tun und komme nicht weiter."

Irgendwann ging Michel zu Bett, erleichtert, aber sehr besorgt um seinen Freund. Nach ein paar schlaflosen Stunden stand er auf, fuhr seinen PC hoch und suchte im Internet die Seite der „Rheinpfalz", der pfälzischen Lokalpresse. Und da las er vom Tod der Lydia Weber und vom Verschwinden ihres Gemeindeleiters. Michel wurden die Hände feucht, er zitterte am ganzen Leibe, als er den PC runterfuhr.

Er zog sich an, schlich ohne Licht zu machen hinunter und lauschte vor der Kammer. „August, bischt noch wach?" In dem Moment hörte er, wie ein Stuhl umfiel. Er wollte die Tür aufreißen, aber bekam sie nur einen Spalt weit auf. August schien von innen vor der Tür zu liegen. Er warf sich mit voller Wucht gegen die Tür und schob August über die Fliesen. Von den eisernen Haken, wo er früher Speckseiten zum Trocknen aufgehängt hatte, hing jetzt ein Strick mit einer offenen Schlaufe herunter. August lag bebend und bleich am Boden.

„August, was machst du?" Er musste tatsächlich versucht haben, sich zu erhängen. Michel stockte der Atem, ihm flatterten alle Knochen im Leibe. Er ließ sich neben August auf den Steinboden gleiten und fasste seine Hände.

„Komm, August. Gott ist HERR deines Lebens, du bist nicht berechtigt, deinem Leben ein Ende zu setzen. Der Geist Gottes hat mich rechtzeitig aus dem Bett getrieben. Lass Licht in deine Finsternis. Ich weiß, dass du auf der Flucht bist. Pack aus."

August kauerte auf den kalten Steinfliesen, er schnappte nach Luft und hechelte wie ein Hund. Er war nun innerlich und äußerlich gebrochen. Ganz langsam bahnte sich Licht in sein umnachtetes Hirn. Und als hätte der Sturz vom Stuhl sein inneres Machtgefüge zum Einsturz gebracht, begann er langsam, fast in kindlicher Einfältigkeit, zu erzählen.

„Michel, ich habe zwei Leben gelebt. Ein öffentliches, als Leiter und Prediger der mir anbefohlenen kleinen Herde, und ein verborgenes. Die letzten Jahre hat sich meine Frau immer mehr von mir zurückgezogen. Sie verweigerte sich mir zunehmend. Wir haben kaum noch miteinander geschlafen. Oft bin ich wie ein Tier über sie hergefallen, danach hat sie geweint und mich angefleht, sie doch in Ruhe zu lassen. Ich habe jegliches Gefühl für die Bedürfnisse meiner Frau verloren. Irgendwann ergab sich eine Bekanntschaft mit einer anderen Frau, die mir viel Geld angeboten hat. Sie hat mich Jahre lang erpresst. Das Leben mit zwei Gesichtern hat mich so gequält, aber ich kam nicht raus aus dem

Doppelleben. Das alles ist mir in der Stille der letzten Tage bewusst geworden.

Als die Mädchen in unserer Versammlung heranwuchsen, war ich im tiefen körperlichen Verlangen so auf sie aus, dass ich sie immer wieder zu Gebetsstunden eingeladen habe, um nahe bei ihnen zu sein. In dem gut gemeinten Bestreben, sie als reine Bräute zu einer Brautgemeinde zu sammeln und sie dem HERRN als Bräutigam zuzuführen, habe ich mich für ihre erwachenden sexuellen Gefühle interessiert, habe sie kontrolliert und befragt, ob sie sich der sexuellen Lust fernhalten würden. Ich habe ihnen Beichten abgenötigt, sie gezwungen darüber zu schweigen, sonst würde ich als ihr geistlicher Hirte und Beschützer verfolgt werden. Oft habe ich die drei, vier Mädels zum Segen in die Arme geschlossen. Sie haben sich gewunden und geschämt, aber ich habe ihr Vertrauen beschädigt. Dieses Verhalten wurde immer mehr zu einer Sucht, die mir einerseits Befriedigung verschafft hat, andererseits mir aber schwermütige Verzweiflung über diese dunkle Neigung meines Lebens beschert hat.“

Michel hatte fassungslos zugehört, aber er war fern jeglicher Empörung.

„Mit dieser Last, lieber Michel, konnte ich nicht mehr leben, darum habe ich mir das Leben nehmen wollen. Du hast es verhindert.“

„Und was war am Mittwoch in Oberstdorf, August?“

„Was weißt du?“

„Ja, das, was die Rheinpfalz vor ein paar Tagen berichtet hat.“ Michel mühte sich um Kontrolle seiner aufgestauten Gefühle.

„August, wenn du etwas mit dem Tod von Lydia Weber zu tun hast, dann stell dich der Polizei. Ich fahre dich zur Polizeidirektion nach Landau und dort stellst du dich den Behörden.“

„Ja, Michel, morgen sehen wir weiter!“

„August, du hast der Sünde die Macht genommen, du hast dich der Wahrheit gestellt. Jetzt bring die Lebensbeichte zu Ende, mach jetzt ganze Sache und offenbare dich!“

„Michel, ich danke dir, aber lass mich jetzt schlafen. Morgen stelle ich mich."

August legte sich angezogen aufs Bett und löschte das Licht. Michel wusste, dass er für den Rest der Nacht wach bleiben musste. Er durfte auf keinen Fall einschlafen. Er ließ die Zimmertüren offen stehen und das Licht im Treppenhaus brennen.

Michel musste an seinen Vorgesetzten denken, der beim Daimler in Wörth im Qualitätsmanagement tätig war. Hans Hartstein, ein kerniger Typ mit dem breitesten südpfälzischen Dialekt, aber ein feiner und besonnener Christ, im Vorstand seiner Kirchengemeinde engagiert. Der hatte ihn schon immer ermahnt, seinen Glauben nicht zu privatisieren, sondern in der Gemeinschaft mit anderen zu bewähren. Er hatte ihm mal ein Zitat von Nikolaus Graf von Zinzendorff zugesteckt: „Ich statuiere kein Christentum ohne Gemeinschaft!"

Diese Chance hatte er eigentlich nie richtig wahrgenommen, er blieb allein und entwickelte sich zu einem unsicheren Einzelgänger. Ach, was würde er jetzt drum geben, wenn er diese Last seiner Trunksucht loswerden könnte. Er griff hinter das Nachttischchen, setzte die Flasche mit dem Birnenschnaps an den Mund und nahm einen tiefen Zug. Um zwei Uhr war er eingeschlafen, und um drei Uhr in der Früh schob sich ein Mann mit Hut und Mantel durch das Hoftor, in der Hand die Reisetasche mit ein paar Habseligkeiten. Kurze Zeit später schreckte Michel aus dem Schlaf und stürzte in Augusts Kammer, aber das Bett war schon kalt. Er schlich hinaus vor das Hoftor, aber dort war nur Stille und Dunkelheit. Irgendwo brüllte eine Kuh, ein Hund kläffte, sonst war Totenstille. Michel öffnete das Hoftor und fuhr hinaus auf die Gasse. Er fuhr so zügig wie möglich von Hunspach über Ingolsheim und Riedseltz nach Steinseltz. Aber so weit konnte August in der Kürze der Zeit gar nicht gekommen sein. Kurz vor Hunspach sah er im Scheinwerferlicht eine gedrungene Gestalt in einem noch nicht abgeernteten Maisfeld verschwinden. Er bremste seinen alten R 4, stieg aus und rief: „August, komm zurück. Wohin willst du denn?"

August schien völlig verwirrt. Erst jetzt dachte er an die Tablettenpackungen, die leer in der Kammer gelegen hatten. August nahm Psychopharmaka – und die waren ihm ausgegangen.

„August, ich bringe dich jetzt nach Haßloch, du brauchst doch deine Tabletten."

Michel zog August auf den Beifahrersitz, schnallte den schweren, vorn überhängenden Körper mühsam an und fuhr schnurstracks über Wissembourg nach Schweigen und von da auf die Autobahn Richtung Landau. Die BASF-Frühschichtler strampelten mit den Rädern Richtung Bahnhof, als der klapprige Renault mit französischem Kennzeichen durch Haßloch fuhr.

Um kurz nach fünf hielt der alte Renault in der Forstgasse. Es gelang Michel, den jetzt völlig apathischen August in sein Haus zu schleifen, nachdem Frau Haupt ebenso verwirrt aufgemacht hatte. Sie kannten sich. „Wo sind seine Tabletten?", stammelte Michel. Frau Haupt brachte die Vorratspackungen und wusste über die Dosis Bescheid.

„Ich bleibe hier, bis August wieder ansprechbar ist." Sprachs und setzte sich neben das Sofa, auf das er August mühsam gebettet hatte. Frau Haupt zog sich still zurück. Michel deutete ihren Blick so, als sei ihr lieber gewesen, ihr Mann sei niemals wieder aufgetaucht.

Als Michel sich verabschieden wollte, richtete sich August auf und flehte ihn an: „Michel, lass mich bitte nicht hier allein zurück! Nimm mich wieder mit nach Hunspach. Jetzt, wo ich die Tabletten habe, werde ich dir nicht mehr zur Last fallen."

„August, begreifst du es immer noch nicht? Es ist vorbei. Lass uns zur Polizeidienststelle fahren."

„Michel, es wird alles ans Licht kommen, aber ich brauche dich jetzt an meiner Seite."

Wie die Zeiten sich ändern, dachte Michel grimmig, *dass der große geistliche Vorsteher August Haupt ihn, den unbekannten kleinen Franzosen anfleht. Dass er um Gnade winselt und Schutz bei mir sucht.*

Frau Haupt war hinaufgegangen, sie hatte keinerlei Anstalten gemacht, ihren Mann aufzunehmen. Was musste das für eine kaputte Ehe sein, dachte Michel, der ja selbst keine Erfahrung in diesen Dingen hatte. Zum ersten Mal in seinem Leben konnte er diesen Gedanken frei denken: *Ehe kann auch Hölle sein. Und Ehelosigkeit kann Himmel sein.*

Michel wusste keine Alternative, als auf Augusts Wunsch einzugehen. Er parkte im Morgengrauen im Innenhof, schloss das Tor, hievte August wieder in den ächzenden R 4, öffnete das Tor und bog in die Forstgasse ein. Das Tor ließ er sperrangelweit offen stehen. Er hoffte, dass ihn keiner beobachtet hatte. Doch im Nachbarhaus bewegte sich eine Gardine und kurz darauf ging das Licht im Zimmer an.

Michel war die B 9 Richtung Grenze gefahren. Auf der Höhe von Büchelberg war er rechts ab in den Bienwald gebogen und auf einer Nebenstrecke Richtung Scheibenhard über die Grenze gefahren. Um halb acht in der Frühe bog Michel mit seiner problematischen Fracht wieder in seinen Hof ein. Die Nachbarn waren in den Kuh- und Schweineställen, als Michel das Hoftor zuzog.

13

NEUSTADT
AN DER WEINSTRASSE
UND ELSASS

Zur gleichen Zeit ging in der Neustädter Polizeidirektion ein Anruf aus Haßloch ein. „Wir verbinden Sie mit Hauptkommissar Reh!", sagte die Telefonistin, nachdem der Anrufer Bezug auf August Haupt genommen hatte.

„Ja, hier Brandstätter. Ich bin der Nachbar von August Haupt. Der ist heute Morgen in einen Renault 4 mit französischem Kennzeichen gestiegen. Als Beifahrer. Der Fahrer war schmächtig. Das Kennzeichen des Fahrzeuges konnte ich mir nicht merken."

„Und warum haben Sie uns nicht gleich Meldung gemacht?", fragte Reh. „Ich dachte, ihr Beamten macht erst um achte uff!"

Roland Reh meldete sich sofort bei Bachhuber. „Danke, Kollege. Nun schickt ein paar Streifenwagen von Landau oder Bad Bergzabern aus zu den Grenzübergängen Schweigen und an der B 9 bei Lauterburg."

„Geht klar", sagte Roland Reh, wohl wissend, dass das gesuchte Fahrzeug längst im Elsass eingetroffen sein musste. Aber sie wussten jedenfalls, dass August Haupt im benachbarten Frankreich Unterschlupf gefunden haben musste. So telefonierte er mit den Kollegen in Wissembourg und schickte Bilder von August Haupt hinterher.

In Steinseltz gab es einen Pfarrer namens Alfred Schneider, den Roland Reh bei einem Seminar in der Tagungsstätte der Diakonissen kennengelernt hatte. Den rief er an und fragte, ob er sich umgehend mit ihm treffen könnte. Er willigte spontan ein und um zehn saßen die beiden in der Presbyterie, dem uralten großen Pfarrhaus. Die beiden waren seit dem Seminar miteinander per Du.

Roland Reh schilderte die ganze Geschichte. „Und, womit kann ich helfen?", fragte Alfred, der Pasteur.

„Indem du mir von Leuten berichtest, die zwischen Wissembourg und Soultz-sous-Forêts aus der reformierten Kirche ausgetreten sind. Nicht weil es ihnen dort zu fromm gewesen wäre, sondern weil ihnen die Kirche nicht fromm genug war."

Pasteur Alfred grinste locker. „Das kann ich dir gern erzählen. Aber das heißt nicht, dass das alles Sektierer sind. In Steinseltz ist es die Familie Haberer, in Hoffen sind es die Kremers und Beckers, in Rott sind es die Siebenthalers und in Hunspach gibt es drei Familien und einen alleinstehenden Mann. Das ist Michel Muller. Der wohnt in der Rue de Forêt. Soll ich dich begleiten?"

„Gern." 20 Minuten später klingelten sie bei Michel Muller, aber dort machte keiner auf. Im Hof war auch kein Auto zu sehen, wahrscheinlich war Michel unterwegs. Das war er auch, um sein Auto in der Feldscheune draußen unterzustellen.

Pasteur Alfred Schneider führte den Pfälzer Kommissar zur Rückseite des Hauses, von wo aus man in den Innenhof gelangen konnte.

„Wir können hier ohnehin nichts machen. Hier gilt französisches Recht. Ich werde jetzt den Kommissar in Kempten konsultieren, dann kann der sich an die Gendarmerie in Wissembourg wenden und eine Hausdurchsuchung veranlassen."

Zum Glück sprachen die Straßburger Kollegen Deutsch, mit Französisch wäre Bachhuber aufgeschmissen gewesen. Der Präfekt sicherte Bachhuber zu, dass das Haus von Michel Muller von vorn und hinten unauffällig observiert werden würde. Und Bachhuber wollte schnellstmöglich nach Hunspach kommen, zunächst aber nach Neustadt an der Weinstraße fahren. Maria Sonnlaitner sollte nach ihren Gesprächen in der Feldbergklinik auch zur Polizeidirektion Neustadt kommen, dort wollten Sie mit den Hauptkommissaren Kärcher und Roland Reh die Festnahme von August Haupt vorbereiten. Die Präfektur Straßbourg wollte auch einige Gendarmen aus Wissembourg zur Verfügung stellen.

Es vergingen zwei Wochen, ohne dass es irgendeine Bewegung in der Sache Lydia Weber gab. Bachhuber las den Bericht des Neustädter Kollegen mit wachem Interesse. Er rief sofort Maria Sonnlaitner an und bat sie, diese gewisse Miriam in Stuttgart zu treffen. Um zehn Uhr saßen sie im Restaurant beim Breuninger. Sonnlaitner und diese Miriam waren schnell auf einer Wellenlänge. Sie spürten beide eine innere Verwandtschaft. Und so kam sie schnell auf den Punkt:

„August ist schier daran verzweifelt, dass ihm Lydia intellektuell und überhaupt haushoch überlegen war. Sie wusste alles von den Mädels. Wir haben uns alle Lydia anvertraut. August ahnte, das Lydia alles wusste, so muss er doch allen Grund gehabt haben, Lydia zum Schweigen zu bringen."

„Trauen Sie ihm zu, dass er Lydia umgebracht haben könnte?"

„Eigentlich nicht. Ich kann es mir jedenfalls kaum vorstellen."

Maria Sonnlaitner wollte tiefer in die Materie „geistlicher Missbrauch" eindringen: „Wie soll ich mir den geistlichen Missbrauch vorstellen, wie lief das ab?"

„August war auch Leiter unserer Jugendgruppe. Wir waren fünf oder sechs Jungens und ebenso viele Mädchen. Ganz peinlich wurde es, wenn August uns zu bestimmten Themen trennte. Dann schickte er die Buben hinter den Saal, wo ein Volleyballfeld aufgebaut war. Und so erzählte er uns Mädchen von seinem göttlichen Auftrag, uns über das sittliche Leben aufzuklären und uns vor den Gefahren der Sexualität zu schützen. Wir waren damals gerade mal 14 und wussten nicht, wovon er eigentlich sprach. Er hatte eine kleine Broschüre mit dem Titel „Was junge Mädchen wissen sollten" vor sich liegen, aus der er mit roten Ohren geheimnistuerisch vorlas. Wir haben anfangs nur gekichert, denn das, was er uns so umständlich nahebringen wollte, wussten wir schon längst. Aber er schien sich in dieser Rolle ganz wohlzufühlen. Er palaverte über Fleischeslust und Verzicht, über Reinheit und Beichte. Er wollte durch regelmäßige Beichtgespräche mit den Jungs und Mädels im engen Kontakt bleiben. So verteilte er Notizhefte und drängte uns, dort Beichten einzutragen, und zwar lückenlos. Wann wir unreine Gedanken gehabt und wann wir uns befleckt haben, lauter solche Andeutungen. Wahrscheinlich dachte er an Selbstbefriedigung, aber er beließ es immer bei Andeutungen. Uns ist oft gar nichts eingefallen, was wir hätten aufschreiben sollen. Aber August erzeugte in uns ein schlechtes Gewissen, drohte mit Strafen,dem Verlust des Heils und dem Ende der Gnadenzeit. Wenn wir dann in unseren Gewissensqualen endlich zur Ruhe gekommen waren, nagte trotzdem der Zweifel, ob wir nicht unter das Gericht Gottes kommen würden. Er lehrte Sexualität nicht als gute Gabe des Schöpfers, sondern bedrückte uns mit moralisierendem Gehabe. Wir konnten unsere erwachende Sexualität nur als Sünde empfinden. August hatte das Sagen, unsere Eltern schwiegen verklemmt dazu. Wenn er dann die Beichtheftchen eingesammelt hatte, mussten wir in die Seelsorge, einzeln, bei August. Er schien diese erzwungenen Bekenntnisse zu genießen. Er legte uns die Hände auf, erteilte uns Absolution und umarmte uns lang und innig. Ich rieche heute noch sein verschwitztes Sakko und spüre seine fleischigen Pranken auf meinem zitternden Kopf – einfach widerlich. Das ging jahrelang so."

Maria war nicht verwundert, denn genauso hatte sie sich das vorgestellt. „Hat August Haupt euch über die Umarmung hinaus körperlich berührt?" – „Mich nicht", sagte Miriam, „aber ich konnte seine Erregung spüren. Er hat jedes Mal mit sich gekämpft, so als müsste er sich vor sich selbst schützen. Bei allem, was er uns angetan hat, begrapscht hat er uns nicht. Irgendeine Kraft musste das verhindert haben."

Maria Sonnlaitner ermutigte sie weiterzumachen.

„Ganz schlimm war der Bekehrungsdruck, den August immer wieder aufbaute. ‚Du musst dein Leben Jesus übergeben!' Immer wieder rief er uns in unseren Gruppenstunden auf, unser Leben ganz dem HERRN hinzugeben. Wir waren doch im Glauben an Jesus aufgewachsen, wir beteten und lasen täglich in der Bibel, aber August wollte Bekehrungen zählen. Wir wussten einfach nicht, wie wir darauf reagieren sollten. Und wenn dann eine von uns weich geworden war, dann hörte sich das so an: ‚Wenn du ganz dem Heiland gehören möchtest, dann bete jetzt dieses Gebet.' Nachdem ich das mir vorgebetete Übergabebekenntnis gesprochen hatte, wartete ich sehnsüchtig auf eine Gefühlswallung, auf irgendeine innere Bewegung, aber da war gar nichts. Aber ich hatte doch vorher auch gebetet und meine Bibel gelesen. Was war bloß passiert in diesem kurzen Augenblick meiner ‚Entscheidung'?

Ich weiß es nicht. Es war mir später peinlich, über meine Bekehrung zu reden, weil sich nichts geändert hat und weil ich nicht glauben wollte, dass ich vorher eine Heidin gewesen sein sollte. Nun war ich also gerettet. War ich vorher wirklich verloren? Mein zaghafter Schritt nach vorn, mein verlegen gestammeltes Gebet hat tatsächlich mein Leben bekehrt? Ich war nun ‚wiedergeboren‘, August hatte seine Ruhe, aber ich war doch der alte geblieben. War das alles? Von nun an gehörte ich nicht mehr mir selbst, auch nicht meinen Eltern. Ich gehörte Gott, meinem Schöpfer. Gefühlt blieb zwar alles beim Alten, aber ich wusste, dass mich nichts mehr von Gott trennen kann und dass Jesus immer mein Heiland sein wird. Daran konnte auch August Haupts Gehirnwäsche nichts mehr ändern.“

Maria Sonnlaitner war richtig tief in den Sessel des Restaurants gerutscht. Ja, seufzte sie in sich hinein, das kenne ich auch irgendwie. Längst nicht so extrem, aber das kommt mir alles ein wenig bekannt vor.

Miriam schaute auf die Uhr, sie musste wieder zur Arbeit.

„Wenn Sie mich fragen, der Typ hat sich schuldig gemacht, und zwar an unmündigen Schutzbefohlenen. Aber hinter der mächtigen Fassade verbarg sich immer ein ängstlicher kleiner Mann, ein zwielichtiger unsicherer Geist, enttäuscht von seiner öden Ehe, aber getrieben von der Idee, dass die nur noch kurze Gnadenzeit in die große Trübsal mündet und er noch viele Seelen für das Lamm retten muss.“

„Danke, Miriam, Sie haben mir viele Schlüssel zu einigen verschlossenen Türen im System August Haupt geliefert. Wir kommen sicher noch mal auf Sie zurück. Ich melde mich, wenn wir Sie noch mal brauchen.“

Unten in der Fußgängerzone angekommen, vibrierte Marias Handy in der Hosentasche. „Alois, was gibts?“

„I wollt nur frage, was rauskomme isch?“

„Nur so viel: Miriam traut August Haupt viel zu, er hätte auch allen Grund, Lydia aus dem Weg zu räumen, aber dass er sie umbringt, das kann sie sich nicht vorstellen. Und sexuelle Belästigung werden wir ihm kaum nachweisen können."

„Gut, Maria. Wir kommen voran. Und jetzt halt dich fest. Der Freund der Toten ist in einer psychosomatischen Klinik im Taunus stationär untergebracht. Ein Johannes Haupt. Das könnte der Typ sein, dessen Spur wir von der Lugenalpe bis zum Parkplatz an der Oybele-Halle verfolgt haben."

„Ach! Vielleicht der Sohn von August?"

„Richtig. Wir sind ganz nah dran. Der Mann will eine Aussage machen. Nimm den nächsten ICE nach Frankfurt und fahr weiter nach Oberursel in die Feldbergklinik, dort meldest du dich bei einem Dr. von Glauchau, der wird dich mit dem Patienten zusammenbringen."

14

FELDBERG-KLINIK, TAUNUS

Um 14 Uhr stieg Maria in die S-Bahn bis zur Endstation Feldbergklinik. Nach fünf Minuten Fußweg war sie an der Rezeption und wurde dort von der Sekretärin des Oberarztes abgeholt. 15 Minuten später saß sie im Sprechzimmer von Dr. von Glauchau. Der Raum war schlicht gestaltet, Sitzgruppe, Liege, Schreibtisch – überladen mit Krankenakten – und ein schwerer Chefsessel in Leder. Nur ein Strauß frischer Schnittblumen sorgte für Farbe im steril-tristen Ambiente. Im Monitor des Computers lief ein putziger Bildschirmschoner mit Pinguinen, die auf einer steilen Eisfläche den Halt verloren und in Serie tollpatschig ins Wasser segelten. Maria genoss diesen Clip und fühlte sich so richtig entspannt vor dem spannenden Gespräch.

„Frau Sonnlaitner, unser Patient Johannes Haupt möchte eine Aussage machen. Er hat mich gebeten, ihn zu begleiten." – „Gern!"

Der Arzt ging zur Tür und kam mit dem Patienten herein. Ein gut aussehender Mann, vielleicht Anfang dreißig, mit auffällig traurigem Gesicht, nahm ihr gegenüber Platz. Als der Arzt ihn aufmunternd anschaute, stellte er sich der Kommissarin vor und nahm im Sessel Platz. Maria stellte sich ebenfalls vor und erklärte, dass sie das Gespräch mitschneiden werde. „Gut, Herr Haupt, dann berichten Sie mir bitte."

„Seit einem Jahr bin ich – Entschuldigung – war ich mit Lydia Weber befreundet. Sie war nach einem USA-Aufenthalt nach Oberstdorf ins Allgäu gegangen, um die Hauswirtschaftsleitung im Hotel Himmelsblick zu übernehmen. Dort hat sie sich in ihrem christlichen Glauben weiterentwickelt. Als sie vom Allgäu wieder in die Vorderpfalz gezogen war, haben wir uns öfters getroffen. Wir beiden fühlten uns durch ein gemeinsames Schicksal verbunden, weil unsere Väter befreundet waren. Allerdings standen die beiden Männer einer kleinen sektenartigen Gemeinschaft vor, von der wir beiden uns zunehmend entfernt haben. Wir haben als Kinder dort viel Gutes erlebt, aber unsere Väter haben diese kleine Gemeinde auf einen fundamentalistischen Weg in die Isolation geführt. Körperliche Züchtigung wurde zum alltäglichen Normalfall.

Wir sollten zerbrochen werden. Lydia wurde zu einer Vertrauensperson einiger junger Leute, die unter der Macht und dem Kontrollwahn meines Vaters sehr gelitten haben. Ich habe mich immer wieder heimlich mit Lydia getroffen, um sie zu ermutigen und zu unterstützen. Unsere Liebe war heimlich, unsere Eltern ahnten nicht, dass wir uns um die Opfer unserer Väter kümmerten.

Vor ein paar Wochen beschloss Lydia, ein paar freie Tage im Hotel Himmelsblick in Oberstdorf zu verbringen, ihrem früheren Arbeitsplatz."

„Was hat Lydia nach dem Ende ihres Arbeitsverhältnisses beruflich gemacht?"

„Lydia hatte sich eine kleine Wohnung in Böhl-Iggelheim genommen. Sie hat auf verschiedenen Weingütern und Landwirtschaftsbetrieben vertretungsweise die Hauswirtschaft geleitet. Nebenbei hat sie sich mit Griechisch und Hebräisch beschäftigt. Ich habe sie darin voll unterstützt, auch finanziell, denn sie wollte ja gern noch Theologie studieren. In dieser Zeit hat sie immer Kontakt zu ihrer Mutter und zu ihren Geschwistern gehalten, besonders zu Aaron und seinem Partner in Memmingen. Aber auch zu Rebekka, die in Freiburg Medizin studiert.

Ich habe mich so gefreut für Lydia, dass sie ein paar Tage ein Seminar von Dr. Schäfer, einem erfahrenen Seelsorger im Hotel Himmelsblick, buchen wollte. Was sie nicht wissen konnte: Ich wollte sie mit meinem Besuch überraschen.

Sie hatte sich also im Hotel Himmelsblick angemeldet. Ich hatte mich am Sonntagabend bereits im Hotel Höfats einquartiert. Da ich nicht genau wusste, wann sie ankommen würde und sie ja auch nichts von meiner Überraschung wissen sollte, hatte ich ihr nur eine SMS geschickt: Treffpunkt 18 Uhr zum Abendessen im Hotel Höfats.

Dann habe ich mich auf den Weg zu einer Tagestour gemacht. Ich hatte mein Auto am Parkplatz Oybele-Halle geparkt und bin dann über Gerstruben zum Älpelesattel gestiegen. Um drei Uhr nachmittags war ich an der Käseralpe zur Rast. Dort setzte ein heftiger Regen ein, sodass ich bis sieben Uhr abends auf der Käseralp festhing. Ich bin dann am Montagabend in der anbrechenden Dunkelheit abgestiegen. Da hinten gab es keine Mobilfunkverbindung, sodass ich mich weder vom Abendessen im Hotel Höfats abmelden noch Lydia informieren konnte.

Ich weiß nur, dass ich an der Südseite des Bachlaufes entlanggelaufen bin, also auf der Rückseite der Gutenalpe-Hütte, die noch hell erleuchtet war. Offenbar war auch Lydia nach ihrer Ankunft im Oytal unterwegs, weil die Vorträge von Dr. Schäfer im Hotel Himmelsblick erst am Abend beginnen sollten. Auch sie muss bedingt durch die Schlechtwetterfront in der Gutenalpe hängen geblieben sein.

Etwa auf der Höhe der Gutenalpe sah ich auf einmal schemenhaft die Umrisse meines Vaters, der geduckt im halbhohen Gebüsch Deckung suchte. Ich war überrascht und schockiert, meinen Vater hier anzutreffen. Er musste wohl von Jakob Weber erfahren haben, dass seine Tochter Lydia nach Oberstdorf gereist war. Bei allem, was Lydia über die dunklen Machenschaften meines Vaters wusste, musste er ein großes Interesse daran haben, sie zum Schweigen zu bringen. So muss er vom Bahnhof Lydia in Sichtweite gefolgt sein, immerhin ein Fußweg von fast zwei Stunden."

Johannes Haupt kämpfte mit den Tränen. Dr. von Glauchau fragte besorgt, ob er eine Pause wünsche, worauf auch Maria Sonnlaitner gleich einging. Aber er fing sich wieder und sagte bloß, dass er es jetzt zu Ende bringen wollte. Zu lange hatte er unter dieser Last der feigen Augenzeugenschaft gelitten.

„Als ich meinen Vater erkannte, wusste ich, dass Lydia auch da sein musste. Sie musste wohl nach dem Ende der Regenschauer die Gutenalpe verlassen haben und Richtung Oytal gelaufen sein. Dann hörte ich meinen Vater schreien: ,Lydia, ich muss mit dir reden!' Darauf hat Lydia etwa so geantwortet: ,Das kann ich mir gut vorstellen. Ich weiß alles über deinen Machtmissbrauch, dein Forschen im Intimleben der Mädels. Das reicht für einen Prozess. Du hast das Leben deines einzigen Sohnes beschädigt; du hast deine Frau fortwährend betrogen, du hast meine Eltern unter deine Irrlehren und unter deine Macht gebracht und damit ihre Ehe zerstört. Du hast die Mädchen geistig missbraucht, wenn sie bei dir zur Beichte waren.' – So etwa habe ich die Gesprächsfetzen in Erinnerung.

Dass ich nicht aus der Deckung gekommen bin und mich nicht vermittelnd dazwischengeworfen habe, dass ich wie gelähmt im Gebüsch hing, das war das Entsetzen über das, was ich aus dem Mund meiner Geliebten über meinen eigenen Vater erfahren musste. Obwohl ich ja vieles wusste – aber dies alles aus Lydias Mund zu hören, war noch mal so schockierend für mich.

Und tief in mir mahnte mein Gewissen: ‚Ehre Vater und Mutter!' Das sitzt so tief, dass ich trotz allem meinen Vater immer noch so sehe, wie Gott ihn wahrscheinlich in seiner Barmherzigkeit sieht. Dass dabei meine liebe Lydia ihr Leben lassen musste, das hat mein Leben zerstört und mich zu einem kranken Mann gemacht."

Maria Sonnlaitner wurden die Augen feucht. Ein solches Bekenntnis hatte sie noch nie gehört. Sie tauschte mit Dr. von Glauchau die Blicke, als wollten sie beide Gott für diesen Moment danken.

„Wie Lydia umgekommen ist, entzieht sich meiner Kenntnis. Ich weiß nur, dass es nach einem kurzen Handgemenge ganz still war und dass mein Vater in Panik zehn Meter vor mir vorbeigerannt und im Schutz der Bäume im Oytal abgetaucht ist."

Maria hätte noch zig Fragen gehabt, aber sie wollte Johannes Haupt jetzt schonen. Sie packte das Diktiergerät demonstrativ ein.

Und dann machte sie etwas, was sie noch nie getan hatte und was sie vermutlich auch nie wieder tun würde: Sie zog eine kleine Gideon-Bibel aus der Tasche, in der ein handschriftlicher Zettel lag, und las laut und deutlich Johannes Haupt zugewandt den Psalm 23 in einer eigenen Fassung vor, die sie in einer persönlichen Krisenphase einmal notiert hatte.

Der HERR ist mein Hirte.

Ich werde nie wieder an irgendetwas Mangel leiden.

Er versorgt mich an einem reichen Büfett, das mitten in einer grünen Wiese steht.

Er führt mich zu einer frischen stillen Quelle, von der ich trinke und in der ich bade.

Er befriedigt meine Seele mit all ihren Sehnsüchten und führt mich einen guten und sicheren Weg. Und das alles um Gottes Willen.

Selbst wenn ich noch durch dunkle Täler laufen muss, ich fürchte mich vor nichts mehr. Dein Hirtenstab führt mich, korrigiert mich, bewahrt mich vor dem Abgrund.

Denn du, HERR, bist für immer bei mir, tröstend und wertschätzend.

Du deckst mir den Tisch des Lebens reichlich, und die, die mich nicht leiden können und die, die mich hassen, schauen zu und sind machtlos.

Du salbst mich mit feinstem Öl und servierst mir den besten Wein, so reichlich, dass das Glas überläuft.

Mein Leben wird umgeben sein von deiner Güte und Geduld, von deiner Barmherzigkeit und Liebe. Ich werde dir aus Dankbarkeit, nicht aus Angst, gerne mein Leben lang nachfolgen.

AMEN.

Johannes wurde unter diesen heilenden Worten ganz still und ergriff ihre Hand.

Er spürte, wie die Verkrampfung sich löste und sein Atem ruhiger wurde. Gnade durchströmte seine Seele und reinigte die Wunden seiner Vergangenheit. „Denn du, HERR, bist gut und vergibst gern und bist reich an Gnade für alle, die dich anrufen!" So hatte König David vor ein paar tausend Jahren gebetet.

Zum ersten Mal im Leben spürte er Freiheit. Das musste der Himmel sein. Nicht irgendwann, sondern jetzt, hier und heute.

Dr. von Glauchau begleitete Maria zur Tür und verabschiedete sich sichtlich gerührt. Auf dem Weg zum Taxi berichtete sie Bachhuber und nahm den Zug nach Neustadt an der Weinstraße.

Dort würde sie Bachhuber, Roland Reh und Kärcher treffen. Es war an der Zeit, August Haupt festzunehmen. Sie waren ein großes Stück vorangekommen. Obwohl immer noch das finale Stück im Puzzle fehlte: Wie war Lydia ums Leben gekommen?

Gab es einen unbekannten Dritten in diesem verworrenen Drama?

15

HUNSPACH, ELSASS

August schlief fast den ganzen Tag. Michel war ratlos, er wusste nicht, wie es weitergehen sollte. Er lauerte immer wieder hinter den Gardinen, um die beiden Männer von der Gendarmerie Wissembourg in einem zivilen Fahrzeug zu beobachten, deren Blicke fest auf sein Haus und Hoftor gerichtet waren. Auch auf der Rückseite seines Grundstücks waren sie auf ihrem Posten. Michel verspürte aufsteigende Panik. Machte er sich nicht schuldig, wenn er August versteckte? Aber es sollte nicht mehr lange dauern, bis Wahrheit und Klarheit siegen würden.

Es war nachmittags um 16 Uhr, als Maria Sonnlaitner von Frankfurt eingetroffen war, Bachhuber von Oberstdorf und ein Kollege von der Gendarmerie in Wissembourg in einem Besprechungszimmer der Kripo Neustadt. Kärcher begrüßte und erteilte dem Chefermittler Bachhuber das Wort.

„Bonjour, Kollege!" Bachhuber, eigentlich gar nicht frankophil und schon gar nicht frankofon, wunderte sich selbst, wie elegant er diese Formel mit seinen Lippen gemalt hatte. Kärcher und Reh, bewährte Grenzgänger im Südwestzipfel Deutschlands, dachten sich ihren Teil. Maria staunte nicht schlecht, aber dann ging es auf Deutsch weiter, was der Gendarm aus Wissembourg sowieso gut draufhatte.

„Das Haus von Michel Muller ist rund um die Uhr bewacht, auf der Vorder- und Rückseite."

Roland Reh grinste zu Maria Sonnlaitner hinüber, als wollte er sagen: „Das haben wir in Haßloch auch schon mal geglaubt."

„Es gibt keinen Grund für eine überhastete Festnahme. Der Mann wird sich nicht zur Wehr setzen. Ich schlage vor, dass wir uns heute um 17 Uhr an der Grenze in Schweigen treffen, direkt am Weintor. Die Kollegen Kärcher und Reh nehmen uns mit, der französische Kollege informiert die beiden Beobachtungsposten."

Um 17 Uhr fuhren die beiden Fahrzeuge durch das Weintor. Auf der französischen Seite warteten schon zwei Beamte mit einem zivilen Van, in dem Haupt nach Neustadt gebracht werden sollte. Eine halbe Stunde später klingelte der einheimische

Gendarm bei Michel Muller. Der öffnete, als habe er den Besuch sehnlichst erwartet. Michel ging voran zu Augusts Kammer. Der Gendarm klopfte und öffnete die Tür. August Haupt saß in Mantel und Hut auf dem Bett, die Reisetasche griffbereit neben sich, so als hätte auch er den Besuch erwartet. Er wirkte fast ein wenig erlöst. Bachhuber schob sich durch die Tür, gefolgt von Kommissarin Sonnlaitner. Die pfälzischen Kollegen waren draußen vor dem Haus geblieben.

„Herr Haupt, ich nehme Sie vorläufig fest. Laut Aussagen eines Zeugen hatten sie vor drei Wochen im Oytal im Oberallgäu eine harte Auseinandersetzung mit Lydia Weber. Sie wurde drei Tage später dort tot aufgefunden. Unsere französischen Kollegen werden Sie in Gewahrsam nehmen, bis die Staatsanwaltschaft Kempten bei den Behörden in Straßbourg ein Auslieferungsabkommen erwirken kann. Das kann zwei bis vier Wochen dauern. Danach werden Sie nach Neustadt aufs Präsidium gebracht werden, dort haben wir Zeit und Ruhe, dass Sie uns ausführlich berichten, was sich da zugetragen hat."

Beim dem Stichwort „Zeugen" war August Haupt kurz zusammengezuckt. „Welcher Zeuge", fragte er verstört?

„Das besprechen wir demnächst in Neustadt!"

August dankte Michel mit bewegenden Worten für das Quartier und den brüderlichen Beistand. Michel wünschte ihm Gottes Geleit und Bewahrung. Während die Gendarmen August Haupt hinten im Van anschnallten, fragte Michel Muller Frau Sonnlaitner: „Frau Kommissarin, darf ich fragen, wer der Zeuge war?"

„Das dürfen Sie fragen, aber ich werde dazu nichts sagen!" Maria Sonnlaitner hatte einen Blick drauf, der Michel Muller das Schlimmste befürchten ließ.

16

NEUSTADT
AN DER WEINSTRASSE

Zwei Wochen später erteilte Strasbourg die Genehmigung, Haupt nach Deutschland auszuliefern. Am Weintor stand ein VW-Bus aus Neustadt, in den August Haupt direkt an der Grenze verfrachtet wurde. Die Franzosen verabschiedeten sich mit „merci" und „au revoir", Bachhuber und Sonnlaitner stiegen hinten zu Haupt und dann ging es los.

August Haupt starrte vor sich hin, irgendwie geistesabwesend. In den Kurven hinter Schweigen krallte sich August in die Sitze, er schwitzte mächtig, die Stirn war feucht. Maria Sonnlaitner ermutigte ihn, sich der dicken Jacke zu entledigen. Sie half ihm mit dem Gurt und sprach beruhigend auf ihn ein. Augusts Hemd war durchgeschwitzt. Alois versuchte erfolglos ein Schiebefenster zu öffnen. Auf der Autobahn angekommen nickte August ein und hing bald schnarchend im Gurt.

Um halb acht saßen sie bereits mit dem Hauptverdächtigen in Neustadt im Verhör.

„Herr Haupt, wollen Sie einen Anwalt?" Der verneinte. „Also fangen wir an. Das Verhör wird in Bild und Ton festgehalten. Meine Kollegin Sonnlaitner fängt an."

„Herr Haupt, schildern Sie uns den Montag, an dem Sie Lydia Weber in Oberstdorf getroffen haben."

„Ja, wie soll ich das beschreiben", stotterte es aus ihm heraus. „Ich bin um zehn Uhr in Oberstdorf angekommen. Mein Freund Jakob Weber hatte mir erzählt, dass seine Tochter nach Oberstdorf reisen würde. In Ulm hatte ich herausgefunden, dass sie im selben Zug saß wie ich. Ich habe immer versucht, ihr in Sichtweite zu folgen, mich aber gleichzeitig zu verstecken. In der Oberstdorfer Bahnhofshalle sah ich, wie sie aufgeregt mit einem jungen Mann sprach." Er stockte und senkte den Blick. Es fiel ihm sichtlich schwer, weiter auszupacken.

„Was hat der junge Mann denn gemacht?", half ihm Bachhuber wieder in die Spur.

„Der hatte versucht, Lydia zu umarmen und zu küssen, aber Lydia hatte sich heftig gewehrt. Der junge Mann muss mich irgendwie mit Lydia in Verbindung gebracht haben. Ich verließ den Bahnhof durch den Seitenausgang und lief zum Müller-Drogeriemarkt auf der Ostseite des Bahnhofes."

„Und holten sich Parfum!"

August stutzte. „Woher wissen Sie das?" – „Wir wissen alles, fast alles. Und was wir nicht wissen, das werden wir heute von Ihnen erfahren", gab Bachhuber zum Besten.

„Lydia hat mit diesem jungen Mann einen Zettel ausgetauscht, danach ist sie zum Ausgang gelaufen, wo ich mich wieder an ihre Fersen heften konnte!"

„Was wollten Sie von ihr?"

„Ich wollte sie zum Schweigen verpflichten. Sie hatte so viel gegen mich in der Hand. Ich bin schuldig geworden an den jungen Leuten unserer Versammlung. Ich wollte sie bewahren vor den Gefahren unserer Zeit und bin ihnen selbst zur Gefahr geworden."

Bachhuber unterbrach Haupt: „Sie haben Lydia Weber umgebracht, um sie für immer zum Schweigen zu bringen?"

„Nein!", erwiderte er erstaunlich gelassen. „Ich habe ihr viel Schaden zugefügt, das ist mir in den letzten Wochen qualvoll bewusst geworden. Ich habe sie in meiner Verzweiflung, dass alles herauskommen würde, geschüttelt, aber ich habe von ihr abgelassen. Ich habe sie nicht umgebracht!"

Sonnlaitner nickte Bachhuber zu und unterbrach die Sitzung. Sie ließen Haupt mit Roland Reh zurück. Im Nebenraum war erhöhte Spannung, es knisterte förmlich. „Alois, ich traue ihm zu, dass er sich mit Lydia körperlich angelegt hat, weil er sich von ihr in die Enge getrieben fühlte. Aber ich traue ihm nicht zu, dass er sie umgebracht hat. Irgendetwas fehlt uns."

„Mach du mal weiter, Maria!"

Haupt saß aufrecht am Tisch. Er wirkte gefasst, als er fragte: „Darf ich etwas fragen?"

„Ja, bitte!"

„Sie sprachen von einem Augenzeugen. Wer hat bezeugt, dass ich Lydia Weber umgebracht habe?"

Die beiden Allgäuer Kommissare verständigten sich wortlos. Sonnlaitner übernahm den Part: „Wir haben die glaubwürdige Zeugenaussage, dass Sie unweit des Fundortes an jenem Montagabend mit Lydia in einem heftigen Streit waren und auch körperliche Gewalt angewendet haben."

„Wer sagt das?"

„Das werden Sie noch erfahren!"

„Ich habe Lydia verfolgt. Ich war in Deckung niedriger Büsche in Sichtweite von dieser Almhütte. Als die Regenschauer abgeklungen waren, hat Lydia allein das Gasthaus verlassen und ist mir praktisch in die Arme gelaufen. Ich habe sie zur Rede gestellt und ihr gedroht, dass ich mir etwas antue, wenn sie ihre Geheimnisse öffentlich machen würde. Ich war so in Panik, ich sah mich bereits in Polizeigewahrsam. Und man würde im Zweifelsfalle ihr glauben, nicht mir."

Bachhuber ging scharf dazwischen: „Und dann ist der Streit eskaliert und Sie haben Lydia erwürgt. Wissen Sie eigentlich, Haupt, dass Sie Ihre künftige Schwiegertochter auf dem Gewissen haben?"

„Wie? Was?", stammelte er, „meine künftige Schwiegertochter?"

Maria Sonnlaitner sprach ihn jetzt ganz kontrolliert und souverän an: „Herr Haupt, ihr Sohn Johannes hatte eine Liebesbeziehung zur Tochter ihres Glaubensbruders Jakob Weber, nämlich Lydia Weber. Und Ihr Sohn Johannes ist unser Augenzeuge."

August Haupt stöhnte kurz auf und sackte dann in sich zusammen und rang nach Luft. Kärcher rief sofort den Notarzt, der zehn Minuten später einen Schwächeanfall diagnostizierte, eine Spritze setzte und die Ermittler wissen ließ, dass der Verdächtige erst einmal Ruhe brauche.

Reh und Kärcher geleiteten den Geschwächten in einen Ruheraum. Reh blieb bei ihm. August Haupt hatte nicht die geringste Ahnung von Lydias Beziehung zu seinem Sohn, auch Webers hatten keine Andeutungen in diese Richtung gemacht. Unter diesen Umständen zu erfahren, dass sein eigener Sohn Zeuge dieser peinlichen und durchtriebenen Affäre geworden war, setzte ihm derart zu, dass die letzte Bastion seiner Rechthaberei zusammenstürzte. Nun war alles offenbar geworden. Die Fassade der Rechtgläubigkeit war in sich zusammengefallen.

Bachhuber wusste, was er zu tun hatte. Er rief im Panorama-Resort in Obermaiselstein an und ließ sich mit dem Restaurantleiter von der „Bergdistel" verbinden. „Hallo, hier Bachhuber, Kripo Kempten. Vor drei Wochen am Montagabend hatte ihr Azubi Hans Feldner Dienst in der Bergdistel. Stimmt das?"

„Ja, warum?"

„Wie lange war er im Dienst?"

„Normalerweise bis elf, aber an diesem Abend war nicht viel los, da habe ich ihn um halb neun bereits heimgeschickt. Aber lassen Sie mich kurz in meinen Dienstplan schauen." Es vergingen ein paar Minuten und dann meldete er sich kurz und bündig. „Ja, ich habe Herrn Feldner an diesem Abend mangels Auslastung um 20.30 Uhr heimgeschickt."

„Und wo ist er jetzt?"

„Der hat Urlaub!"

„Wo?"

„Keine Ahnung! Rufen Sie ihn an, hier ist seine Handynummer." Bachhuber hatte die Nummer bereits, sie stand ja auf der Karte, die sie in der Hand der Toten gefunden hatten. Er tippte in großer Spannung die Nummer ein, aber es gab keine Resonanz. „The person you have called is temporarily not available." Das war alles. Feldner war weg. So blieb ihm nur die Möglichkeit, ihn in seinem Elternhaus in Nordhessen ausfindig zu machen. Aber auch dort hieß es nur, der Junge sei im Urlaub, mit zwei oder drei Kumpels irgendwo auf Korsika. Sie hätten geplant, mit dem Auto nach Livorno zu fahren und von dort mit der Fähre nach Bastia. Von da aus wollten sie nach Calvi fahren und auf einem Campingplatz zelten.

„Calvi", sinnierte Maria Sonnlaitner, „Calvi kenne ich, da war ich vor Jahren mit Freundinnen im Urlaub. Da gibt es die Residenz Olivia mit einem christlichen Angebot für die ganze Familie: Sport, Konzerte, Vorträge, Tanzkurse und so weiter."

„Du kennst dich aber auch in der ganzen Welt aus …", staunte Bachhuber, der ewige Provinzler, der nie über den Weißwurstäquator hinausgekommen war. Kassel lag für ihn in Norddeutschland und Sylt in Skandinavien.

Maria und Bachhuber informierten die Staatsanwaltschaft, um für August Haupt Untersuchungshaft zu erwirken, verabschiedeten sich von den Pfälzer Kollegen und ließen sich ins Gästehaus der Diakonissen bringen.

Schwester Johanna hatte Empfangsdienst und merkte belustigt an, dass sie noch nie eine Übernachtungsrechnung auf ein Kriminalkommissariat ausgestellt hätten. „Aber wir freuen uns, dass Sie sich bei uns wohlfühlen. Ich habe Ihnen frische Trauben aufs Zimmer stellen lassen. Und unsere Küchenschwester, Schwester Greta, hat noch einen warmen Zwiebelkuchen in der Röhre und neuen Wein im Kühlschrank, Sie sagen – glaube ich – Federweißer dazu."

Bachhuber strahlte. Maria eher zaghaft: „Zwiebelkuchen? Jetzt vor dem Schlafengehen?" – „Das müssen Sie probieren", schob Schwester Johanna nach, „das ist wie Pizza, nur eben mit Zwiebeln, Schmand, Speck und Grünzeug. Wir hatten hier mal einen Jugendpastor aus Hessen, der hat sich auch schwergetan mit der pfälzischen Küche. Als es bei uns im Schwesternkreis Quetschekuche mit Grumbeersupp gab – auch eine pfälzische Spezialität, da hat der sich so geziert, dass ihm unsere Oberin eigens Würstchen zur Kartoffelsuppe reichen ließ und den Zwetschgenkuchen dann zum Dessert. Später hat er die pfälzische Küche gerühmt, auch den Zwiebelkuchen."

Maria nahm die nette Geschichte mit verhaltenem Interesse zur Kenntnis, lächelte bemüht, während Alois mit dem Kopf ganz woanders war.

Zehn Minuten später, nachdem beide kurz in ihren Zimmern verschwunden waren, saßen Sie bei deftigem Zwiebelkuchen und prickelndem Federweißer zusammen und ließen es sich gutgehen, obwohl die Ermittlungen durch das Geständnis August Haupts ins Stocken geraten waren. Die Aussagen von Feldner und die von

August Haupt waren nicht stimmig. „Vielleicht gibt es neben Johannes, seinem Vater und Lydia noch einen Dritten, der an diesem Abend im Oytal war", meinte Maria nachdenklich.

„Sollen wir uns den Jagdhelfer noch mal vorknöpfen?", fragte Bachhuber. „Das kann nicht schaden", meinte Maria, „jetzt, wo wieder alles offen ist!"

Die beiden bedankten sich für die Gastfreundschaft, für den leckeren Zwiebelkuchen, der in Bachhubers Verdauungstrakt schon erste Blähungen verursachte, und verabschiedeten sich für die Nacht. Schwester Johanna wünschte „gesegnete Nachtruhe" und schloss die Rezeption. Bevor sich die beiden Allgäuer in ihre Zimmer begaben, resümierte Bachhuber: „Frühstück um halb acht. Zug geht um 9.15 Uhr ab Neustadt. Taxi bestellen wir vor dem Frühstück."

„Okay, Alois. Ruf den Brutscher an, der soll mal den Jagdhelfer observieren. Und ich überlege, wie wir den Feldner in Korsika aufgabeln könnten."

Die Zimmertüren fielen ins Schloss und die Zwiebeln zeigten Wirkung. Das dumpfe Klacken der Kippfenster hallte durch die warme Septembernacht.

17

KEMPTEN

Als um elf Uhr der Regional-Express in Kempten einfuhr, war alles generalstabsmäßig vorbereitet. Brutscher würde Bachhuber zu Josef Schmid bringen, der die Nacht über observiert worden war. Maria Sonnlaitner würde die Spur nach Korsika verfolgen, um Hans Joachim Feldner zu finden. Um drei Uhr nachmittags wollten sie zur Lagebesprechung im Polizeipräsidium Kempten zusammenkommen.

„Was ist eigentlich mit den Schuhabdrücken, Brutscher?", wollte Alois wissen, als sie in Sonthofen Richtung Oberstdorf aufbrachen. „Hast du das nicht mitbekommen? Die haben tatsächlich rund um die Fundstelle drei verschiedene Fußspuren feststellen können, das hat die Spurensicherung aber gleich am nächsten Tag bekanntgegeben. Eine ist eindeutig die vom Schmid Josef, aber der hat ja auch die Leiche entdeckt."

Bachhuber, eigentlich etwas müde von der Bahnfahrt, war auf einmal hellwach. „Brutscher, wenn du mich beim Schmid Sepp rausgelassen hast, dann fährst du stracks nach Obermaiselstein, wo der Feldner wohnt. Der ist in Urlaub, aber frag die Bäuerin – meine alte Schulfreundin –, ob ihr Mieter Feldner Schuhe dagelassen habe. Der ist garantiert nicht mit den schweren Bergstiefeln nach Korsika gereist. Die wollten bestimmt am Strand relaxen."

„Geht klar, Chef!"

„Ich komme dann mit meinem Auto zur Lagebesprechung in Kempten, dann kannst du gleich die Schuhe nach Kempten zum Abgleich bringen, falls du überhaupt Schuhe beibringst. Ich will das Ergebnis um vier Uhr zur Lagebesprechung vorliegen haben. Also beeil dich."

Bachhuber stand vor der heruntergekommenen Behausung Schmids in Schöllang. „Mei, isch des gfährle", brummelte Alois Bachhuber vor sich hin, als er zwischen zwei Rundholzsprießen, die das Obergeschoss abstützten, den Weg zur Haustür suchen musste. Er klingelte, aber keiner machte auf. Die Haustür war nicht verschlossen. Im Flur hing der hellgrüne Arbeitsanzug von „Geiger", dem größten Bauunternehmen im Oberallgäu. Josef Schmid war als Bauhelfer im neuen Geschäftsbereich „Steinkörbe", die man inzwischen überall als Gestaltungselemente in Hanglagen sehen konnte. Sepp, wie ihn alle nannten, war seit dem Unglück im Oytal nicht mehr an der Arbeit gewesen. Der Schock hatte ihn psychisch schwer lädiert. Bachhuber klopfte an die Küchentür, aber es kam keine Reaktion. Er stieß die Tür auf und sah Schmid auf dem Küchensofa liegen, im Herd brannte das Feuer, auf dem Tisch Reste vom Frühstück und ein Stapel Zeitungen. Sepp rappelte sich auf und fragte verstört, was los sei.

Bachhuber kam gleich zur Sache. „Sepp, was hosch du am Montag gmacht, bevor du am Mittwochabend die Leiche gfünde hosch?"

„Da war i in der Arbeit. Um fünfe bin i huimkumme und um halb simne bin i minam Chef, der ja die Jagd im hinteren Oytal pachtet hot, nüs gfahre, um die Füatterkrippa fir de Winta heazrichte. Mir hend hinda agfange und am Mittwoch hon i de Krippe unter der Gutenalpe grichdet."

„Mit deinem Chef?"

„Nui, alui, mit dem Rad. Was isch loas, hender den Mörder it gfünde?"

Alois ahnte, dass hier nichts zu holen war. So fragte er nur beiläufig, was am Dienstag gewesen sei. „Doa war i dhuim!"

„Wer kann das bezeugen?" wechselte Bachhuber ins Amtsdeutsch.

„Bezeugen", stutzte Sepp, „wer soll des bezeuge, i wohn ja ganz allui do!"

„Isch guat, Sepp! I hoff, dass du bold widr uf die Fiaß kusch! Pfiatt di!"

Bachhuber war schneller draußen, als er vorab kalkuliert hatte. Es war ein schöner Nachmittag. Sein geliebtes „Oberschdorf" lag in der Herbstsonne, die Blätter waren auf dem Weg in die Bräune. Er lief den Fußweg entlang, so würde er in einer halben Stunde bei Hilde sein. Vielleicht war ja ein Mittagsschläfchen drin, bevor er zur Spurenauswertung nach Kempten aufbrechen musste.

Während er mit dem Janker über dem Rücken an den Ortseingang von Oberstdorf kam, klingelte sein Handy. Brutscher meldete zwei Paar Schuhe, die er soeben in der Dienststelle zum Abgleich abgegeben habe. Die Experten versprachen, das Ergebnis um vier Uhr mitzubringen.

Irgendetwas trieb Bachhuber, beim Chef von Jagdhelfer Josef Schmid anzurufen. „Grias di, Wilhelm. Du hast doch Anfang September mit dem Sepp die Wildfütterungen im Oytal vorbereitet."

„Ja, am Montag hab ich ihm alles gezeigt und bin dann um sieben heimgefahren, da war der Sepp noch zugange. Er wollte dann mit seinem Radl heimfahren, das hatte ich hinten im Auto drin. Ob er am Dienstag geschafft hat, weiß ich nicht, aber am Mittwoch, wo er ja dann die Leiche gefunden hat. – Wie schauts aus, habt ihr schon eine Spur?"

„Die Ermittlungen laufen. Pfiatt di, Wilhelm!"

Es reichte dann tatsächlich noch zu einem Mittagsschläfchen – mit Hilde. Und zu einem Kaffee – von Hilde.

Um halb vier fuhr er nach Kempten, wo es nur eine Neuigkeit gab. Aber was für eine: Feldner war mit hoher Wahrscheinlichkeit am Tatort gewesen. Der Fußspurabgleich war eindeutig und das Schuhmodell selten. Kein Lowa, kein Meindl, sondern ein exklusives Spezialmodell.

Der Bericht von Roland Reh lag vor. August Haupt würde in sich gekehrt und ruhig in der U-Haft auf seine weiteren Verhandlungen warten. Roland Reh fügte hinzu: „So verhält sich kein Mörder!"

Bachhuber fasste zusammen:

- August Haupt ist nach wie vor verdächtigt, am Tod von Lydia Weber beteiligt gewesen zu sein.
- Die Aussagen von Johannes Haupt als Zeuge und die seines Vaters August Haupt sind stimmig.
- Feldner hat uns vermutlich mit einer Falschaussage getäuscht.
- Wir werden jetzt doch im Hotel Himmelsblick versuchen, etwas über die Beziehung von Feldner und Lydia Weber zu erfahren.

- Kollegin Sonnlaitner recherchiert in Korsika. „Von hier aus" fügte er beschwichtigend hinzu, nachdem sich einige junge Beamtinnen Hoffnung gemacht hatten, Maria im mediterranen Ambiente assistieren zu dürfen.

Maria Sonnlaitner fuhr sofort nach Kempten und richtete sich auf einen langen Abend in ihrem spartanisch eingerichteten Büro ein. Inzwischen war ihr auch der Name jener Rezeptionschefin in der Residenz in Calvi wieder eingefallen: Petra Kowalski. Die stets sonnengetoastete Petra, die außer Flipflops, Shorts und T-Shirts nichts zu brauchen schien. In der Residenz Olivia waren alle per Du. Um sieben Uhr hatte Maria Sonnlaitner Petra Kowalski am Telefon.

„Hi, gut, dich zu hören. Komm doch mal wieder zu uns, wir haben immer mal wieder ein Apartment frei."

„Du, Petra, ich rufe dienstlich an. Du weißt sicher nicht, dass ich bei der Kripo bin, oder?"

„Was, bei der Kripo? Nee, das wusste ich wirklich nicht. Aber was kann ich für dich tun?" Petra musste in sich hineingrinsen, denn jetzt machte der Standardspruch an der Rezeption richtig Sinn.

„Gib mir deine Mailadresse. Ich schicke dir ein paar Bilder und du hast nur eine Aufgabe. Melde dich sofort bei mir, wenn dir der junge Mann über den Weg laufen sollte. Und bitte, Petra, sprich ihn nicht an."

„Versprochen! Her mit den Bildern, Frau Kommissarin."

Wenige Minuten später hatte Petra zwei Bilder von einem sehr gut aussehenden Mann auf ihrem Smartphone. Sie traute ihren Augen nicht. Der Typ war vor ein paar Tagen mit zwei netten Kumpels an der Rezeption gewesen und hatte nach Konzerten in der Olivia-Arena gefragt. Aber die Typen wohnten nicht in der Anlage, sondern irgendwo auf einem Zeltplatz, in der Bucht von Calvi oder in Il Rousse.

Sie schickte Maria postwendend eine SMS: „Der Typ war hier!"

Maria wusste, in Petra einen höchst vertrauenswürdigen Posten auf Korsika zu haben. Und so machte sie sich an die Vorbereitung der Gespräche, die morgen im Hotel Himmelsblick stattfinden sollten.

18

CALVI, KORSIKA

Es war noch recht hell, als Petra Kowalskis Ablösung in die Rezeption kam und sie nach einem langen Arbeitstag endlich zum Strand laufen konnte, so wie sie es immer tat. Tausend Wünsche der Gäste, Krisenmanagement zwischen Volontären, Einteilung der Handwerkerkolonne, Verhandlungen mit korsischen Behörden und manchmal auch eine Überraschung, wie dieser Anruf aus dem Allgäu. Sie erinnerte sich gern an Maria Sonnlaitner. Sie war schon ein paar Mal zum Urlaub hier gewesen, immer mit ein paar Freundinnen und Freunden aus der Gemeinde in Kempten. Auf den Gedanken, dass dieser lustige Feger mit dem Allgäuer Dialekt bei der Kripo sein könnte, wäre sie nun wirklich nicht gekommen. Und dass sie nun in einen Fall verwickelt wurde, das war doch mal eine prickelnde Erfahrung. Petra war Wallander-Fan und die Kluftinger-Krimis hatte sie auch alle gelesen. Maria hatte ihr vor Jahren den Krimi „Milchgeld" mitgebracht. Aber nun ging es nicht um eine konstruierte Handlung, die im neblig feuchten Ystadt oder beim Viehscheid in Hindelang spielte. Jetzt ging es darum, dass hinter den Dünen, 20 Minuten von hier, möglicherweise ein Kerl im Zelt lag und ein richtiges dickes Ding an den Hacken hatte.

Petra nahm die Flipflops in die Hand und pflügte knietief parallel zum Flutsaum durchs Wasser. Sie raffte die Shorts noch ein wenig höher und zog spritzend durch den ansonsten stillen Strandstreifen. In den Strandbars erwachte langsam das Leben, hier und da kuschelten noch einige Pärchen und Rucksacktouristen im Sand, sonst war Ruhe, je weiter sie die Bucht von Calvi hinunterlief. Morgens war hier viel mehr los. Die Frühsportler aus der Residenz mit einem enorm dehnfähigen Ärztehepaar als Motivator und Trainer, ein paar verlegen wirkende Fettleibige, die sich tagsüber nicht an den Strand trauten. Und die Athleten von der Fallschirmspringer-Brigade der Fremdenlegion, die am Ende der Bucht, am Fuße der malerischen Ortschaft Lumio, ihre Kaserne hatten und jeden Morgen mit erhöhtem Tempo ihren Frühsport machten. Stahlharte Jungs.

An der Stelle, wo hinter den Dünen zwischen Palmen der Campingplatz begann, setzte sich Petra in den Sand und genoss immer wieder neu den atemberaubenden Blick auf die jetzt im Flutlicht liegende Zitadelle von Calvi. So tat sie es Abend für Abend, wenn nicht gerade Konzerte oder Vorträge in der Arena stattfanden.

Es war vorläufig auch kein Konzert in Planung, das dem Musikgeschmack dieser netten Jungs entgegenkommen würde. So würde es eher ein Zufallstreffer sein, den Knaben aus Deutschland hier zu treffen.

In Gedanken versunken, warum der Typ wohl auf der Fahndungsliste stand, trat sie den Heimweg an. Sie rief immer wieder das Bild auf und wünschte sich sehnlichst, dass es sich am Ende doch um ein Versehen handeln würde. Diese nette Type konnte doch keinen Dreck am Stecken haben …

So in Gedanken verloren zwischen Befremden und Erbarmen kam sie um 22 Uhr in ihrem Apartment an, duschte sich den Sand vom Leib und setzte sich mit einem Glas Rotwein auf den Balkon mit Blick auf Calvis Hausberg, die Madonna.

Drei Tage später stand Petra Kowalski im Großmarkt „Super U" an der Kasse in der Schlange, als das Trio mit Mister X reinkam. Zwei waren locker drauf, der Gesuchte wirkte angespannt und ängstlich. Und er sah ziemlich gut aus.

Petra verstaute ihren Einkauf im Auto und wartete, bis das deutsche Trio aus dem Laden kam. Sie schleppten ihre Einkaufstüten und Kronenbourg-Sixpacks in den nahe gelegenen Wald, in dem sich auch der Campingplatz befand. Ein Hauszelt, Badehosen auf der Leine, ein alter Passat Kombi mit Kasseler Kennzeichen neben dem Zelt. Petra wusste jetzt, wo die Jungs campierten. Und sie wusste, dass der Gesuchte sehr traurig aussah. Das Kennzeichen hatte sie mit dem Handy abfotografiert.

Zurück in der Rezeption der Residenz erstattete sie Maria Sonnlaitner Bericht. Und die bat sie, weiter dranzubleiben. „Schau mal, wann die nächste Fähre von Bastia nach Livorno geht, damit wir wissen, wann das Trio in Italien ankommt."

Petra hatte ständig das Bild des Gesuchten vor Augen. Er sah aus wie ein ganz Lieber. Sie empfand keine Angst, wenn sie an ihn dachte, im Gegenteil, sie würde ihn gern mal treffen. Was konnte solch ein netter Typ bloß verbrochen haben? Aber sie fragte nicht bei Maria in Kempten nach; sie würde ihre Gründe haben, nichts zu verraten.

Maria Sonnlaitner besprach sich mit Bachhuber. Der Verdächtige Hans Joachim Feldner macht mit zwei Freunden auf einem Campingplatz in der Bucht von Calvi auf Korsika Urlaub. Er wirkt traurig und verstört. Ganz in seiner Nähe arbeitet eine Deutsche an der Rezeption einer großen Apartment-Anlage, eine gute Bekannte von Kommissarin Sonnlaitner. Diese Petra Kowalski trifft den Verdächtigen in einem Supermarkt und sie kennt den Zeltplatz, wo der Gesuchte mit zwei Freunden campiert. Die haben Petra Kowalski gegenüber Interesse an Konzerten oder Vorträgen und Gottesdiensten in der Arena der Anlage gezeigt.

„Wir müssten ihn dort vor Ort zu fassen bekommen oder im Hafen von Livorno oder wir müssten ihn von den französischen Kollegen ab sofort und später von den italienischen observieren lassen. Das alles bedeutet wahnsinnig viel Verwaltungsaufwand oder Reisekosten, die erst genehmigt werden müssen. Und am Ende bestehen die Gendarmen vor Ort noch auf Korsisch, dann sind wir völlig verloren."

Maria grübelte vor sich hin. „Oder wir machen was ganz Verrücktes, wir lassen uns von Petra Kowalski helfen."

„Und was ist, wenn er uns auf der Insel abhandenkommt? Die Kowalski darf ihn ja nicht festhalten."

„Das nicht, aber sie könnte mit ihm reden", warf Maria ein. „Ganz unverfänglich. Vielleicht wird er weich und outet sich."

„Maria, du spinnst wohl. Der Typ steht im Verdacht, eine Frau umgebracht zu haben. Und auf den willst du – vorbei an allen polizeilichen Überprüfungen – die Kowalski ansetzen? Wenn da was passiert, fliegen uns vom Münchner Innenministerium her die Brocken um die Ohren."

„Alois, nun mal sachte. Angenommen, der Typ kommt am Sonntag dort in der Arena zum Gottesdienst. Da kommen aus den Apartments 100 und aus der Umgebung noch mal so viele Leute zusammen. Feldner und seine Freunde kommen auch. Nun stell dir vor, ich fliege Samstagnachmittag von Memmingen nach Calvi." Bachhuber winkte ab.

„Dann gehe ich dort in den Gottesdienst und danach lade ich Feldner zum Essen ein, der steht doch auf schöne Frauen …"

Bachhuber grinste vielsagend. „Und dann? Dann beichtet er den Mord, hält dir die Hände hin und stammelt ergeben: ‚Die Handschellen, bitte!' Und dann fliegst du an ihn angekettet mit TUI-Fly nach Memmingen. Maria, das ist doch blanke Fantasie. Komm doch mal auf den Boden der Tatsachen!"

„Alois, dann bin ich gespannt auf deinen Lösungsansatz. Meine Idee steht im Raum, du kannst gar keine bessere haben."

„Doch, meine verehrte Kollegin, es gibt noch einen dritten Weg. Wir setzen erst mal auf deine Bekannte. Angenommen, die drei Jungs gehen am Sonntag dort in der Arena des Hotels zum Gottesdienst.

Danach lädt die Kowalski die Jungs zu einer Führung durch die Anlage. Irgendwann bietet sie noch Eis an. Danach kann sie uns berichten. Bis dahin finden wir einen Weg. Wir sollten aber im Flughafen von Calvi und am Fährhafen von Calvi, Bastia oder Il Rousse eine Suchmeldung vortragen, damit uns die drei nicht irgendwann untertauchen."

„Gut, aber die Suchmeldung nicht im Flughafen oder in den Fährhäfen aushängen. Wenn er sich dort sieht, wird er unkalkulierbar reagieren. Und dann kriegen wir von Augsburg oder gar von München gehörig einen auf den Deckel."

„So schauts aus. Die würden uns sofort den Fall entziehen." Bachhuber kratzte sich umständlich am Rücken. Hilde hatte ihn mehrfach gebeten, sich beim Hautarzt vorzustellen, das Ekzem plagte ihn schon seit Wochen. Arzttermine schob er gern vor sich her, aber mit dem Ekzem war nicht zu spaßen.

„Machen wir es so, Maria: Ich fahre zum Hautarzt nach Immenstadt und du meldest dich im Hotel Himmelsblick an und verhörst die Haustöchter. Ich vermute, dass Feldner und Lydia Weber eng zusammen waren, also intim. Und dass die Weber ihm einen Laufpass gegeben hat. Und dass Lydia deswegen im Himmelsblick gekündigt hat und dass Feldner ihr nachgestiegen ist. Dieser Schönling mit theologischen Ambitionen hat uns galant hinters Licht geführt."

„Du bist ja richtig witzig, Kollege", freute sich Maria. „Schönling mit theologischen Ambitionen – den merke ich mir!"

Maria räumte ihre Notizen zusammen, checkte auf ihrem Smartphone die eingegangenen Mails und begab sich in ihr Büro, um mit Petra Kowalski zu telefonieren.

Maria hatte Petra gleich am Telefon und erklärte ihr die Strategie. „Ich gehe davon aus, dass die drei Jungs am Sonntag kommen. Ich werde dir dann gleich per Mail berichten."

Dann telefonierte sie noch mit Hotel Himmelsblick. Pastor Triemer meinte, von zwei bis vier Uhr nachmittags sei eine gute Zeit für die Interviews mit den Mädels.

19

HOTEL HIMMELSBLICK, OBERSTDORF

So startete Maria erleichtert Richtung Oberstdorf. Pünktlich um zwei stand sie in der Rezeption von Hotel Himmelsblick. Sie war vor 15 Jahren mal hier gewesen, darum staunte sie, was sich alles verändert hatte. Das ganze Foyer war komplett modernisiert worden. Der Speisesaal war ganz neu, die Hauskapelle noch so, wie sie sie in Erinnerung hatte. Neben der Kapelle waren verschiedene Sprechzimmer. Herr Triemer war sofort einverstanden, dass die Interviews in einem Sprechzimmer stattfinden sollten. Die Hauswirtschaftsleiterin, die Lydia Weber nicht kannte, übernahm die Logistik und holte je nach Bedarf die Mädels herbei, und zwar nur die, die vor zwei Jahren bereits zum Team gehörten.

Maria Sonnlaitner wies jede der sechs Gesprächspartnerinnen darauf hin, dass es sich um polizeiliche Ermittlungen handle und dass die Gespräche audio mitgeschnitten würden.

Der Fragenkatalog war immer der gleiche:

Wie oft haben Sie Feldner außerhalb der öffentlichen Veranstaltungen im Haus gesehen?

Hatte Feldner eine Beziehung zu Lydia Weber?

Wie intensiv war die Beziehung?

War Lydia Weber glücklich mit dieser Beziehung?

Die Antworten der sechs jungen Damen kamen fast unisono mit nahezu völliger Übereinstimmung:

Feldner, Hansi genannt, war geradezu verrückt auf Lydia.

Er war oft im Haus, er wurde mehrfach vor Lydias Zimmertür im Mitarbeiterflur des Dachgeschosses gesehen. Pastor Triemer war nicht glücklich mit diesen Männerbesuchen, aber er konnte rein arbeitsrechtlich nicht dagegen vorgehen. Das war Lydia Webers Privatsache. Eine Mitarbeiterin war mit Lydia enger befreundet, die wusste zu berichten, dass die Affäre mit Feldner anfangs stürmisch gewesen sei, im beiderseitigen Einverständnis, dass Lydia dann aber zunehmend auf Distanz gegangen sei. Er sei sexuell immer zudringlicher geworden, sodass Lydia ihm Hausverbot erteilt habe. Pfarrer Triemer habe davon so gut wie nichts mitbekommen. Feldner habe Lydia an ihren freien Tagen auch

mehrfach in der Oberstdorfer Therme und am Strandbad Freibergsee bedrängt. Nachdem Lydia gekündigt habe, sei Feldner nur
noch selten mit gespieltem theologischem Interesse aufgetaucht,
wenn besondere Vortragsveranstaltungen im Programm waren.

Genau so, wie Bachhuber vorausgesehen hatte. Maria verabschiedete sich um vier, das Diktiergerät war voll mit überführen-
den Aussagen. Feldner hatte Bachhuber dreist belogen und den
Verdacht auf den alten Mann mit Hut gelenkt. Von ihm hatte ihm
Lydia oft erzählt.

20

KEMPTEN

Es war Sonntag um drei, als Petra aus Calvi anrief. Maria saß mit ihrem Verlobten, dem Pastoralvikar ihrer Gemeinde beim Kaffee auf der Terrasse ihrer Wohnung am Stadtrand von Kempten. Sie zog sich mit ihrem Handy ins Wohnzimmer zurück, weil einige Nachbarn auch die Spätsommersonne auf ihren Terrassen genossen.

„Stell dir vor, Maria. Hans Joachim Feldner war mit seinen beiden Kumpels im Gottesdienst bei uns in der Olivia-Arena."

„Und?", bohrte Maria interessiert nach.

„Sie reisen am Mittwoch ab. Die Fähre wird morgens um zehn in Livorno einlaufen. Es ist mir übrigens gelungen, mit Feldner ein paar persönliche Worte zu sprechen."

„Erzähl", schoss Maria ungeduldig ins Telefon.

„Der Mann hat zwei Seiten: eine ganz liebe und charmante und religiös interessierte Seite. Er lobte die tolle Predigt, die Musik fand er klasse. Aber gleichzeitig wirkte er sehr verängstigt und scheu, irgendwie verletzt. Der Typ hat ein echtes Frauenproblem. Der hat mich mit seinen Blicken fast ausgezogen. Diese Begierde in seinen Augen hat mir Angst gemacht. Er hat dann tatsächlich gefragt, ob ich Lust hätte, mit ihm an den Strand zu gehen, was ich natürlich abgelehnt habe. Das hat ihn sichtlich enttäuscht. Wir sind auseinandergegangen mit der unverbindlichen Abmachung, dass wir uns in den nächsten beiden Tagen vielleicht ja noch mal sehen würden."

„Danke, Petra. Halt mich weiter auf dem Laufenden und bitte, bitte verbring keine Zeit mit Feldner allein, das ist zu riskant. In Gegenwart seiner Freunde kannst du ganz locker bleiben."

„Ich pass schon auf. Ciao, Maria."

Maria rief sofort Bachhuber an, der auch mit Hilde auf der Terrasse saß. „Alois, wir fliegen Dienstagnachmittag nach Livorno und nehmen Mittwochmorgen Feldner am Hafen der Corsica-Ferries in Empfang. Bitte klär du die Formalitäten mit den Carabinerie in Livorno. Und ich würde gern morgen mal freinehmen, mein Verlobter hat am Montag seinen Pastorensonntag, wir sehen uns ja kaum. Du wirst sicher morgen klären können, wie wir Feldner von Livorno ins Allgäu kriegen."

„Das können wir auch anders machen, Maria", konterte Bachhuber charmant. „Du fährst mit einem zivilen Beamten des LKA in einem zivilen Fahrzeug Dienstagmorgen nach Livorno, übernachtest dort und bist dann zur Ankunftszeit der Fähre von Corsica Ferries vor Ort. Dich kennt Feldner nicht, insofern könnt ihr euch unauffällig an den Passat mit Kasseler Kennzeichen hängen und einen auf Touristen machen. Wenn die Jungs vorhaben, den Feldner ins Allgäu zu bringen, dann kommt ihr über die Schweiz nach Bregenz; dann nehmen wir euch an der Grenze in Lindau in Empfang. Fahren die erst nach Kassel, dann nehmen wir euch bei Basel in Empfang. Der LKA-Kollege, der dich fährt, ist ein erfahrener Fahnder, der kennt sich in Italien gut aus, spricht Italienisch und ist ein Hightech-Spezialist. Der wird bei der erstbesten Gelegenheit den Kasseler Passat mit einem Peilsender bestücken. Was hältst du davon?"

„Super, so machen wir es. Der Kollege soll mich um sieben in meiner Wohnung abholen."

Bachhuber, sichtlich erleichtert, kündigte Maria an, dass er am Dienstag in aller Ruhe mit Roland Reh in Neustadt telefonieren werde und auch bei Webers vorsprechen würde. Und dass er mit Johannes Haupt telefonieren wollte.

Maria kicherte in sich hinein. *Der Alois, so isser nun mal. Weil ich die Italientour mache, fühlt er sich gezwungen, mir sein Programm zu erläutern.*

„Hey Alois, bleib geschmeidig. Mach dir einen schönen Tag mit Hilde!"

21

LIVORNO, ITALIEN

Hauptkommissar Thilo Bucher vom LKA in München hielt pünktlich um sieben Uhr mit einem neuen Audi A6 Avant quattro vor Maria Sonnlaitners Wohnung in Kempten. Er war ein sportlicher Bursche, stammte von der Schwäbischen Alb, ein blonder Lockenkopf, 1,90 Meter groß und geschätzte 25 Jahre, was sich aber bald als Fehleinschätzung erwies. Tatsächlich war er verheiratet und Vater von zwei schulpflichtigen Kindern. Trotzdem sah er wie eine Werbe-Ikone für ein Herrenparfum aus. Als er seinen Mund auftat, kam aber nicht die Synchronstimme von Miami Vice, sondern ein kleinbürgerliches Schwäbisch – und das in einer Tonlage, die einfach nicht zum Body passen wollte. Maria lästerte in ihrer blühenden Fantasie weiter und stellte sich vor, wie der schneidige Kerl einen romantischen Abend mit seiner Liebsten mit einem „Hanoi" und „sodele" und „nochertle" und „gschwind" eröffnete.

Bucher half Maria beim Verstauen des Gepäcks und ab ging es über Lindenberg Richtung Bodensee und über Bregenz in die Schweiz. Es war ein malerischer Herbsttag. Maria gab sich dem Panorama hin, denn viel zu berichten gab es nicht, Kollege Thilo war bestens präpariert. Und gesprächig war er auch nicht. Maria war sogar froh, dass er sie nicht endlos zutextete. Zwischendurch rief er immer mal wieder Sting, Supertramp, Toto oder Dire Straits über sein Smartphone auf, das über Bluetooth mit der fetten Soundanlage verbunden war. Sein Musikgeschmack war aus Marias Sicht ganz passabel.

So trafen sie nachmittags in Livorno ein, bezogen ein kleines Hotel am Hafen und parkten den Hightech-Wagen in einer Tiefgarage. Die fahrzeugseitige Überwachungskamera sendete ununterbrochen einen Blick in das Innere des noblen Fahrzeugs und schickte die Bilder auf die Smartphones der beiden Zivilfahnder, aber die blieben locker. Bucher wollte früh zu Bett. Ein echter Langweiler, dachte Maria, aber sie waren ja dienstlich hier. Maria streifte noch durch die Hafenpromenade und trank zwei Espressi an der Piazza Del Pamiglione, um sich mit dem Liegeplatz der

Fähre aus Bastia vertraut zu machen. Thilo grinste überlegen, als Maria ihm beim Frühstück am anderen Morgen von ihren geografischen Recherchen berichtete. „Alles gschwind auf Goggel Earth," frohlockte der Schwabe, diese Reutlinger Antwort auf Arnold Schwarzenegger.

Nach einem edlen Frühstück mit Parma-Schinken, Croissants, würzigem Bergkäse und feiner Marmelade aus der Toskana waren die beiden Allgäuer im Hafen, postiert im Sichtschatten eines Schwertransporters, der sich bald durch die Gassen von Livorno quälen würde. Petra Kowalski hatte das KFZ-Kennzeichen des Kasseler Passats durchgegeben und von ihrer Freundin in Bastia bestätigen lassen, dass die drei jungen Männer auf die Fähre von Corsica Ferries gefahren seien.

Es nieselte zartfeucht und neblig vor sich hin, als kurz nach zehn die Fähre mit einem akustischen Inferno aus der Kompressorfanfare anlegte. Bevor der Pott sicher vertäut war, öffneten sich bereits die riesigen Heckklappen. Drei Minuten später schepperten Lkws und Busse über die Rampen, dann die Pkws. Feldner saß am Steuer, als der VW Passat in der zähen Schlange aus dem Hafengebiet kroch. Thilo reihte den Quattro drei Fahrzeuge hinter ihnen ein. Auf der breiten Via della Cinta Esterna ging es aus der Hafenstadt hinaus ins Innere des Landes. Bevor es auf die E 35 Richtung Como und weiter nach Lugano gehen sollte, bog der Passat Kombi in Parma ab. Vielleicht wollten die Jungs dort Siesta machen oder Schinken kaufen. Thilo meldete sich in fließendem Italienisch von den Carrabinierie in Livorno ab und in Parma an. Die gingen davon aus, dass die Reise Richtung Basel gehen würde, nicht über den Brenner und nicht über den Bodensee.

In Parma parkte Feldner mit seinen Kumpels in der Altstadt und verschwand in einer Auberge. Thilo parkte in einer Seitenstraße. Während er den Peilsender präparierte, flanierte Maria mit Sonnenbrille und Sonnenhut vor den Restaurants entlang. Thilo Bucher ging indessen vor dem Passat in die Knie und befestigte den Peilsender in der Frontstoßstange mit einem kneteartigen

Klebstoff. Im Nu hatten Thilo und Maria die präzisen Kartendaten auf ihrem Handy und den Standort von Feldners Passat auf dem bordeigenen Tablet lokalisiert." So gingen die beiden Fahnder im gleichen Restaurant essen wie die drei Deutschen, aber Thilo führte galant die Unterhaltung und wechselte mit Maria zwischendurch ins Englische. Die drei Männer saßen am anderen Ende des Lokals. Als sie um zwei Uhr nachmittags wieder aufbrachen, übernahm ein anderer das Steuer, Feldner stieg hinten ein. Maria übernahm das Steuer der A6-Rakete, Thilo simulierte am Tablet die Festnahme am Zoll in Basel. Sechs Stunden würden sie für die 480 Kilometer brauchen. Als sie das italienische Staatsgebiet verlassen hatten, meldete sich Maria bei Bachhuber und auch bei Roland Reh und natürlich bei den italienischen Behörden. Der Transfer hatte vorzüglich geklappt. Nun mussten sie durch die Schweiz nach Basel. Sie blieben jetzt mindestens zehn Fahrzeuge hinter dem Passat, um den Burschen keinen Grund zur Panik zu liefern.

Trotzdem fuhren die Jungs im Passat in Luzern ab. Wollten die doch über Luzern Richtung Winterthur zum Bodensee und von dort ab ins Allgäu? Thilo übernahm wieder das Steuer und folgte der Navigation des Peilsenders. Das Auto fanden sie auf dem Parkplatz an der Konzerthalle, ein bemerkenswertes Gebäude, schräg gegenüber vom Luzerner Hauptbahnhof. Thilo wollte im Auto warten, bis die Jungs auftauchen würden.

Das Auto war im Peilsender zu lokalisieren, aber die drei Herren waren fort. Thilo Bucher war sich sicher, dass sie sie gleich wieder aufgabeln würden, aber Maria war eher ungehalten: „Ich traue dieser Technik nicht, ich wäre lieber auf Sicht gefahren!" Thilo Bucher machte keine Anstalten, sich zu verteidigen. *So sind sie eben, die Frauen, sie trauen der Technik nicht, weil sie zu doof dazu sind, sie richtig zu bedienen.* Er war schlau genug, diese Gedanken jetzt nicht verbal vorzutragen.

22

LUZERN, SCHWEIZ

Thomas Landgrebe und Simon Sauer saßen ratlos an der Strandpromenade des Vierwaldstättersees und schauten immer wieder zum Parkplatz, wo sie ihren Passat vor drei Stunden abgestellt hatten. Keine Spur von Hansi. Die Ansichtskartenidylle mit den ein- und ausfahrenden Dampfschiffen, der Blick auf Luzern und den Hausberg Pilatus, das hatte sich längst in der Sorge um ihren vermissten Freund aufgezehrt. Auf der Rückreise von Livorno nach Basel hatte Hansi ganz plötzlich darauf bestanden, in Luzern einen Zwischenstopp zu machen. So hatten sie im Zentrum geparkt und sich vorübergehend getrennt. Hansi wollte sich allein mit einem alten Freund treffen, so hatte er gesagt. Das kam ziemlich überraschend, zumal er eigentlich alles andere als spontan war.

„Was ist bloß mit ihm los? Warum hat er im Urlaub auf Korsika gelitten wie ein Hund, warum lag er die meiste Zeit im Zelt?" – „Simon, ich weiß auch nicht, was mit Hansi los ist, aber so verzweifelt habe ich ihn noch nie gesehen und wir kennen uns vom Kindergarten an. Richtig aufgeblüht ist er nur, als wir in der Olivia-Arena zum Gottesdienst waren. Bei der Predigt hat er ein paarmal unterdrückt geschluchzt, das muss ihm sehr nahegegangen sein."

Thomas stand wieder auf und umkreiste die Konzerthalle und die Parkplätze. Keine Spur von Hansi. „Da stimmt was nicht, das passt nicht zu Hansi. Auch, dass er sein Handy im Auto hat liegen lassen, passt überhaupt nicht zu ihm."

Beim nächsten nervösen Rundgang fiel Simon der graue Audi A6 auf, in dem ein sonnenbebrillter Typ saß, ein Kerl von Bodyguard, der wachen Auges die Umgebung observierte. Eine gut aussehende blonde Dame lief immer wieder die Strandpromenade rauf und runter, im Ohr einen kleinen Monitor, über den sie mit irgendwem vernetzt war, vielleicht mit dem Typen im Audi mit Münchner Kennzeichen. Simon war sich nicht sicher, ob er diese edle Karre nicht schon im Hafen von Livorno gesehen hatte.

Simon und Thomas kannten Hans Joachim Feldner seit ihren Kindertagen. Seit Jahren verbrachten sie als Singles ihren Urlaub gemeinsam. Doch dieses Mal war Hansi geradezu schwermütig, verängstigt, misstrauisch. Sie hatten bis spät in die Nächte am Strand gesessen und erzählt, aber Hansi war völlig verschlossen. Simon hatte ihn mehrfach aufgefordert, auszupacken oder Hilfe zu suchen. Umso überraschter waren sie, als Hansi völlig spontan kurz vor Luzern darauf bestanden hatte, abzubiegen und eine Pause einzulegen. Er wolle einen alten Freund besuchen. Sie hatten keine Ahnung, wer das sein sollte. Er hatte nie von einem Freund in Luzern berichtet.

Inzwischen waren dreieinhalb Stunden vergangen. Sie wollten eigentlich noch bis Kassel durchfahren, weil Thomas Landgrebe am nächsten Tag wieder arbeiten musste und Simon Sauer auch schon einen geschäftlichen Termin geplant hatte. Sie mussten jetzt etwas unternehmen.

Simon rief bei Hansis Eltern in Kassel an und fragte, ob sie von einem Freund Hansis in Luzern wüssten, sie hätten sich irgendwie verpasst. Er hatte so geschickt gefragt, dass Hansis Eltern nicht in Aufregung verfallen würden. Mutter Feldner konnte aber weiterhelfen. Sie wusste von einem Schulfreund ihres Sohnes, der zur katholischen Kirche übergetreten sei und jetzt als Mönch in Luzern lebte. Der heiße jetzt Bruder Titus. Mehr wusste sie auch nicht. Simon gab schnell „Bruder Titus" in sein Smartphone ein und fand den Kontakt zu einem Kloster in Luzern. Aber was tun?

Und was war mit dem Audi und seinem geheimnisvollen Fahrer und der Blondine mit Knopf im Ohr? Warum waren die vermutlich schon seit Livorno in Sichtweite? Simon besprach sich mit Thomas, aber der dachte sich gar nichts dabei. Warum sollten sie den Fahrer oder die Beifahrerin ansprechen? Sie gingen zurück zum Auto, setzten sich auf die Motorhaube des gealterten Passat und starrten ins Nichts, obwohl sie eine fantastische Aussicht hatten. Sie hatten beide ihre Füße auf die Stoßstange gestemmt, die daraufhin sich ein wenig verkantete. „Füße runter, Simon, nicht dass uns das wacklige Ding noch abfällt. Die Karre soll nächste Woche in die Werkstatt." Auf einmal stutzte Simon und starrte auf

die etwas nach vorn abgekippte Stoßstange. „Was ist das denn?"
– „Was?" – „Ja, hier in der Stoßstange, da klebt ein blinkendes
Gerät. Was ist das denn?" Thomas sprang von der Motorhaube
und begutachtete die Stoßstange. Da war tatsächlich ein kleiner
blinkender Apparat mit einer Stummelantenne. „Scheiße, ich werd
verrückt, das ist ein Peilsender!" Sie gingen um das Auto herum,
checkten die Heckstoßstange, legten sich unter das Auto.

Thilo Bucher hatte die Aufregung wahrgenommen und beor-
derte Maria Sonnlaitner per Funk zum Auto der jetzt ziemlich
aufgeregten Burschen.

Bevor Simon sich anschickte, den Sender zu lösen, stand die
Blondine mit Knopf im Ohr hinter ihm. „Grüß Gott, mein Name
ist Maria Sonnlaitner von der Kripo Kempten. Wir verfolgen Sie
seit Livorno. Wir haben den Peilsender installiert. Wo ist Hans
Joachim Feldner?"

Simon und Thomas stammelten aufgeregt durcheinander.

„Also Sie wissen auch nicht, wo er ist?" – „Doch, wir vermu-
ten, dass er einen Freund in einem Kloster hier in Luzern besucht.
Aber wir können keinen Kontakt mit ihm aufnehmen, sein Handy
liegt hier im Auto."

Inzwischen war Thilo Bucher ausgestiegen und dazugekom-
men: „Grüß Gott, Thilo Bucher vom Landeskriminalamt in München, ich unterstütze Frau Sonnlaitner bei ihren Ermittlungen."
Klingt gut, dachte Maria, denn er hätte auch sagen können, dass er
als LKA-Beamter den Chef machte und die Allgäuer Provinzlerin
die Gehilfin war.

Simon und Thomas ahnten das Schlimmste und schauten sich
verzweifelt an. Aber Maria wusste die Stimmung zu besänftigen:
„Wie war es in der Olivia-Arena? Wer hat gepredigt, wer hat Musik
gemacht?"

Thomas und Simon schauten ziemlich verwirrt aus ihren Cor-
se-Shirts, wie ertappte Jungs. Aber Maria verstand es, den Jungs
die Panik zu nehmen. „Ich habe schon oft Urlaub in der Residenz Olivia gemacht!" Thomas erwiderte sichtlich irritiert, aber

zunehmend Vertrauen fassend: „Ja, die Predigt war super. Die hat ein Pfarrer im Ruhestand aus Essen gehalten. Die Band kannte ich nicht, aber die waren richtig gut."

„Was meinen Sie, meine Herren?" Jetzt klang Maria wieder formal dienstlich. „Wird Herr Feldner hierher zurückkommen?"

„Davon gehen wir aus. Wir warten hier, bis er kommt."

„Gut, der Peilsender bleibt an Ihrem Auto. Ich verpflichte Sie darauf, nicht mit Hansi Feldner über unser Treffen zu sprechen. Ich fahre jetzt mit meinem Kollegen ins Kloster. Sollte Hansi Feldner hier zwischenzeitig eintreffen, setzen Sie Ihre Reise wie geplant fort. Wir bleiben an Ihnen dran, bis wir auf deutschem Boden sind."

Thilo Bucher bat um Hansi Feldners Handy. Simon händigte es ihm aus. Thilo stutzte, denn es war ein modernes Smartphone, nicht wie Feldner im Verhör mit Bachhuber erzählt hatte. Maria bat ihn, das SMS-Verzeichnis zu öffnen. Sie gingen ein paar Meter abseits. Maria scrollte auf den ersten Montag im September. Hatte Feldner von Lydia Weber am Abend kurz vor ihrem Tod eine SMS erhalten? „Nein", sagte Bucher mit einem Augenzwinkern, „der hat Bachhuber nach Strich und Faden verarscht. Gut getäuscht, wirklich!"

Sie kamen zurück zu den von Calvis Sonne getoasteten Jungs aus Nordhessen, die jetzt ziemlich blass aus der Wäsche schauten, wie das weiße Stirnband des schwarzen Kopfes auf dem Korsika-Emblem. Nur nicht so wild.

„Alles klar, Jungs?"

„Ja, von uns ja. Aber sagen Sie uns doch bitte, was Sie Hansi vorwerfen?"

„Wir bitten um Verständnis, dass wir uns während der laufenden Ermittlung nicht äußern können." Jetzt war Maria wieder ganz die leitende Ermittlerin.

Sie stieg mit Thilo in den Audi, der schon auf das Navigationsziel programmiert war. Feldners Smartphone hatte Maria an sich genommen.

Hansi hatte sich quer durch die Stadt gefragt, bis er endlich das Kloster gefunden hatte. Vor lauter Aufregung hatte er sein Smartphone mit Navigationsoption im Auto liegen lassen. Das hätte ihm den Weg schnell gezeigt. Aber nun war er nach fast einer Stunde Fußweg endlich da.

Er hatte kaum ein Auge auf das gepflegte großzügige Gebäudeensemble, die wunderschönen Grünanlagen und die geschmackvolle Synthese aus Klassik und Moderne.

In der Pforte des Klosters angekommen, fragte er zitternd und nervös nach Bruder Titus. Die zivile Dame funkte ihn gleich an und fünf Minuten später fegte sein alter Kumpel Georg in die Pforte. Schlank, groß, das blonde Haar in Restbeständen auf dem Weg zur Glatze und schlicht und doch Ehrfurcht gebietend in eine schwere dunkelbraune Kutte gehüllt, aus der nur die nackten Füße in Sandalen herausschauten. Der Ordensbruder stutzte, rieb sich demonstrativ die Augen und fiel mit einem befreiten Juchzer seinem alten Schulfreund Hansi um den Hals. „Schorsche", stammelte Hansi sichtlich erleichtert, „wie gut, dich zu treffen. Ich bin in großer Not, kannst du dir Zeit für mich nehmen?"

Bruder Titus nahm ihn in den Arm und führte ihn ins Obergeschoss in ein Sprechzimmer. Zwei Sessel, ein Tischchen mit einer Bibel drauf, eine Kerze. Das war die ganze Einrichtung.

„Was bedrückt dich, Hansi? Warum hängst du so durch, du siehst so unglücklich aus. Alles, was du sagst, bleibt innerhalb dieser vier Wände!"

„Darf ich weiter Schorsche zu dir sagen? An Bruder Titus kann ich mich nicht so schnell gewöhnen."

„Na klar, Hannes."

Feldner schaute sich scheu im Raum um, so, als wollte er sich vergewissern, dass keiner mithörte. Seine Hände zitterten, sein Blick fixierte sich starr auf einem Bild, das ihm gegenüber hing. Er versuchte in mehreren Anläufen zu reden, aber die Stimme erstickte immer wieder in seinen Tränen. Nach einigen Minuten brach Bruder Titus das quälende Schweigen.

„Ich bete jetzt für dich und dann bist du dran!" Bruder Titus betete: „Sende dein Licht und deine Wahrheit, dass sie uns leiten zu deiner Wohnung und wir dir danken, dass du uns hilfst! Amen!"

Und dann packte Hans Joachim Feldner aus. Er wollte alles sagen, nichts mehr verbergen, nichts verschweigen, einfach nur sein Gewissen in diesem Beichtgespräch fluten und reinigen lassen. Er erzählte von der Zeit an, wo sich ihre Wege getrennt hatten bis zu dem schrecklichen Abend mit Lydia im Oytal.

Eine knappe Stunde lang offenbarte er sein ganzes Leben mit all den verborgenen Gefühlen, der unbändigen Lust auf Lydia, der er schließlich bis nach Oberstdorf nachgereist war. Wie er gelitten hatte unter ihrer Zurückweisung und wie es am Ende dazu gekommen war, dass er sie in der Nähe der Wildkrippe an der Gutenalpe in Panik erwürgt hatte, nachdem der alte Sektierer nach dem Streit von ihr abgelassen hatte. Und wie er hinterlistig die Kripo getäuscht hatte, um den Verdacht auf den Sektenführer zu lenken.

Bruder Titus saß wie erschlagen seinem Freund gegenüber, der jetzt nur bebend schluchzte. Er hatte schon viele Beichten abgenommen, aber ein Mord war ihm noch nie zu Ohren gekommen.

„Wirst du jetzt die Polizei verständigen?"

„Nein, lieber Hannes, das werde ich nicht tun. Ich habe dir völlige Verschwiegenheit zugesagt und das gilt gerade jetzt. Ich werde dich auch nicht auffordern, dich der Polizei zu stellen. Aber Hannes, ich weiß, dass du es selbst tun wirst."

„Ja, das werde ich tun. Ich werde mich stellen, ich kann so nicht weiterleben."

Bruder Titus legte ihm die Hände auf die Stirn und segnete ihn im Namen des dreieinigen Gottes. „Die Wahrheit wird dich frei machen, lieber Hannes!"

„Schorsche, noch was: Ich hab den Eindruck, dass, seit wir den Hafen von Livorno verlassen haben, uns ein ziviles deutsches Polizeifahrzeug folgt."

Bruder Titus stand auf, denn er hatte mehrere Anrufe aus der Rezeption auf seinem Handy. Er solle sofort in die Rezeption kommen.

„Hannes, ich lasse dich mal ein paar Minuten alleine, ist das okay?" Hansi Feldner nickte und sank noch tiefer in den Sessel.

Bruder Titus sah vom Treppenhaus aus den schweren A6 Avant quattro mit Münchner Kennzeichen auf dem Kiesweg vor dem Klosterportal stehen. In der Rezeption saßen ein athletischer Blonder und eine nette und zutraulich wirkende Frau in einem sehr geschmackvollen Outfit, gar nicht wie eine Polizistin. Maria Sonnlaitner stand auf, stellte sich und ihren Kollegen vor und fragte nach Hans Joachim Feldner.

„Ja, ich habe die letzte Stunde mit ihm geredet. Er hat eine umfassende Lebensbeichte abgelegt. Er ist sicher bereit, mit Ihnen zu reden. Darf ich ihm sagen, dass Sie hier sind?"

„Ja, sicher." Thilo Bucher hatte die Rezeption verlassen und stand jetzt vor dem Haus, nachdem er kurz gecheckt hatte, ob es noch einen zweiten Eingang gab. Und den gab es. Er behielt den Ausgang im Blickwinkel.

Bruder Titus ging wieder ins Obergeschoss, um nach Hannes zu sehen. Er hing wie ausgegossenes Wasser im Sessel und starrte ins Leere einer bedrückenden Zukunft.

„Hannes, die Zeit ist gekommen. Unten wartet eine Kommissarin Sonnlaitner aus dem Allgäu auf dich, sie ist die Kollegin von Herrn Bachhuber, den du ja bereits kennengelernt hast. Bist du bereit, mit ihr zu sprechen?"

„Ja, ich möchte mich stellen", schluchzte es aus ihm heraus, „es gibt kein Zurück mehr."

Bruder Titus rief vom Nebenzimmer die Rezeption an und bat Frau Sonnlaitner herauf. Er ging ihr entgegen und brachte sie zu Hannes, der sich aus dem Sessel erhob und leicht verbeugte.

„Grüß Gott, Herr Feldner!"

Er reagierte nicht, starrte nur an die Wand.

„Herr Feldner?"

Der Schock löste sich nur langsam. Angesichts der bitteren Perspektive, seine Haut nicht mehr retten zu können, löste sich seine Zunge langsam zu einer gestammelten Antwort.

„Ich bin froh, dass Sie da sind. – Die Flucht ist zu Ende. – Ich kann nicht mehr."

„Herr Feldner, ich schlage vor, dass sie jetzt keine Aussage machen und sich freiwillig mit uns auf die Reise nach Deutschland begeben. Dort steht Ihnen ein Anwalt zur Verfügung. Wir bitten Sie, Ihr Gepäck umzuladen und mich und meinen Kollegen auf direktem Wege nach Kempten zu begleiten. Der leitende Ermittler Hauptkommissar Bachhuber erwartet uns dort. – Ach, übrigens, ihr Smartphone haben wir beschlagnahmt. Es dient uns als Beweismittel."

Feldner zuckte kurz auf, aber dann fing er sich und nickte ergeben und kampflos, obwohl er sich ab sofort auf dem Weg in den Freiheitsentzug befand. Er verabschiedete sich in herzzerreißender Dankbarkeit von seinem alten Freund Schorsche, der jetzt als Bruder Titus sein Beichtvater geworden war.

Thilo Bucher setzte sich ans Steuer, Maria stieg hinten zu Feldner. Das leise Klicken zeigte, dass Bucher die hinteren Türen verriegelt hatte. Die Handschellen kamen nicht zum Einsatz. Am Parkplatz angekommen, luden Landgrebe und Sauer sichtlich betreten das Gepäck um und versuchten mit Hansi Blickkontakt aufzunehmen, aber der war in sich versunken und wagte nicht, aufzuschauen.

Bucher verpflichtete die Freunde noch mal zum Schweigen und bat auch, die Eltern Feldners nicht zu informieren; sie würden Feldner selbst dazu Gelegenheit geben. Dann entfernte er den Peilsender von der Stoßstange und wünschte gute Reise.

23

KEMPTEN

Zwei Stunden später waren sie auf deutschem Boden. Maria hatte die meiste Zeit geschlafen, Feldner hatte nur stumm ins Leere geschaut. Als Bucher und Sonnlaitner eine Toilettenpause brauchten, nahmen sie ihren Passanten mit in den Rasthof. Hier hätte er leichtes Spiel gehabt, unterzutauchen oder abzuhauen. Handschellen wären die sicherste Lösung gewesen. Aber Thilo verstand es, dicht an Feldners Seite zu bleiben, bis vor die Toilettentür, ohne dass die Leute auf dem Rasthof bemerkten, dass hier ein mutmaßlicher Mörder unterwegs war. Natürlich hatte Thilo Bucher das Toilettenfenster gecheckt.

Sie verzichteten auf einen Imbiss, Wasser hatten sie im Auto. Die Zeit drängte.

Als sie durch den Pfändertunnel fuhren, beobachtete Thilo Bucher im Rückspiegel, wie Feldner abwesend ins Leere starrte. Immer wieder wurde er von einem unterdrückten Schluchzen geschüttelt. Kurz hinter der Grenze bei Lindau reichte Bucher den Telefonhörer nach hinten, um Feldner die Gelegenheit zu geben, seine Eltern zu informieren. Er tat dies nur kurz: Er sei direkt auf dem Weg ins Allgäu und würde sich später melden. Maria tippte einige Mails in den Bord-PC, um mit Bachhuber alle nötigen Schritte einzuleiten.

Es war sieben Uhr abends, als der Audi in den Hof des Polizeipräsidiums Kempten einbog. Feldner wurde von Bachhuber empfangen und direkt in den Raum geführt, in dem die Verhöre stattfanden. Da er vom Recht auf einen Anwalt keinen Gebrauch machen wollte, konnte es gleich losgehen. Maria und Bachhuber führten das Gespräch, Bucher verfolgte alles hinter der Scheibe mit. Die Beamten mussten nie nachfragen, es sprudelte alles aus Feldner heraus. Nach einer Stunde telefonierte Bachhuber mit der Staatsanwaltschaft, die bis zur Gerichtsverhandlung Untersuchungshaft verfügte.

Feldner ließ sich willig in die Zelle führen und für die nächsten Monate wegsperren, bis sein Prozess das Strafmaß festlegen würde. Maria und Alois saßen noch lange zusammen, nachdem sich

Thilo Bucher still verabschiedet hatte. Maria hatte ihm ausdrücklich gedankt. Er ging so unspektakulär, wie er gekommen war.

Bachhuber berichtete von August Haupt, der völlig unauffällig in U-Haft auf die Hauptverhandlung in Kempten wartete. „Mehr können wir jetzt nicht tun, Maria. Danke für die gute Zusammenarbeit. Ohne dich wäre ich in der Pfalz nicht vorangekommen."

„Und in Korsika auch nicht", fügte Maria lächelnd hinzu. Bachhuber umarmte sie ungelenkig: „Wir sehen uns morgen in Kempten zur vorläufig letzten Lagebesprechung."

In Luzern buchte Bruder Titus ein Bahnticket nach Kassel. Er spürte, dass er jetzt an die Seite der Familie Feldner gehörte. Sie würden morgen die schlimme Nachricht erhalten.

Bachhuber war nach langer Zeit mal wieder tadellos rasiert, als er im Polizeipräsidium Kempten zur letzten Lagebesprechung im Fall Lydia Weber vor dem versammelten Team ans Pult ging.

„Liebe Kolleginnen und Kollegen, ich habe die Ehre, zunächst unserer Kollegin Maria Sonnlaitner meinen besonderen Dank auszusprechen. Ohne ihre ausgezeichnete Expertise im kirchlichen Milieu hätten wir die Spur in der Pfalz und im Elsass nicht so erfolgreich aufdecken können. Das Gleiche gilt für Kollegin Sonnlaitners Erfolg in Korsika, der schließlich zur unspektakulären Festnahme von Feldner geführt hat. August Haupt sitzt im pfälzischen Frankenthal in U-Haft, Hans Joachim Feldner in Kempten. Auch unserem pfälzischen Kollegen Hauptkommissar Roland Reh gilt mein Dank. Ich werde mich persönlich bei ihm bedanken.

Aus den auffällig glaubwürdigen und übereinstimmenden Geständnissen der beiden Hauptverdächtigen ergibt sich folgendes Szenario:

Lydia Weber ist Opfer eines jahrelangen seelischen Missbrauchs des Sektenführers August Haupt geworden. Er hat sie bis nach Oberstdorf verfolgt, um sie gefügig zu machen und ihr zu drohen. Lydia Weber war kurz davor, die Machenschaften dieses Sektenführers in die Öffentlichkeit zu tragen. Lydia Weber war am Tattag zu einer Wanderung im hinteren Oytal unterwegs, August Haupt war ihr auf den Fersen. Was beide nicht wussten, war die Tatsache, dass Haupt junior seine Geliebte Lydia Weber in Oberstdorf mit einem Besuch überraschen wollte. Haupt senior wusste nichts vom Verhältnis seines Sohnes mit Lydia. Die Umstände eines Unwetters sorgten dafür, dass alle drei am Montagabend der ersten Septemberwoche in der Nähe der Gutenalpe zusammentrafen, Johannes Haupt allerdings in Hörweite von rund 30 Meter Abstand, aber nicht in Sichtweite. Er hörte den verbalen Kampf und erfuhr mit Entsetzen, dass es sein eigener Vater war, der Lydia so zusetzte. Aus Lydias Schreien konnte er entnehmen, dass August Haupt ihr körperlich Gewalt antat, die aber – wie wir seit Feldners Geständnis wissen – nicht zu Lydias Tod geführt hat. August Haupt bekam plötzlich die Panik und floh Hals über Kopf.

Lydia Weber war aber auch der sexuellen Zudringlichkeit Hans Joachim Feldners ausgesetzt. Als Lydia Weber Hauswirtschaftsleiterin im Hotel Himmelsblick war, lernten sich beide kennen. Feldner kam von seinem Ausbildungsort Obermaiselstein öfters zu theologischen Vorträgen ins Hotel Himmelsblick. Er war nach eigenen Aussagen sexuell besessen, sodass er immer zudringlicher wurde und Lydia schließlich die intime Beziehung beendete. Trotzdem stellte er ihr nach, was mehrere Hotelangestellte übereinstimmend bestätigt haben. Das führte dazu, dass Lydia Weber kündigte und wieder in die Pfalz zog. Doch Feldner gab nicht auf. So traf er sie zufällig am Vormittag auf dem Bahnhof von Oberstdorf und wurde erneut zudringlich. Er steckte ihr seine Mobilnummer zu, die wir später in der Hand der Toten gefunden haben. Von diesem Augenblick an hat uns Feldner geschickt mit Falschaussagen getäuscht. Ich habe mich von der sympathischen Ausstrahlung des Burschen täuschen lassen und versäumt, sein Alibi zu überprüfen. Feldner fuhr nachmittags mit dem Mountainbike ins Oytal. Auch er wurde vom Unwetter überrascht und fand Lydia schließlich in der Nähe der Futterkrippe an der Gutenalpe, kurz nachdem August Haupt sie im Zorn gewürgt hatte. Ihr hilfloser Zustand hat Feldners Triebe geweckt. Jetzt war das Objekt seiner

Begierde auf ihn angewiesen. In einer geradezu pathologischen Mischung aus Fürsorge und sexueller Gewalt kam es aufgrund Lydia Webers letzter Gegenwehr dazu, dass Feldner sich über sie hermachte und sie so lange würgte, bis sie tot in seinem Armen lag. Das war Feldners Antwort auf Lydias Zurückweisungen. Er fühlte sich als Opfer, als tief Verletzter und Gekränkter. Jetzt war er der Handelnde. Die Frau, die ihn eineinhalb Jahre lang zurückgewiesen hatte, war jetzt auf seinen Schutz angewiesen. Den wollte er ihr bieten, aber er musste erneut die Zurückweisung durchstehen. Diese Ohnmacht kochte in seinen Gefühlen derart über, dass er die Frau, die er besitzen wollte, nun auf so grausame Weise in Besitz nahm, bis sie endlich keine Gegenwehr mehr aufbringen konnte. Er drehte schließlich den Leichnam herum, weil er den Anblick des Gesichts nicht ertragen konnte, und begab sich mit seinem Rad zurück nach Obermaiselstein. Ein ärztliches Gutachten wird klären müssen, wie Feldner bereits drei Tage später uns scheinbar völlig unbeteiligt so täuschen konnte. Solch eine kriminelle Energie und solch eine Fähigkeit zu täuschen hat schon pathologische Züge. Feldner muss psychisch krank sein, anders kann ich mir das nicht erklären.

Noch Fragen?

Wenn nicht, dann übergeben wir diesen Bericht der Staatsanwaltschaft Kempten. Kollegin Sonnlaitner und ich werden morgen nach Neustadt an der Weinstraße reisen und die Kollegen dort, besonders Roland Reh, informieren. Die Kollegen aus dem Elsass informieren wir telefonisch. Wir werden auch versuchen, Jakob und Ruth Weber zu besuchen, wenn möglich auch Johannes Haupt.

Danke allen für den Erfolg, den wir nur gemeinsam erreichen konnten."

Bachhuber war nicht recht zu triumphalen Gefühlen zumute, war er doch Feldner so spät auf die Schliche gekommen. Aber Maria Sonnlaitner hatte mit ihrem Einsatz vieles rausgerissen und schließlich entscheidend zum Erfolg beigetragen.

24

PFALZ

Am nächsten Morgen fuhren die beiden zum letzten Mal in die Vorderpfalz, um mit den Kollegen in Neustadt den Fall zum Abschluss zu bringen. Sie hatten genug Zeit zur Auswertung ihrer Fahndungstaktik. Irgendwann kurz vor Mannheim kamen sie darauf zu sprechen, dass beide Tatverdächtigen auf ein umfassendes Geständnis geradezu vorbereitet gewesen schienen. Und beide hatten sich ohne Gegenwehr festnehmen lassen. Maria folgerte, dass beide trotz ihrer folgenschweren Fehlhaltung eines gemeinsam hatten, nämlich ein an der Bibel justiertes Schuldbewusstsein. In beiden tragischen Lebensgeschichten gab es den Augenblick des Zusammenbruchs der Fassade, was dann zu einer Lebensbeichte führte. Haupt erlebte diesen Zerbruch im Gespräch mit Michel Muller in Hunspach und Feldner erlebte den Bankrott seines Lebens im Kloster in Luzern, wo er sich Bruder Titus anvertraut hatte. Von diesen beiden Erschütterungen ging dann eine Kraft zum vorbehaltlosen Geständnis aus. Dem juristisch relevanten Geständnis ging in beiden Fällen ein Beichtgespräch voraus.

Maria beschrieb es so: „Beide werden von einem weltlichen Gericht zur Rechenschaft gezogen. Sie werden nach Recht und Gesetz fair beurteilt und dann zwangsläufig verurteilt. Was aber viel weitreichender und folgenreicher ist: Beide müssen sich vor einer letzten Instanz verantworten, die nicht von dieser Welt ist. Es wird in der jenseitigen Welt ultimativ Recht gesprochen, jedem Menschen, dem hier Unrecht wiederfahren ist, wird in diesem göttlichen Gericht Recht verschafft."

Bachhuber sagte nichts, aber Marias Ausführungen machten ihn sehr nachdenklich. Da war es wieder, das Gefühl der Verlegenheit, wenn es um ihn und seine eigene Verantwortung vor Gott ging. Insgeheim bewunderte er die Sonnlaitnerin, die so ganz natürlich und schnörkellos über ganz persönliche Glaubensfragen sprechen konnte.

Kollege Roland Reh stand in Neustadt an der Weinstraße am Bahnsteig und empfing sie so vertraut und herzlich, als hätten sie schon 100 Fälle gemeinsam gelöst. Vom Sitzungsraum im obersten Geschoss des Polizeipräsidiums hatte man einen fantastischen Blick auf die Weinberge der Haardt, dem wohl schönsten Stadtteil der Vorderpfalzmetropole. Bachhuber bat Kollege Reh, für sie drei und den Kollegen Kärcher einen Tisch in einem guten Restaurant zu buchen. Zwei Minuten später war Reh zurück und strahlte vielversprechend: „Altes Rathaus, St. Martin!" Inzwischen war auch Kärcher erschienen. „Unser Hochdruckreiniger", frotzelte Roland Reh. Kärcher konterte, er würde heute Rehrücken bestellen. Gelächter. Die Jungs waren gut drauf. Bachhuber rückte die stramm sitzende Weste unterm Janker zurecht und hob an zu berichten und zu analysieren und vor allen Dingen Kollege Reh zu würdigen. „Der Erfolg unseres Falles ist wesentlich auf die gute flankierende Unterstützung von euch Pfälzern zurückzuführen. Und dass Roland Reh – wie meine Kollegin Sonnlaitner – in der religiösen Szene zu Hause ist, hat uns zum wesentlichen Durchbruch geholfen, hier in Haßloch, aber auch im Elsass. Meinen herzlichen Dank! Ich selbst habe viel gelernt, auch dass es neben meiner bescheidenen katholischen Sicht der Dinge viele gute Beispiele gelebten Glaubens gibt und dass nicht alle entschiedene und engagierte Frömmigkeit gleich in die Sektiererei führen muss."

Maria blickte staunend an Bachhuber hoch: „Respekt, Kollege, du hast was gelernt!"

Roland Reh bedankte sich in seinem liebenswürdigen pfälzischen Singsang-Dialekt: „Ich bedanke mich für die Komplimente, liebe Kollegen, so was erlebt man nicht alle Tage."

Bei einem Kaffeepäuschen bat Roland Reh Maria Sonnlaitner beiseite und resümierte „unter uns Pfarrerstöchtern":

„August Haupt hat mal gut begonnen, er war ein vorbildlicher Christ, engagiert und mit einem klaren Bekenntnis zu Jesus Christus und mit einem enormen Bibelwissen. Wo gibt es das heute noch? Die meisten Kirchgänger kennen die Bibel nicht und sie sind Christen, weil Oma und Opa auch zur Kirche gehörten. Aber August Haupt wurde zum Fanatiker, der selbst das Maß aller Dinge sein wollte. So wurde er ein einsamer Kämpfer gegen Theologie und gegen Kirche. Er blieb nirgends lange, bis er endlich seine eigene Hauskirche hatte. Diese Gefahr steckt in jedem christlichen Hauskreis, in jedem neuen Aufbruch der Kirche. Wer sich ständig absondert, wird absonderlich. So hat es kürzlich ein Theologe bei einer Tagung in Landau ausgedrückt, der über die Zukunft der Kirche referierte. Diesen Satz habe ich mir gut gemerkt: Toleranz ist kein Schwächeanfall der Kirche, sondern ein Beweis ihrer Vitalität und Reife. Die Vielfalt der Kirchen und Freikirchen ist dazu da, dass sie voneinander lernen und somit korrekturfähig bleiben.

August Haupt hat in der wichtigsten Phase seines Lebens keine Freunde gehabt, die ihn von seinem Irrweg hätten herunterholen können. Er hatte alle Macht, aber er war zutiefst einsam und geistig begrenzt. Und seine Ehe war eine Katastrophe."

Maria nickte ständig beipflichtend: „Ja, so kommt es zur Sektenbildung: einsame Leiter, Wissenschaft verteufeln und unbedingten Gehorsam fordern."

Bachhuber hing seinen Gedanken nach und Maria staunte einfach nur über Rehs Ausführungen: „Hast du mit Haupt gesprochen?"

„Ja, hab ich, als er nach dem Schwächeanfall wieder zu sich gekommen war."

Die vier Polizisten regelten noch die Formalitäten und begaben sich mit einem zivilen Dienstwagen ins Alte Rathaus nach „Maarde", wie Kärcher sagte, nach St. Martin, malerisch gelegen am Fuße des Hambacher Schlosses, wo einst die deutsch-republikanischen Ideen proklamiert wurden. Jetzt war Kärcher dran, die Allgäuer Kollegen mit den Lokalitäten vertraut zu machen.

Die Speisekarte war prall gefüllt: Wild in allen Variationen, Käschte – wie man hier die Esskastanien nennt, Grumbeere in Form von ungeschälten Kartoffelspalten, knusprig gebacken. Und leckere Salatkreationen. Kärcher palaverte sachkundig über die Weine auf der Tageskarte und schielte fragend zu Bachhuber, aber der gab sich großzügig. Auch beim Dessert wurde nicht gespart. Maria fragte sich, wie er das in Kempten kostenmäßig dokumentieren wollte, aber dann erledigte sich diese Überlegung. Bachhuber zückte seine private EC-Karte und sagte nichts. Genau das war es, was Maria an Alois so schätzte. Als sie ihm später 50 € zustecken wollte, blieb er stur und gespielt empört. „Das war auch mein Dank an dich, liebe Maria." Die drückte ihn wortlos. Der Abschied war herzlich.

Sie hatten noch eine Stunde Zeit bis zur Abfahrt des Zuges. „Ich würde gern mal bei Frau Haupt klingeln." Bachhuber reagierte verwundert: „Wozu das? Was unsere Ermittlungen betreffen, ist der Fall abgeschlossen." Aber Maria hatte schon ein Taxi herbeigerufen und schon fuhren sie am Fuß der Haardt entlang, die alte Weinstraße hoch und waren bald in Mußbach und zehn Minuten später in der Haßlocher Forstgasse. Bachhuber nörgelte, denn er wollte am Abend endlich mal wieder bei Hilde sein. „Nur kurz, Alois!"

Bachhuber wollte erst nicht aussteigen, aber dann schälte er sich doch aus dem Fond des Taxis. Erst beim vierten Klingeln summte der Türöffner. Kein Mensch war im Hof zu sehen. Im Hinterhof lag ein Berg Sperrmüll, Tische, Bänke, Stühle. Der kleine Saal der Sekte war wohl in Auflösung begriffen. Bachhuber warf einen Blick in den jetzt trostlos kahlen Raum. Nichts deutete mehr auf die einstige Verwendung dieses Hinterhofgebäudes. Maria öffnete die Haustür und rief: „Frau Haupt, sind Sie da?" Von irgendwo drinnen kam das Geräusch einer ins Schloss geworfenen Tür und bald kam Frau Haupt die Treppe herunter. Das Gesicht war nicht mehr starr und trostlos wie einige Wochen zuvor. Sie war modern frisiert, trug ein hübsches Kleid und elegante Schuhe. Maria und Bachhuber waren verblüfft. Wie hatte sich diese Frau innerhalb weniger Wochen so positiv verändert …

„Was kann ich für Sie tun?"

„Wir wollten nur mal –äh – fragen, wie es Ihnen –äh –, wie es Ihnen jetzt so geht?", stotterte Maria.

„So, wie es mir geht?" Ihr Blick erhellte sich. „Jetzt, wo der fromme Despot hinter Schloss und Riegel sitzt, jetzt interessieren Sie sich für mich?"

„Ja, uns ist wichtig, aus diesem Fall zu lernen. Dazu gehört auch Ihr Eindruck."

Käthe Haupt bekannte in bitteren Worten den Schaden, der auf ihr hängen geblieben war: „Ich stehe mitten in den Trümmern meines Lebens. Die Gemeinde ist auseinandergefallen. Den Saal habe ich ausräumen lassen, Michel Muller aus dem Elsass hat mir geholfen, auch Jakob und Ruth Weber. Morgen ist Sperrmüll-Abfuhr. Ich sehne den Augenblick herbei, wo diese Hinterlassenschaft vom Hof kommt."

„Und wie geht es Ihnen im Blick auf Ihren Mann?"

Bitter fuhr sie fort: „Dass mein Mann in U-Haft ist, ist für mich der Weg in die Freiheit. Ich habe zum ersten Mal in meiner Ehe keine Angst mehr vor meinem Mann. Ich bin dabei, mein Leben aufzuräumen. Mein Sohn Johannes kümmert sich liebevoll um mich. Ob der Hass auf meinen Mann jemals abklingen wird, das weiß ich nicht, aber jetzt geht es mir gut. Und Webers kümmern sich auch ganz lieb um mich. Aber an Gott und seiner Gerechtigkeit bin ich verzweifelt. Ich lebe endlich gottlos – und es geht mir gut dabei."

Maria war sichtlich bewegt. Sie nahm Frau Haupt bei der Hand und wünschte ihr den Frieden Gottes. „Auch wenn Sie das jetzt nicht verstehen. Der Friede Gottes ist größer als Ihre Gottlosigkeit. Frau Haupt, sie werden Gott nicht los, nur weil Sie sich von ihm lossagen."

Käthe Haupt zeigte keine Regung. Im Gegenteil, sie setzte noch einen obendrauf:

„Und falls Sie das interessiert: Mein Mann hat neben seinen Geschichten mit Lydia und den anderen jungen Mädchen eine heimliche Beziehung zu einer alleinstehenden Frau aus der Gemeinde gehabt, die 1990 aus den neuen Bundesländern nach Haßloch gekommen war. Da muss finanziell irgendetwas gelaufen sein. August wollte im Industriegebiet Richtung Holiday-Park ein großes Gemeindezentrum bauen. Beim Ausräumen des Saales sind wir auf Dokumente und Bankbelege gestoßen. Ich habe das immer gewusst und ich habe mitgespielt. Um meine Ruhe zu haben …!"

Bachhuber stand mit offenem Mund und den Händen im Janker vergraben da, sprachlos. „Wie heißt die Frau und wo wohnt sie?"

„Die heißt Larissa und wohnt in der Entengasse."

Aber diese Nachricht lief bei den Kripoleuten ins Leere. Eine folgenreiche Fehleinschätzung, wie sich später herausstellen sollte.

Alois Bachhuber und Maria Sonnlaitner kamen auf den letzten Drücker mit dem Taxi am Neustädter Bahnhof an. Als sie in Mannheim Richtung Ulm umgestiegen waren, machte sich bald Müdigkeit breit und es dauerte nicht lange, bis beide eingenickt waren. Maria stieg in Kempten aus, Alois fuhr bis zur Endstation Oberstdorf, wo Hilde ihn sehnsüchtig erwartete.

25

JUSTIZVOLLZUGSANSTALT, KEMPTEN

„**Hans Joachim Feldner,** um neun Uhr hole ich Sie in Ihrer Zelle ab. Es hat sich Besuch aus der Schweiz angemeldet, ein gewisser Bruder Titus aus Luzern. Ist das ein Mönch oder so was?" Der Justizvollzugsbeamte genoss es sichtlich, diesem tragischen Knaben aus Nordhessen mal eine gute Nachricht zu überbringen. Der hockte seit Wochen auf seinem Bett, verweigerte die Mahlzeiten, reagierte so gut wie nie auf irgendwelche Fragen des Personals und ließ sich nur selten auf ein Gespräch mit den Mitgefangenen ein. Wenn er beim Anstaltspsychologen saß, kriegte er die Zähne nicht auseinander.

Ein kurzes Strahlen flog über sein Gesicht, das aber gleich wieder von depressiven Zügen überschattet wurde. Als ihn der Beamte ins Sprechzimmer führte, wo sein alter Freund Georg als Bruder Titus schon wartete, fiel die Schwermut wie Fesseln von seiner Seele. Sie umarmten sich herzlich und brachen beide in Tränen aus. Der Beamte staunte nicht schlecht über diese herzzerreißende Szene. Seine amtliche Anwesenheit konnte Hansi nicht daran hindern, sein ganzes Elend herauszuwürgen. Er erzählte von seiner Kindheit, von seinen Eltern, die ihn nicht aufgeklärt hatten. Dagegen wurde in seiner Clique über alles geredet. Dort wurde er aufgeklärt. Mehr als genug. Es gab keine Geheimnisse, keine Scham, alles war erlaubt. Es gab nichts mehr, worauf er sich hätte freuen können. Bei Klassenfahrten kam es immer zu intimen Szenen, die Mädchen standen auf ihn und er verstand es, sie an sich zu binden. Er nahm sich alles, worauf er Lust hatte. Und nachdenklich kommentierte er: „Mit Liebe hatte das wenig zu tun. Die Lebensgeschichten der Mädels interessierten mich nicht, das hat mich eher gelangweilt. Ich wollte Sex, so viel wie möglich. Ich kannte alle Variationen, da war nichts mehr, was mich noch hätte überraschen können. Ich fühlte mich mit 19 schon wie ein sexueller Frühinvalide: gesättigt, müde und gelangweilt. Was sollte da noch kommen?"

Mit 20 Jahren kam er ins Allgäu, um das Hotelfach in einem Fünf-Sterne-Hotel zu lernen. Auch da war er der Weiberheld und Herzensbrecher.

Bruder Titus unterbrach den lückenlosen Intimreport: „Hansi, das reicht. Erzähl mir, wie du mit den Leuten im Hotel Himmelsblick zusammengekommen bist."

Hansi war froh, das Thema wechseln zu können: „Einer meiner Kollegen in der Hotelausbildung fuhr donnerstagabends immer nach Oberstdorf ins Hotel Himmelsblick zu biblischen Vorträgen. Wir befreundeten uns, zumal wir Hessen waren; er kam aus Marburg, ich aus Kassel. Irgendwann hatte er mich eingeladen und mitgenommen. Dort lernte ich Lydia, die Hauswirtschaftsleiterin kennen. Eine starke Frau, sehr attraktiv, sehr anziehend. Ich wusste, dass ich diese Frau haben wollte – und keine andere. Es zog mich mit Macht zu ihr. Es war Liebe, zum ersten Mal Liebe. Sie war sehr religiös und engagierte sich nach Feierabend bei der Moderation und musikalischen Gestaltung der Abendveranstaltungen. Es war diese aufregende Mischung aus körperlicher Schönheit und erotischer Ausstrahlung einerseits und andererseits der geistlichen Reife, der theologischen Kompetenz, des beeindruckenden Bibelwissens. Ich fing an, mich ernstlich für den christlichen Glauben zu interessieren.

Die Referenten und Gäste, der Hauspastor Triemer, die Hotelangestellten, das waren Leute mit einer dermaßen ansteckenden Lebensfreude, dass ich nur einen Wunsch hatte, nämlich so glauben zu können wie die Leute im Himmelsblick. Irgendwann bat ich Lydia Weber um ein vertrauliches Gespräch. Sie verwies mich an Pfarrer Triemer. Ich wäre viel lieber bei Lydia in die Seelsorge gegangen. Ich war wahnsinnig vor Verlangen, in ihrer Nähe zu sein. Sie blieb freundlich distanziert.

Eines Nachmittags, ich hatte frei, bin ich mit dem Rad zum Kühberg gefahren. Sie hatte nur ein kleines Zimmer im Dachgeschoss des Hotels. Ich klopfte und wartete nicht auf das „Herein" und stand mitten in ihrem Zimmer. Es war ein sehr heißer Tag. Sie war im Mittagsschlaf und raffte das dünne Laken über sich. Ich war von einer derartigen Sucht geleitet, dass ich mich auf sie geworfen habe. Sie wollte um Hilfe schreien, aber ich presste ihr das Kissen auf den Kopf. Irgendwie gelang es ihr, ihre Beine unter mir freizubekommen, um mich mit voller Wucht zwischen meine Beine zu treten. Diese Attacke hatte mich so geschockt, dass ich stumm vor das Bett rollte, die Knie anzog und mich vor Schmerzen krümmte. Lydia zog sich schweigend an und verließ ihr Zimmer."

Bruder Titus wusste nichts zu sagen, obwohl ein beherztes „Bravo Lydia!" dran gewesen wäre. Der Wachmann starrte Feldner an und zum Seelsorger in der braunen Kutte gewandt, zeigte er auf die Uhr. „Noch fünf Minuten!"

Hansi Feldner hatte nicht mehr viel zu sagen. Er berichtete noch, dass er längere Zeit in urologische Behandlung musste und dass er trotz allem immer wieder die Nähe zu Lydia suchte, die ihn aber immer konsequenter zurückwies. „Alex, glaub mir, da hat sich solch ein Frust aufgestaut, dass ich nur eines wollte, mich mit Lydia versöhnen. Ich erschien immer zu interessanten Vortragsabenden, aber ich kam an Lydia nicht mehr ran. Diese niederschmetternde Einsicht baute in mir eine seelisch krankhafte Verletzung auf, dass ich ganz verborgen ein sexuelles Nachholbedürfnis aufbaute und deprimiert nach vorne schaute, immer wartend auf eine besondere Gelegenheit. Aber Lydia wurde für mich unerreichbar. Je dichter ich ihr auf den Fersen war, umso weiter war sie weg von meinem Herzen. Ihr Körper hatte etwas Heiliges, sie war wie von einer schützenden Aura umgeben. Dass ich diese Sperre nicht überwinden konnte, hat mich rasend gemacht. In diesen Augenblicken wusste ich, dass ich möglicherweise nicht ganz normal war."

Hansi bebte am ganzen Leibe, die Papiertaschentücher gingen zur Neige, seine Augen waren verquollen, seine Nase lief unentwegt. Bruder Titus wusste, dass er noch nie einen Menschen erlebt hat, der sich derart verflüssigte.

„Ja, und dann kam die Katastrophe im Oytal. Der Tag, an dem ich zum Verbrecher wurde, zum Mörder. Ich war wie von einer dämonischen Kraft getrieben: eine Mischung aus sehnsüchtiger

Liebe, einem entfesselten Sexualtrieb und dem unheimlichen Gefühl von Macht, mich endlich rächen zu können. Rache für alle Zurückweisungen. Den Rest kennst du!"

Bruder Titus ahnte, dass alles für ein krankhaftes Verhalten sprach, dass die Gutachter sicher zu einer Therapie raten würden. Aber er wollte Hansi keine falsche Hoffnung machen.

Bruder Titus betete noch mit Hansi, umarmte das Häufchen Elend so gut es ging und versprach ihm zum Abschied, dass er an der Gerichtsverhandlung an seiner Seite sein würde. Der Wachmann hievte ihn vom Stuhl hoch und zog ihn halb gehend, halb schleifend zurück in seine Zelle. Als die Tür hinter ihm ins Schloss fiel, wusste er, dass er eine lange Zeit hinter Schloss und Riegel sitzen würde.

26

MONATE SPÄTER, HASSLOCH

Monate der Trauer und des nicht enden wollenden Schmerzes hatten das Haus Weber in der Langgasse ganz verborgen zu einem Ort der Besinnung und des Friedens gemacht. Rebekka kam öfters von Freiburg hoch. Auch Aaron und sein Partner waren einmal von Memmingen nach Haßloch gekommen. Und Johannes Haupt war fast täglich nach Feierabend bei den Eltern seiner geliebten Lydia, die nicht mehr war und die nicht mehr sein würde.

Und zum Erstaunen aller kam auch Frau Haupt mit, die nach der Festnahme ihres Mannes regelrecht aufgeblüht war. Und das, obwohl sie – oder gerade weil sie dem christlichen Glauben abgesagt hatte. Die Kluft zwischen Anspruch und Wirklichkeit war für sie unüberwindbar geworden. Ihr neues Leben war erlöst von allen religiösen Forderungen. Niemals würde sie sich wieder unter solch ein Joch knechten lassen. Ihr Sohn Johannes unternahm nichts, um seine Mutter wieder auf den Weg des Glaubens zu bringen. Er liebte seine Mutter, was Größeres konnte er ihr nicht tun. Es war die Haltung ihrer Freunde, nicht ein spezielles Verhalten, das Käthe Haupt aus den Trümmern ihres Lebens aufstehen ließ.

Wann immer sie Webers besuchte, war es so, als würden sich alle um Lydia versammeln, als wäre sie unsichtbar gegenwärtig, als würde sie sagen: Versöhnt euch, lernt von mir und seid Licht und seid Salz der Welt!

Und mittendrin still und getröstet Ruth und Jakob Weber. Sie hatten in vielen vertrauten Gesprächen mit einer Seelsorgerin Befreiung und Heilung der Verletzungen erlebt. Es war schwer und befreiend zugleich, mit jedem Kind zu reden und um Verzeihung zu bitten für die Prügelstrafen, für die Vermittlung eines falschen Gottesbildes. Mitten in allem Leid um Lydia und Anteilnahme am Schicksal von Johannes war ihre so tief beschädigte Ehe wieder langsam gesund geworden, gereinigt und geheilt. Bis zur völligen Regeneration würde es noch viel Zeit brauchen, aber sie waren auf einem guten Weg. Ruth war innerlich wieder genesen und selbst äußerlich war etwas von ihrer einstigen Frische zurückgekehrt. Sie war ihrem Geschmack treu geblieben, aber sie machte nicht mehr den Versuch, Frisur und Kleidung biblisch zu begründen. Als Aaron ihr einmal humorvoll nahebrachte, dass sich Korantreue und Bibeltreue in der Kopftuchfrage sehr nahekämen, da gingen ihr nach 30 Jahren Ehe die Augen auf.

Und Jakob war auch auf dem Weg innerer Heilung und Gesundung, obwohl ihn Lydias Tod jeden Tag aufs Neue schmerzte. Was würde er darum geben, Lydia jetzt Anteil zu geben an seiner Distanzierung von August Haupt, an seinem neuen Kirchenverständnis und an seinem neuen Bibelverständnis. Johannes hatte ihm geholfen, einen Brief an alle Haßlocher Gemeinden aufzusetzen, in dem er stellvertretend für die inzwischen aufgeflogene Sekte um Verzeihung bat für alles lieblose Reden, für alle Lehrirrtümer. Dieser Brief hatte zur Folge, dass Jakob und Ruth Weber zu einem Treffen aller Haßlocher Kirchen eingeladen wurden und sie der tief bewegten Zuhörerschaft berichten konnten, wie sie aus der Knechtschaft eines völlig verblendeten Bibelverständnisses in die Freiheit des Evangeliums gekommen waren. Bei alledem wusste Jakob, dass er in Lydias Sinne handeln würde. Jetzt erst begann er selbst die Bücher zu lesen, die Lydia damals so inspiriert hatten. Das hatte ihm eine Weite und Tiefe der Erkenntnis erschlossen, die er nie zuvor gekannt hatte. Manchmal fiel er in tiefe Anfechtung, wenn ihm bewusst wurde, wie sehr er seiner Tochter die Freiheit der Kinder Gottes entzogen hatte, aber dann war Ruth an seiner Seite, die ihn aufrichtete und ihm mit ihrem herrlich entwaffnenden Humor die Trauergeister vertrieb.

Irgendwann schrieb er diesem schneidigen Hetzer, diesem Ingo Ranz, dessen Pamphlete ihn und August früher so gegen die Kirche munitioniert hatten, eine klärende und versöhnliche Mail. Er beschrieb einfach, wie ihn die Erfahrung des Leides so gründlich vom Richt- und Spaltgeist kuriert hatte, dass er sich zutiefst schämte und sich von diesem Geist losgesagt habe. Die Mail wurde nie beantwortet. Irgendwann verfasste er seinen Gesinnungswandel schriftlich und schickte ihn an eine dieser fundamentalistischen

Endzeitgazetten, aber die veröffentlichten sein Lebenszeugnis nie. Er spürte, dass er in diesem Lager endgültig heimatlos geworden war. Und das war ein richtig gutes Gefühl.

Was Ruth mit Aaron schon aufgearbeitet hatte, das hatte Jakob allerdings noch vor sich, nämlich seinen Sohn Aaron so anzunehmen, wie er war. Er hatte sich nicht selbst homosexuell veranlagt, er wurde so geboren. Darum konnte Jakob seinen Sohn nur lieben und sich für alle Ablehnung und alle fachliche Unkenntnis nur immer wieder entschuldigen. Jakob wurde durch endlose Nachtgespräche mit Aaron ganz neu sprach- und argumentationsfähig. Aaron blieb dem christlichen Glauben gegenüber skeptisch, dafür hatte er zu viele Verletzungen erlitten, aber er war wieder der geliebte Sohn seiner Eltern. Sie schämten sich nicht mehr für ihren Sohn. Und Aaron sah mit Hochachtung und Respekt die zunehmende Distanz seiner Eltern zu dieser rigorosen und fanatischen Frömmigkeit.

Schon an der Nachfeier zu Lydias Beerdigung, die auf Wunsch der ganzen Familie ihr Religionslehrer gehalten hatte, waren sich alle einig, dass sie künftig wieder als Familie leben, sich regelmäßig zum Trauern und zum Feiern treffen wollten. Sogar die Lehmanns aus Illinois waren zur Trauerfeier gekommen. Die ganze Familie saß gebannt um den Tisch, als Edward und Linda Lehmann von ihren vielen Gesprächen mit Lydia erzählten und wie das ihr eigenes Denken verändert hatte.

Und ganz still und heimlich entzündete sich eine zarte Liebe zwischen Rebekka und Johannes. Für beide war klar, dass er mit seinem Know-how als Ingenieur und sie als Ärztin nach ihrer Heirat in ein Entwicklungsland gehen wollten. Nicht als Missionare im klassischen Sinne, sondern als Diener der Ärmsten, als Helfer im Namen Jesu Christi.

Irgendwann gab es ein großes Weber-Fest in der Aula des Diakonissenhauses. Neben vielen Freunden aus den Kirchen und Gemeinden und aus der Nachbarschaft waren es Maria Sonnlaitner und Bachhuber, Reh und Kärcher, Laubscher und die Diakonissen,

Pastor Triemer aus Oberstdorf, Dr. von Glauchau und der Pianist der Hausband der Feldbergklinik, die der Einladung gefolgt waren. Und was Johannes Haupt besonders freute, war die Anwesenheit von Michel Muller aus dem Elsass. Er hatte ihn vor Wochen besucht und ihn zu diesem Fest eingeladen. Johannes hatte ihn als einen treuen Freund seines Vaters vorgestellt. Das war riskant, aber auch Michel war durch die dramatischen Erfahrungen mit seinem Freund August zu einer tief gehenden Neuausrichtung gekommen, an der Pasteur Alfred Schneider großen Anteil hatte. Er stand in regem Briefverkehr mit August in der U-Haft. Und weil ihm vor der Reise in seine eigene Vergangenheit ein wenig bange war, hatte er seinen früheren Vorgesetzten bei Daimler in Wörth gebeten, ihn zu begleiten. Hans Hartstein war sofort bereit und fuhr seinen alten Kumpel in der neuen C-Klasse von Hunspach in die Vorderpfalz und wieder zurück. Hans war tief berührt über alles, was er dort miterlebte.

Auf allen Plätzen der festlich geschmückten Aula lag die Karte mit diesem Text: *Es könnte ja sein, dass wir in tiefen Lebenskrisen den Eindruck haben, unsere beste Zeit wäre vorbei. Doch es kann auch sein, dass Gott mitten in der Verzweiflung unser Herz berührt und eine Ahnung in uns reifen lässt, dass vielleicht nicht die beste, aber trotz allem noch eine richtig gute Zeit auf uns wartet.*

Das wurde zum Motto dieses Versöhnungstages. Und ausgerechnet Aaron war es, der die Gedächtnisrede auf Lydia hielt. Zwar unter Tränen, aber in der tiefen Gewissheit, dass ein Mensch sterben musste, damit eine ganze Sippe sehend wurde. Aaron, der Atheist, schloss seine Rede so: „Eine starb, damit wir leben!" Und mit einem befreiten Augenzwinkern schob er nach: „Und das müsste euch frommen Leuten doch irgendwie bekannt vorkommen." Ruth und Jakob waren die Ersten, die aufstanden, um ihren Sohn zu umarmen und ihm zu danken.

Es war ein großer Tag tief gehender Versöhnung, ein Befreiungsschlag wider die Knechtschaft einer armseligen Weltuntergangsstimmung und einer rigorosen Frömmigkeit, die, statt Gnade zu leben, Strafe predigt. Sie alle hatten erfahren, was Gnadenzeit bedeutet.

Und am Abend im engsten Familienkreis kündigte Johannes an, dass er jetzt so weit sei, in die JVA Frankenthal zu fahren, wo sein Vater auf sein Gerichtsverfahren wartete. Es wurde ein langes Nachtgespräch, aber Johannes war sich sicher, dass er seinem Vater diesen Dienst erweisen musste. Jakob und Ruth waren noch lange nicht so weit.

27

VIER WOCHEN SPÄTER,
JVA FRANKENTHAL

Es war ein trüber feuchtkalter Wintermorgen, als Johannes Haupt in Frankenthal vor der JVA vorfuhr. Rebekka hatte darauf bestanden, ihn zu begleiten. Johannes hatte 30 Minuten Besuchszeit bewilligt bekommen. Rebekka wollte in dieser Zeit im Besucherraum vor dem Sicherheitsbereich warten. Sie spürte, wie Johannes am ganzen Leibe zitterte. Es war das erste Mal, dass er seinen Vater nach dieser schrecklichen Nacht im Oberstdorfer Oytal sehen würde. Das alles war nun schon ein halbes Jahr her. In dem erschütterten Bewusstsein, dass ihm Gnade widerfahren war, hatte er beschlossen, seinem Vater Gnade zu bringen. Er hatte sich in der Stille wochenlang auf diesen Augenblick vorbereitet.

Mit jeder Tür, die der Wachmann vor ihm aufschloss und hinter ihm wieder zuschloss, stieg in Johannes die Angst vor der Begegnung mit seinem Vater. Seine Gedanken gingen zurück in die glückliche Kindheit: die Fahrradtouren nach Speyer oder nach Worms, die Wanderungen mit dem Pfälzerwaldverein, die Fußballspiele auf dem „Betze" in „Lautre", der Jungschartag bei den „Schwestre" im Diakonissenhaus. Und dann die dunkle Zeit, wo sein Vater seelisch und körperlich gewalttätig wurde, bis hin zu der Zeit, wo er seine geistliche Heimat verlor und sich den sektiererischen Tendenzen wacker widersetzte und so auch in seinem eigenen Elternhaus heimatlos geworden war. Alle Enttäuschung, aller Schmerz über die kalte Rechtgläubigkeit seines Vaters wurde in der aufblühenden Liebe zu Lydia gestillt. Anders wäre er verrückt geworden. Und ohne die kompetente Betreuung der Feldbergklinik wäre er jetzt reif für die geschlossene Anstalt. Aber sein Vater lebte im Freiheitsentzug, wegen versuchten Totschlags an Lydia Weber und wegen seelischer Gewalt gegenüber Schutzbefohlenen. Der Verdacht auf Mord war nach Feldners Geständnis fallen gelassen worden.

Die Spannung stieg ins Unermessliche, als er in das von einem Beamten bewachte Sprechzimmer trat und sich setzte. Wenige Minuten später wurde die gegenüberliegende Stahltür aufgeschlossen und sein Vater wurde von einem Wachmann hereingeführt.

Johannes durchzuckte ein jäher Schock. Was war mit seinem Vater geschehen? Er schlurfte vornübergebeugt mit hängenden Schultern und extrem zähen Bewegungsablauf zum Stuhl und sackte darauf zusammen. Er war furchtbar abgemagert, die Hosenträger hielten die blaue Anstaltshose schlotternd auf Hüfthöhe. Sein Gesicht war starr wie eine Maske, die linke Körperhälfte wirkte wie gelähmt. August legte seine zitternden Hände auf den Tisch, der die beiden voneinander trennte. Der Wachmann schaute desinteressiert aus dem vergitterten Fenster. Er hatte Handschellen am Gürtel hängen.

August Haupt schaute nicht auf, er starrte auf seine zitternden Hände. Johannes kämpfte mit den Tränen, bis er ihnen freien Lauf gewährte. „Vater … Vater, ich bin hier, um dich zu sehen und zu hören. Wie geht es dir?" Dabei legte er seine bebenden Hände auf die zitternden Hände seines Vaters. Und dann wurde er von einem Weinkrampf geschüttelt, der erst nach fünf Minuten langsam abklang. Der Wachmann blieb routiniert cool. Solche Szenen kannte er nur zu gut. Aber was er jetzt zu hören bekam, das hatte er noch nie gehört.

„Vater", setzte Johannes neu an, „ich bringe dir den Frieden unseres Herrn Jesus Christus, der für deine und meine Schuld am Kreuz gestorben ist."

August Haupt schaute auf. Er wollte etwas sagen, aber die Stimme war weg, sodass er nur die Lippen bewegte. Sie schwiegen eine Weile, die Hände fest ineinandergefaltet.

„Noch zehn Minuten", sagte der Wachmann trocken.

„Vater, du wirst dich vor einem weltlichen Gericht verantworten müssen. Aber bei Gott hast du Gnadenzeit. Du wirst Vergebung und Versöhnung erfahren, du bist von Gott begnadigt. Ich erinnere dich an ein Lied, das du früher oft mit Mutter und mir gesungen hast. Ich habe es dir auf einer Karte mitgebracht. Darf ich es für dich singen?"

Augusts starres Gesicht entspannte sich langsam und er stammelte nur ein „Ja, bitte!".

Johannes stand auf und legte seine Hand auf die Schulter seines Vaters und sang mit klarer Stimme:

Ach mein Herr Jesu, wenn ich dich nicht hätte und wenn dein Blut nicht für die Sünder red'te, wo wollt ich Ärmster unter den Elenden, mich sonst hinwenden?

Ich wüsste nicht, wo ich vor Jammer bliebe; denn wo ist solch ein Herz wie deins, voll Liebe? Du, du bist meine Zuversicht alleine, sonst weiß ich keine.

Ich bin in Wahrheit eins der schlechtsten Wesen, das du dir, lieber Heiland, hast erlesen; und was du tust, das sind Barmherzigkeiten auf allen Seiten.

Hättst du dich nicht zuerst an mich gehangen, ich wär von selbst dich wohl nicht suchen gangen; du suchtest mich und nahmst mich voll Erbarmen in deine Arme.

Die Sprechzeit war abgelaufen, aber der Wachmann sagte nichts. Johannes sah im Spiegel der Scheibe, wie er sich ein paar Tränen abtupfte.

August stammelte nur ein in Tränen schwimmendes „Danke, mein lieber Sohn. Ich kann wieder glauben, dass ich mich noch einmal bewähren und bei allen entschuldigen kann, an denen ich schuldig geworden bin".

„Ich komme bald wieder, Vater. Bis dahin sei Gott befohlen. Es ist noch Gnadenzeit!"

Der Wachmann führte August Haupt ab. Dieser schlurfte zäh hinaus. Und er zitterte.

Rebekka umfing Johannes mit offenen Armen. Und er erzählte ihr alles, bis sie am Kreuz Mutterstadt Richtung Landau abbogen. Die letzten zehn Minuten berieten sie sich, ob sie sich von dem Gefängnisarzt ein Gutachten über Vater einholen sollten.

Johannes war fest entschlossen, seinen Anwalt einzuschalten, um ein Ende der U-Haft zu erwirken. Was man schon immer befürchtet hatte, war jetzt durch die Katastrophe des letzten halben Jahres entfesselt worden. August Haupt litt an einer seltenen Muskelerkrankung, das hatte eine ärztliche Untersuchung ergeben. Er gehörte bis zu seinem Prozess in ein Pflegeheim, nicht in U-Haft.

Nach vier Wochen hatten der Richter und die Staatsanwaltschaft der Bitte der Familie entsprochen, die U-Haft aus gesundheitlichen Gründen auszusetzen.

Johannes kümmerte sich liebevoll um einen Pflegeplatz im Seniorenheim Ludwigshafen. In Haßloch oder Neustadt sollte er besser nicht untergebracht sein.

28

HASSLOCH

Es hatte sich angehört, als hätte irgendwer etwas vor die Hoftür gestellt oder geworfen. Die „Rheinpfalz" kam um fünf Uhr, danach kamen die BASFler mit ihren Fahrrädern vorbei, aber dann war meistens wieder Ruhe. Um diese Zeit kam doch kein Paketdienst. Aber es hatte sich durch das gekippte Schlafzimmerfenster angehört, als hätte jemand im Vorbeigehen ein Paket vors Haus geschmissen. Larissa wühlte sich aus dem Bett, warf sich den Bademantel über den immer noch attraktiven Leib und tastete sich im Dunklen auf dem Weg nach unten. Sie trat vor die Haustür. Es hatte gefroren. Aber der Boden war trocken. So schlappte sie in ihren Hausschuhen zum Hoftor, und während sie aufschloss, purzelte ihr ein Paket entgegen. Ein Paket, so groß wie ein etwas größerer Schuhkarton, sorgfältig in Packpapier gewickelt und mit einer Kordel verschnürt. Keine Aufschrift, kein Absender, kein Empfänger.

Larissa trug die leichte Fracht in die Küche und packte vorsichtig aus. Als sie den Karton aufklappte, starrte sie fassungslos in das offene Paket. Es waren Briefe, Bankbelege, Spendenzusagen, Dokumente von Finanzanlagen im Ausland und persönliche Notizen von ihr und August. Im Karton lag noch ein Zettel mit der Aufschrift: „Bei der Auflösung des Gemeindesaals gefunden. Käthe Haupt."

Larissa schrie kurz auf, aber es würde keiner hören, sie lebte schon 20 Jahre allein in diesem Haus. Als sie aus dem Osten nach Haßloch gekommen war, hatte sie Arbeit bei einer Dosenfabrik gefunden und konnte sich das heruntergekommene Haus in der Entengasse mieten. August hatte sie eines Tages besucht und ihr eine Broschüre zum Lesen gebracht. Sie hatte sich nie für den frommen Kram interessiert, aber August kam immer öfter zu ihr, zu Gesprächen, wie er das nannte. Irgendwann machten die Nachbarn anzügliche Bemerkungen. Von diesem Tag an trafen sie sich in der Füllergasse.

Eines Tages wurde sie von einer Anwaltskanzlei im Ruhrgebiet informiert, dass sie als Alleinerbin eines alleinstehenden

Verwandten aus Dortmund eingesetzt worden war. Sie konnte ihr Glück nicht fassen und vertraute sich August Haupt an. Der nahm sie in die Arme und flüsterte ihr zärtlich ins Ohr, dass er sich um das Geld kümmern werde. Dieses Geld würde Gott gehören und sie wollten das Geld ihm weihen. „Ein Fuchs, dieser fromme Bruder", dachte damals Larissa, aber sie war ihm völlig ergeben.

August hatte große Pläne. Er wollte ein größeres Versammlungshaus am Ortsrand bauen, aber die kleine Herde verfügte über keinerlei Rücklagen und Reserven. Ein kleiner Bausparvertrag war zuteilungsreif, das war alles.

So hatte er damals Larissa rumgekriegt, ihm die 250 000 DM zu übertragen; er würde sich um eine renditeträchtige Anlage kümmern. August hatte eine clevere und zudem euphorisch religiöse Anlageberaterin in Bayern kennengelernt, die schon viele kleine Leute charmant überredet hatte, ihr ihre Ersparnisse anzuvertrauen. Sie würde sich drum kümmern und die Anleger könnten mit einer Rendite von 14 Prozent rechnen und damit viel Gutes bewirken. Missionare aussenden, diakonische Einrichtungen gründen, Bibelschulen unterstützen, Gemeindezentren bauen. Larissa war so betört von der Idee, dass sie August Haupt amtlich bevollmächtigte, sich um ihre Geldanlagen zu kümmern. So floss die stattliche Summe in einen riskanten Fonds irgendwo auf einer Südseeinsel.

Es lief ein halbes Jahr gut, die versprochene Rendite floss zurück und August plante den Neubau. Aber dann kam der Schock schneller als die nächste Zinszahlung. Die fromme Anlageberaterin war nicht mehr auffindbar und die Summe weg. Die so betrogenen schlichten Sparer gründeten eine Selbsthilfegruppe, aber die meisten gingen leer aus. August klopfte eines Abends reumütig bei Larissa an und beichtete ihr das Fiasko. Sie lag schluchzend in seinen Armen und öffnete Herz und Bluse, um August jetzt erst recht an sich zu binden. Aber er widerstand der Versuchung und floh aus dem Haus, freilich nicht ohne darauf zu achten, dass er auch den Mantel dabeihatte. Schließlich gab es schon mal einen, der in solch einer Lage den Mantel zurückgelassen hatte. Nur war der von anderem Format. Die so gedemütigte und betrogene Frau geriet in diesem Augenblick in eine mächtige Position. Sie hatte August in der Hand, sie konnte ihm drohen, ihn vorführen, ihn erpressen und ihn erniedrigen, wann immer sie wollte.

Von seinen Bekehrungsversuchen hatte August bald Abstand genommen. Als Larissa merkte, dass seine Besuche abnahmen, fühlte sie sich betrogen und ausgenutzt. Sie, die immer noch attraktive Singlefrau, hätte längst Chancen gehabt, zu einem anderen Mann zu ziehen oder auch zu heiraten. Aber sie war völlig an August gebunden. Sie litt unsäglich an seiner zunehmenden Zurückweisung. Er wollte sie offensichtlich loswerden. Seitdem hatte sich ein abgrundtiefer Hass gegen August entwickelt. Sie war mehrere Male kurz davor, der Polizei einen anonymen Hinweis zu geben, aber das hätte ihre letzte Hoffnung zerstört, dass August doch eines Tages wieder nach ihr verlangen würde. Inzwischen hatte sich so viel Bitterkeit angestaut, dass sie die Zeitungsberichte über Lydia Webers Tod und Augusts U-Haft regelrecht aufgesogen hatte. Sie hatte so viel gegen August in der Hand. Es würde der Tag der Rache kommen, davon war sie fest überzeugt. Sie würde sich an ihm rächen, an den verlorenen 20 Jahren ihres Lebens. Jetzt, wo kein Mann sich mehr nach ihr umsah, jetzt war es an der Zeit, irgendetwas zu tun, was August schaden könnte.

Getrieben von dieser unbändigen Wut begann sie zu forschen, wann und wo sie August zu Gesicht bekommen würde. In Ihrem Schlafzimmer, hinter der Bettwäsche war sie gut versteckt, die Pistole, die sie aus DDR-Beständen damals auf dem Weg in den Westen an ihrem Körper getragen hatte. Eine russische TT-33. Sie konnte damit umgehen, seit ihrer Zeit bei der NVA. Und sie hatte genug Munition. Larissa wusste, dass ihre Stunde kommen würde.

Einige Wochen, nachdem das Paket bei ihr eingetroffen war, war sie zum Einkaufen in Ludwigshafen. Dort traf sie eine alte Freundin aus der Dosenfabrik, die inzwischen zur Altenpflegerin umgeschult hatte. Sie tranken Kaffee, probierten Kuchen und kamen so richtig ins Schwatzen. „Erzähl mir vom Altenheim, Erika."

Und so verging die Zeit. Als Erika erzählte, dass sie vor ein paar Tagen einen berühmten Haßlocher ins Haus bekommen hätten, war Larissa hellwach. Der sei doch dieser Sekten-August gewesen, der was mit den jungen Mädels gehabt hätte; eine sei sogar ums Leben gekommen.

Larissa rang um Gleichgültigkeit; jetzt sich bloß nichts anmerken lassen. Erika schien nichts bemerkt zu haben. Aber für Larissa war der Plan gefasst. Es war nur noch eine Frage der Zeit, bis sich die Gelegenheit bieten würde, sich endlich zu rächen und dieses dunkle Kapitel der letzten Jahre zum Ende zu bringen. Larissa lebte in einem Sog kochender Wut, alles in ihr verlangte nach Rache.

29

ALTENHEIM,
LUDWIGSHAFEN

„Na, Herr Haupt, heute ist es sonnig draußen. Heute Nachmittag kommt wieder Ihr Sohn mit seiner Freundin, da könnten wir doch heute Morgen ein wenig in den Park gehen." August nickte und erhob sich zum Anziehen des warmen Mantels. Er war inzwischen medikamentös gut eingestellt, es ging ihm sichtlich besser. So ging er oft mit dem Rollator seine Runden im Park. „Um halb zwölf hole ich Sie unten am Lift ab, Herr Haupt."

August war langsam zur Einsicht gekommen. Die Besuche seines Sohnes und die vielen Gespräche hatten ihm mehr und mehr die Augen geöffnet. Er weinte oft im Bewusstsein seiner tiefen Schuld, aber er erfuhr Gnade. Besonders von Ruth und Jakob Weber, die sich nach langem Zögern aufgemacht hatten, ihn hier zu besuchen. Aber August Haupt war lebensmüde. Seine Frau hatte ihn bis heute nicht besucht und seine Briefe an sie waren ohne Antwort geblieben.

Larissa war an diesem sonnigen Wintertag mit der S-Bahn nach Ludwigshafen gefahren, die geladene Pistole am Körper. Sie war schon vier Mal hier gewesen, aber irgendetwas passte immer nicht. Neben dem Park des Altenheims war eine Großbaustelle, auf der eine große Baumaschine schwere Stahlbohlen unter ohrenbetäubendem Krach in den Grund drückte. Sie betrat durch einen Nebeneingang den Park. Überall saßen kleine Grüppchen auf Bänken, in Decken gewickelt. Etwas abseits saß einer ganz allein auf einer Bank, den Oberkörper auf den Rollator gestützt. Larissa näherte sich August von hinten und checkte noch einmal die Umgebung. Dann setzte sie sich wortlos neben August. August fuhr erschrocken herum und stammelte verlegen: „Larissa?" Larissa griff in den Mantel und entsicherte die Pistole wie ein Profi, setzte sie auf Augusts Schläfe und drückte kalt ab. Der Schuss ging im brachialen Lärm der Ramme nebenan unter.

August kippte leicht zur Seite und blieb im Rollator hängen, die Augen weit aufgerissen, während sich an der Einschussstelle und an der gegenüberliegenden Schläfe ein dünnes Blutrinnsal seinen Weg suchte und ohne Blutbad in der Wolldecke verschwand.

Larissa ging so unauffällig, wie sie gekommen war. Die nächste S-Bahn brachte sie nach Haßloch. Sie hatte sich Recht verschafft. Der Mann, der sie um ihr Vermögen und um ihre Liebe gebracht hatte, der ihr die besten Jahre ihres Lebens geraubt hatte, war tot. Und sie bereute nichts. Auf dem Fußweg vom Bahnhof zur Entengasse ließ sie an einer Baustelle die Pistole in ein eben betoniertes Fundament fallen. Die Waffe versank langsam im flüssigen Beton, während die Maurer sich in der Frühstücksbude über die Brötchen mit Gehacktem hermachten und die BILD nach einem speziellen Foto durchsuchten. Einer sah Larissa von hinten und pfiff hinter ihr her. Ein frivoles Lächeln huschte über ihr Gesicht. Jetzt war sie frei.

Als August Haupt sich nicht zum vereinbarten Zeitpunkt am Lift eingefunden hatte, ging die Pflegerin in den Park. Zehn Minuten später war die Polizei da und begann mit der Spurensicherung. Zehn Minuten später war die Nachricht bei Bachhuber in Oberstdorf und bei Roland Reh in Neustadt. Aber dieser Vorgang fiel nun nicht mehr in ihren Zuständigkeitsbereich. Nun war es nur noch Hans Joachim Feldner, der sich in wenigen Wochen dem Gericht im Kempten stellen musste. Bachhuber und Sonnlaitner gingen davon aus, dass er zur Sexualtherapie in eine geschlossene Abteilung der Psychiatrie überstellt werden würde.

Der letzte Prozesstag im Strafverfahren gegen Hans Joachim Feldner im Landgericht Kempten war wie von den ermittelnden Beamten erwartet ausgegangen. Die Staatsanwaltschaft hatte auf vorsätzlichen Totschlag plädiert, der Richter folgte aber den psychiatrischen Gutachten, die Feldner ein zur Gewalt neigendes krankhaftes Sexualverhalten attestierten. Feldner wurde zu einer Sexualtherapie in eine geschlossene psychiatrische Klinik eingewiesen. Er nahm das Urteil erleichtert auf, aber er wagte nicht, Lydias Eltern in die Augen zu blicken. Doch zum Erstaunen der Verteidiger, des Richters und der Staatsanwältin ging nach der Urteilsverkündung Ruth Weber auf Feldner zu, Jakob folgte ihr, zwar noch innerlich kämpfend, aber dann in fester Entschlossenheit.

Feldner war die tiefe innere Erregung abzuspüren, als er sich erhob und stumm die Hand nach Lydias Eltern ausstreckte. Webers drückten ihm wortlos die Hand, sie waren außerstande, etwas zu sagen.

Bruder Titus aus Luzern war extra angereist, um seinem alten Freund aus Schulzeiten in dieser dramatischen Lebensphase beizustehen. Er hatte sich auch rührend um Feldners Eltern in Nordhessen gekümmert.

30

OBERSTDORF

Es war Maria Sonnlaitners Idee, Bruder Titus, Dr. von Glauchau von der Feldbergklinik, Jakob und Ruth Weber, Johannes Haupt und Rebekka Weber und Hauptkommissar Roland Reh zu einem Wochenende ins Hotel Himmelsblick nach Oberstdorf einzuladen. Pastor Triemer hatte dieser Kleingruppe einen kostenlosen Aufenthalt ermöglicht. Bachhuber hatte erst nicht einsehen wollen, wozu das gut sein sollte, aber da es keine dienstliche Zusammenkunft war, sondern eine private, konnte er nichts dagegen einwenden. Nach einigem Zögern entschied er sich zur Teilnahme, schließlich konnte er ja den katholischen Ordensbruder angesichts dieser Dominanz der Evangelen nicht alleinlassen. Und Hilde hatte so lange gefragt, bis sie auch mitdurfte.

Das Personal vom Hotel Himmelsblick hatte ihnen einen liebevoll eingerichteten Tagungsraum vorbereitet. Bruder Titus hatte nach einer Andacht die Vorstellungsrunde moderiert. Der Platz zwischen Ruth und Jakob war unbesetzt, aber dort stand ein Bild von Lydia Weber, dekoriert mit einem schwarzen Seidenband. Die Unterhaltung folgte keiner Gesprächsleitung, aber es ging um ein Thema, nämlich um das Thema Gnade. Maria hatte Blätter und Stifte vorbereitet, sodass jeder ganz subjektiv und spontan aufschreiben konnte, was Gnade für ihn oder sie bedeutete. Es war beklemmend still im Raum, als Ruth und Jakob Weber berichteten, wie sie die beste Zeit ihres Lebens damit zugebracht hatten, ihre kleinbürgerliche Weltsicht in die Bibel hineinzutragen. So entstand das Bild eines moralischen Gottes, der die Bösen straft und die Guten belohnt. Durch diese Brille lasen sie nun die Bibel, von vorne bis hinten und jeden Tag wieder neu. Alles war vorherbestimmt und vorhersagbar. Auf diesem wackligen Boden konnten sich alle Arten von Irrlehren entfalten, die schließlich eine einst seriöse kleine Hausgemeinde in den Wahnsinn einer Sekte getrieben hatte.

Wer keine Gnade erfährt, kann auch keine Gnade gewähren. Gnade ist die alles durchdringende Kraft, die dem Versager alle Türen zu einem zweiten und hundertsten Anlauf ermöglicht: das Evangelium von der Gnade!

Diese tiefe Wahrheit ließ die Abgründe der dramatischen Lebensgeschichte von August Haupt, Lydia Weber und Hans Joachim Feldner in einem neuen Licht erscheinen, aber auch die Geschichte von Ruth und Jakob Weber und Johannes Haupt. Die religiösen Fehlentwicklungen wurden nicht rechtzeitig erkannt, sodass nur kleine Akzentverschiebungen reichten, um den Weg zu einer radikalen Sekte zu fördern. Maria Sonnlaitner kam zu dem Fazit, dass Gemeinden, die nicht aus der Gnade Gottes leben und diese Gnade in ihren Reihen nicht walten lassen, schon auf dem Weg zu einer Sekte sind. Und Bruder Titus wies nach, dass ein laues und lahmes Namenschristentum der beiden großen Kirchen die Voraussetzung für die Entstehung von enthusiastischen oder zwanghaften Gruppen schafft. Bei entsprechender theologischer Korrektur und Bewährung kann eine positive Erneuerungsbewegung ausgelöst werden. Ohne diese Korrektur entwickelt dieses Untergangsklima despotische Leiter, die die kleine Herde ins Getto der Denkverbote und der Separation führen. Diese sich selbst autorisierenden Leiter tragen im Extremfall eine kriminelle Energie in sich, wie es im Leben von August Haupt passiert war. Aber auch er war am Ende ein Kind der Gnade, auch wenn er noch einmal von der Finsternis eingeholt und kalt hingerichtet wurde. Gnade wirkt über den Tod hinaus, konnte Ruth Weber am Ende des Tages in einem bewegenden Bekenntnis zum Ausdruck bringen.

Alois und Hilde waren tief berührt von allem, was sie an diesem Wochenende miterlebt hatten. Das beeindruckende Lebenszeugnis der Webers und die Art und Weise, wie hier Gnade gewährt und gelebt wurde, brachte ihn auf die Spur, seinen Glauben aktiv zu leben und sich stärker in seine römisch-katholische Gemeinde einzubringen. Hilde war glücklich, auch wenn Alois immer noch nicht für Joyce Meyer zu begeistern war. Aber man sah die beiden immer öfters im Hotel Himmelsblick und auch in Marias Immanuel-Gemeinde in Kempten. Und einmal im Jahr versammelte sich eine kleine Schar im Oytal, um in der Stille Lydias zu gedenken und ihr mutiges Lebenszeugnis in Erinnerung zu halten. Sie war stellvertetend für alle diesen Weg des zivilen Ungehorsams und des intellektuellen Widerstands gegangen, die sich selbst nicht gegen den geistigen Missbrauch wehren konnten. „Ihr werdet die Wahrheit erkennen und die Wahrheit wird euch frei machen!"

Jesus von Nazareth im Johannesevangelium, Kapitel 8, Vers 32

Epilog

Gnade für den Starken, der Macht in Händen hält.
Gnade für den Schwachen, der ihm zum Opfer fällt.
Gnade für den Dummen, der nichts mehr liebt als Geld.
Gnade für die Welt.

Gnade für den Spötter, der über alles lacht,
und für den Resignierten, den nichts mehr lächeln macht.
Gnade für den Sterbenden, den kein Glaube hält.
Gnade für die Welt.

Gnade für den Schwarzen, den sein Getto hassen lehrt.
Und für den weißen Mann, der ihm den Rücken kehrt.
Gnade für die Kinder, wenn die Bombe fällt.
Gnade für die Welt.

Gnade dem Politiker, der Waffen exportiert
und für den Staatsmann hoch oben, dem sein Gewissen erfriert.
Und für uns sogenannte „kleine Leute", die das kaum interessiert.
Gnade für die Welt.

Gnade für den Jungen, der in Uniform verreckt,
und dem, der dieses Kind in diese Uniform gesteckt.
Gnade dem Präsidenten, der Krieg für rechtens hält.
Gnade für die Welt.

Und Gnade für mich selber, der ich das alles weiß:
O Herr, mach meine Hände handeln und mach das Herz mir heiß.
Lass mich die Gnade leben, die mich bei dir erhält.
Gnade leben mitten in der Welt.

(Jan Vering)

Dank

Steve Volke, Wilhelm Andreas Mette, Johanna Klöpper, Steffi Höneck und Frieder Trommer für die kritische und motivierende Begleitung dieses Projekts.

Johannes Leuchtmann für die Geduld, die Ermutigung und das Lektorat.

Dr. Ernst Engelbert für die dramaturgische Expertise.

Dr. Martin Kraft für die biologische Expertise.

RA Hermann Frank für die juristische Begleitung.

Roland Hirsch für die polizeitechnische Expertise.

Friedhelm und Kornelia Krebs für die Allgäuer Mundartberatung.

Meiner Frau Heike für ihre Geduld, die mich lieber beim Sport als am Schreibtisch gesehen hätte.

Jürgen Mette, Sommer 2015

Verlagsgruppe Random House FSC® N001967
Das für dieses Buch verwendete FSC®-zertifizierte Papier
Munken Premium Cream liefert Arctic Paper Munkedals AB, Schweden

Der Text „Gnade für die Welt" von Jan Vering (S. 221)
wurde verwendet mit freundlicher Genehmigung des Autors und des
Verlages. © ABAKUSMusik Barbara Fietz, 35753 Greifenstein.

© 2015 Gerth Medien GmbH, Asslar,
in der Verlagsgruppe Random House GmbH, München

1. Auflage 2015
Bestell-Nr. 817027
ISBN 978-3-95734-027-6

Umschlaggestaltung: Daniel Eschner
Umschlagfoto: Shutterstock
Satz: DTP Verlagsservice Apel, Wietze
Druck und Verarbeitung: GGP Media GmbH, Pößneck
Printed in Germany